创意写作书系

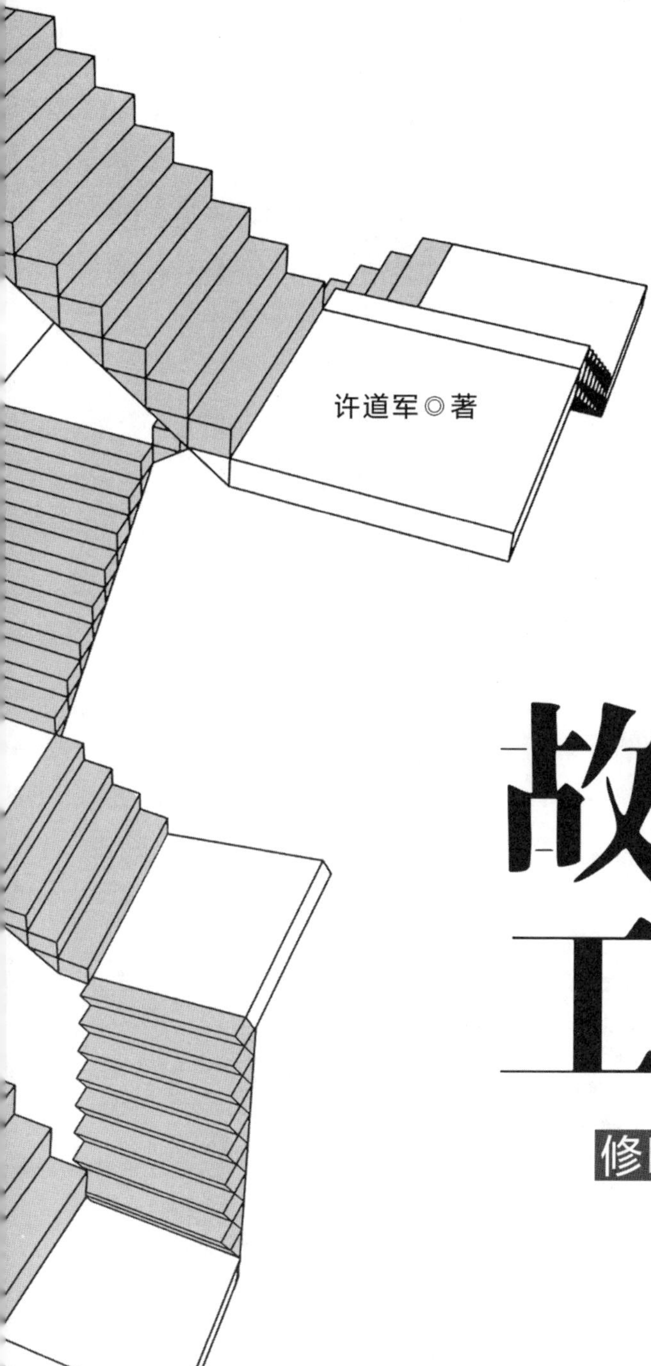

许道军◎著

故事工坊

修订版

中国人民大学出版社
· 北京 ·

图书在版编目（CIP）数据

故事工坊/许道军著. --2版（修订本）. --北京：中国人民大学出版社，2022.1

（创意写作书系）

ISBN 978-7-300-30246-1

Ⅰ.①故…　Ⅱ.①许…　Ⅲ.①故事—文学创作—创作方法　Ⅳ.①I054

中国版本图书馆CIP数据核字（2022）第011113号

创意写作书系

故事工坊（修订版）

许道军　著

Gushi Gongfang

出版发行	中国人民大学出版社		
社　　址	北京中关村大街31号	**邮政编码**	100080
电　　话	010－62511242（总编室）		010－62511770（质管部）
	010－82501766（邮购部）		010－62514148（门市部）
	010－62515195（发行公司）		010－62515275（盗版举报）
网　　址	http://www.crup.com.cn		
经　　销	新华书店		
印　　刷	天津中印联印务有限公司	**版　　次**	2015年5月第1版
规　　格	160 mm×235 mm　16开本		2022年1月第2版
印　　张	18.5 插页1	**印　　次**	2022年1月第1次印刷
字　　数	227 000	**定　　价**	48.00元

本书系2020年度国家社科基金一般项目“创意写作与当代中国文学生态研究”（20BZW174）阶段性成果。

序言

2004年，我从英国剑桥大学回来，带回两个想法：一是中国文化会产业化发展；二是高校文学教育会创意写作化。当时很难，谈“文化产业化发展”，谁都不理解，那个时候国内正兴起“文化批评”，正批评西方的文化工业；谈“高校要培养作家，要培养面向文化产业的写作者”，谁都摇头，那个时候，多数高校中文系是不培养作家的。

高校中文系要培养作家，同时要面向文化创意产业，培养文化创意产业基础从业人员。创意写作包含文学写作，同时也包含面向创意产业的生产性文本的创作——策划人，各种各样的撰稿人，创意活动的组织者、领导者。高校的创意写作学科要培养作家，就是我们传统意义上的纯文学作家，要培养类型小说作家、影视编剧，要培养文化产业的基础从业人员——策划编撰人员，培养创意策划师。

创意写作是实践领域，但是，研究创意写作的内在规律，研究创意写作的教育教学规律，却是“学科”。高校需要这样的学科，需要有能研究、能在理论上说清楚它的人，以往创意策划师不被承认，地位低于创意设计师，或者说，根本没地位，用文稿写出来的创意不值钱，不当真，为什么？就是因为没这个学科。所以，我们要创建中国化的创意写作学科。

其中，创意写作教育教学方法的研究尤其重要，现在各地都在办创意写作，有一窝蜂的倾向，但是，我们的研究还没有跟得上。一是作家教写作的体制；二是工坊制培养的体制；三是面向实践的强调实践能力的教学体制；四是创意潜能激发的课程思维。这些和我们传统的写作教学完全不同。传统中文写作学是教格式写作、写作技巧；而现代创意写作是教创意思维，让人成为有创造力的人，提升文化创造力，让文化创造力也成为生产力要素。我有个说法：科技是生产力，文化也是生产力；高校要做科技发动机，也要做文化发动机；让文化创新成为生产力，现在已经不是口号，而是正在发生的事实了。

要呼吁高校文学教育改革，创建本科创意写作教育教学体系，要呼吁承认文学教育是艺术教育，创意写作应该有自己的专业硕士方向。现在的问题，让我很担心，一哄而上的创意写作教育，将来会是什么样子？（1）是否真的研究了创意写作学科？本质认识、教学方法等，是否有根本改进？（2）是否真的用实践教学，用工坊制教学？是否能实现作家教写作？（3）是否会用纯文学观念束缚了学生？（4）是否研究了下游文化产业、文化服务及文化消费？是否能培养有领导力的新一代文化产业从业人员及领导者、开拓者？

本书为“上海大学创意写作研究丛书”的成果之一，丛书作者均为中国一线创意写作研究专家，他们对这个学科的中国化创生做出了卓越的贡献，这些专书有些经过高校相关课程的实证，用作教材，学生觉得有用，学生有好评，有些专书直接来自一线作者和工作者，它们紧贴写作爱好者实践、文化创意产业一线创意工作者的实际，上手快，能直接指导实践，有些专书来自这个学科第一批博士研究生、硕士研究生的研究成果，他们是中国第一批“创意潜能激发”“创意技能拓展”“创意潜能量化评估”“创意写作教育教学方法”等方面的研究专家。

这些书是为写作学习者、爱好者及创意产业从业人员而编撰的，希望它们既是学习者的教科书，也是从业者的工作指南。

葛红兵

2015年元月于上海

前言

王安忆说故事可以教/可以学，你信了；阎连科说故事可以教/可以学，你信了；葛红兵说故事可以教/可以学，你也信了。我说故事可以教/可以学，你却不信。这是什么缘故呢？这是故事写作理论不完备、训练系统不发达的缘故。

《故事工坊》是试图在理论上阐释故事为什么可以教/可以学、在实践上引导故事怎么教/怎么学的一本书，并在具体的章节安排中渗透了工坊教学方法。各章的第一节尝试构建故事理论，从原理上阐释古今中外故事的结构、要素与形式，试图说明一个被认可的故事“为何如此”；第二节是写作技巧探讨，主要用于故事设计与写作借鉴；“工坊活动”用于自修，从开头到结尾，一个环节一个环节地培育作品。在本书写作过程中，不少作家朋友建议删掉第一节，因为太啰嗦，他们说：“你直接说该怎么写吧，别掉书袋”；写作教师朋友建议删掉第二节，因为他们认为故事写作不可能，也不可以这么简单；编辑老师建议删掉“工坊活动”，因为……不好看。但想必有经验的创意写作教师都知道，重点在第三节：“工坊活动”，因为“故事工坊”不是“故事概论”。

故事如果真的可以教/可以学的话，就像一加一等于二，谁说你都相信那样，那么我们就会静下心来仔细琢磨故事写作的规律、技巧，而不必把精力花在抵触“作家不可以培养”“故事不可以教学”这些创意写作理念上。实际上，关于“作家可不可以培养”“故事可不可以教学”这样的争论，在有一百多年创意写作历史的英语国家，大约每隔二十年都要来一次，屡见不鲜；而每次冲进大辩论会场的，都是对创意写作不了解也不愿意了解的人。我想说的是，我们要把精力集中在具体探讨创意写作规律、教学规律、学习规律上，而不是盲目抵触或空喊口号。

创意写作工作坊（Creative Writing Workshop），简称“写作工坊”或“作家工坊”，是以创意写作实践或创意写作教育、研讨等相关工作为导向，由若干参与者组合而成的活动组织。由于它是一个由作家领衔的组织或者是作家自身组建的团体、行会或“community”，因此这些工作坊的命名，大多与“作家”相关，更多的是被称为“作家工作坊”。有的被命名为“‘作家们的’工作坊”，比如爱荷华作家工作坊（Iowa Writers' Workshop）、哥谭作家工作坊（Gotham Writers' Workshop）等；有的被命名为“‘作家的’工作坊”，比如米尔福德作家工作坊（Millford Writer's Workshop）、梧桐山作家工作坊（Sycamore Hill Writer's Workshop）等；有的被命名为“‘作家们’工作坊”，比如特基城作家工作坊（Turkey City Writers Workshop）、克拉里恩作家工作坊（Clarion Writers Workshop）等；有的被命名为“作家群”，比如法典作家群（Codex Writers Group）等；还有很多没有直接出现“作家”字样但实际上是作家群组合的工作坊，比如瓦伦西亚 826 号（826 Valencia）、赖声川表演工作坊、创意生活书坊、上海市华文创意写作中心等。

创意写作工作坊的雏形是“写作实验室”或“写作实验班”，最早出现于 19 世纪 80 年代的美国高校。1896 年，爱荷华作家工作坊开始活动。1897 年，第一家教学工作坊“Verse-Making”成立。现在，创意写作工作坊已经成为创意写作学科培养作家的基本教学单位与教学方法。当代美国作家当中，已经没有多少人没有经过创意写作学科培训了，而他们学习写作（或者教学写作）的主要方法是“写作工坊”。正如创意写作学科史权威专家麦尔斯所描述的那样，“写作工坊作为一套流程，已经成为这一时期作家们的标准训练和共同体验”。

对于写作工坊的神奇之处，《纽约客》的一位撰稿人露易丝·曼南德将之精彩描述为：“一群从未发表过诗歌的学生，能够教会另一群从未发表过诗歌的学生如何写出一首可以发表的诗歌。”

写作工坊不教你如何写作，而是带领你一起琢磨：我这个题目，如果是莫言，他会怎么写？如果是王安忆，她会怎么写？如果是李洱，他又会怎么写？而写作工坊最后的结论是：你要像你一样去写，写你知道的，发现你的声音，成为你自己。正如美国写作工坊专家汤姆·基利所说，工坊就是“一个关于学生作品的编辑会议”。在这里，你既是作家，又是读者；你既与工坊伙伴一起研讨经典作品，也与大家一起，像研究经典作品一样，研究你自己的作品，指出不足，提出建议，发展优势。

工坊有危险，使用需谨慎。汤姆·基利说，他的一个在 UMass 的同事尼克·蒙泰马拉诺，经常告诉他：当你是研讨会上的作者时，就好比驾驶一辆后座上挤着一群乘客的汽车，他们告诉你将去向何方。他们都能提供好的方向和驾驶建议，但是你如果全听他们的，你一定会把车开翻掉。但我觉得对工坊理解最到位的是超级畅销书作家寒川子（王月瑞），他曾经说，工坊就是这么回事：大伙儿嘴里说着 A，心里想着 B，写出来的却是 C。

做豆腐是最有趣的事：做硬了是豆腐干；做稀了是豆腐脑；做薄了是豆腐皮；做没了是豆浆；放馊了是豆汁；搁臭了，还可以做臭豆腐……写作工坊有时候也如豆腐作坊：故事写得有头有尾，可以做小说；故事写得有声有色，可以做剧本；故事写残了，可以做散文；故事写没了，只剩下一些情绪，还可以作诗……

罗伯特·麦基说，戏剧、散文、电影、歌剧、哑剧、诗歌、舞蹈都是故事仪式的辉煌形式，各有其悦人之处，只不过在不同的历史时期，以不同的形式走红而已。故事，是所有文学的基础。

创意写作，从故事开始。在故事的写作中，你总能找到属于自己的题材，找到属于自己的文体，找到自己的风格，发现自己的声音。下笔有益。

要致力于创意写作，你始终要做四件不同的事情。写作，当然是核心部分，但仅仅是一部分。创意作家也需要知道如何阅读，与其他作家一起工作，以及通过向听众高声朗读自己的作品或者提交出版以提高自己的写作水平。

本书以上海大学“创意写作夏令营”“创意写作本科实验班”“创意写作研究生班”“成为作家：潜能激发”“成为作家：作家工坊课”“创意写作：故事工作坊”“创意写作：小说工作坊”“创意写作：编剧工作坊”“创意写作：散文工作坊”“新疆作家创意写作培训班”等课程教学实践为基本材料，以潜能激发、技能拓展、培育作品、培养作家为目标，探索面向中国文化发展、适合中国高校写作教育实际的写作训练方案，为完整创生和深化中国创意写作学科做出些许努力。

本书参阅了大量海外创意写作和写作工坊相关理论与教学实践书籍，收录了一些著名写作工坊信息和高校写作课程资料，也可作为研究创意写作与写作工坊的资料书籍阅读。

目录

第五章
讲故事的人

第六章
故事逻辑

第七章
故事类型

第八章
故事马甲

第一章

故事材质

我们读小说、读传记文学作品，虽然很在意作品的语言准确优美与否，但更在意作品中的故事。说一部叙事作品不好，往往是指："故事不行。"道论一个作家不好，我们也会说："他不会讲故事。"相反，一部作品主题高深莫测、技巧眼花缭乱，但终卷下来发现故事平平，我们就会有上当的感觉，批评它"华而不实""故弄玄虚"。蒋子龙说："一个好故事可以涵盖一切，它可以成全一部好小说。如果故事不能成立，立意蹩脚而陈旧，情节漏洞百出，人物就成了累赘，小说也必将成为灾难。"① 仔细梳理一下自己的阅读经验，相信你有这样的体会：差不多每部经典叙事作品都有一个经典的故事。

看话剧、歌剧、戏曲、电影、电视剧、小品、哑剧等，我们很在意演员的表演、唱腔，作品的特技、布景、音响、镜头，也在意作品的主题、格调、境界、观念，但最终让我们紧张得喘不过气来、捧腹大笑、潸然泪下、若有所思、欲罢不能的，还是故事。欣赏一幅画、一帧照片、一个雕塑，我们会紧盯作品的光影、色彩、线条、结构、虚实、对比等，但是还不够，我们想看到一些看不到的东西，比如作品中的故事、作品的故事，它们其实都是作品的一部分。珍贵的艺术藏品上总是做了无数的标记，这些标记为它们增值，因为每一个标记都是一个故事。

《创世记》在讲开天辟地的故事；《2012》在讲世界末日的故事；《格萨尔王》在讲英雄的故事；一首诗中的典故在讲故事；纪念碑在讲故事；《蔷薇园》用故事告诉君王、僧侣、少年、老年人，什么是好的君王、好的僧侣、好的少年、好的老年人，以及好的生活、好的爱情、好的行为、好的心态；哄小孩入睡的《两只老虎》也在讲故事。在八百多年前的中国宋朝，汴京或临安，下午或者晚上，瓦舍的勾栏里，一群人凝神静气，无限崇拜地看着台上的那个人——那个人在讲故事：银字儿、铁骑儿、合生、参请……

创意写作，从故事开始。

---

① 蒋子龙．说故事．文学报，2005－07－28.

第一节 故事材质

什么是故事？什么是好的故事？镶嵌在变文、话本、史诗或散文、诗歌、小说、戏剧、小品、影视、回忆录中，再或绘画、音乐、雕塑等艺术形式中的故事，或者独立存在的故事，它们都有着什么样一致的要素，我们才称之为“故事”？我们因为什么而称之为“好故事”？

什么是故事

在创意写作语境中，故事指“一系列事件”[①]。然而，“故事”（story）这个术语却来自叙事学，在最一般意义上指：（1）“叙事文的内容，即事件与实存”，包括具体的事件、人物、背景，以及对它们的安排，即“由作者的文化代码处理过的人和事”[②]；（2）“被讲述的全部事件”“真实或虚构的、作为话语对象的接连发生的事件，以及事件之间连贯、反衬、重复等等不同的关系”[③]；（3）“叙述的内容：人物、事件和背景都是故事的组成部分；以编年顺序排列的事件构成

① MORRISON M. Key concepts in creative writing. Hampshire：Palgrave Macmillan，2010：130.

② 查特曼．故事与话语——小说和电影的叙事结构．徐强，译．北京：中国人民大学出版社，2013：12.

③ 热奈特．叙事话语 新叙事话语．王文融，译．北京：中国社会科学出版社，1990：6，198. 这里，热奈特是从“叙事”层面阐释“故事”的，即“叙事”包括“故事”和“对故事的讲述”。

了从话语中抽取出来的故事”[1]；（4）“对一些按时间顺序排列的文件的叙述”[2]；（5）“从作品文本的特定排列中抽取出来并按时间顺序重新构造的一些被叙述的事件，包括这些事件的参与者”[3]。

这些叙事学经典的定义涉及了“事件”“存在”“真实”“虚构”“关系”“顺序”“编排”等重要概念。故事是叙事的对象（叙事通俗叫“讲故事”），以连续发生的事件及事件组合的关系为内容。在经典叙事学那里，“故事”与“话语”、“故事”与“叙事”存在某种程度的分离（但是，没有“话语”“叙事”，“故事”就无法呈现，它们其实保持了某种程度上的“同时性”），可以“从话语中抽取出来”并可以“按时间顺序重新构造”，这显示了“故事”与“小说”的重要区别。

作为小说的《百年孤独》这样开头：

> 多年以后，奥雷良诺上校站在行刑队面前，准会想起父亲带他去参观冰块的那个遥远的下午。

开篇即采用预叙、回叙的方式，从奥雷良诺上校多年后行刑开始。然而，作为“故事”的《百年孤独》，却只能从布恩迪亚家族第一代何塞·阿尔卡蒂奥·布恩迪亚着眼，并按照时间顺序讲起，只有这样，小说《百年孤独》的故事方可理解。

> 何塞·阿尔卡蒂奥·布恩迪亚是西班牙人的后裔，住在远离海滨的一个印第安人的村庄。他与乌尔苏拉新婚时，由于害怕像姨母与叔父结婚那样生出长尾巴的孩子，乌尔苏拉每夜都穿上特制的紧身衣，拒绝与丈夫同房。因此她遭到邻居普鲁邓希奥·阿基拉尔的耻笑。一次比赛中，何塞·阿尔卡蒂奥·布恩迪亚杀死

---

① 费伦．作为修辞的叙事：技巧、读者、伦理、意识形态．北京：北京大学出版社，2002：173.

② 福斯特．小说面面观．苏炳文，译．广州：花城出版社，1984：24.

③ 里蒙-凯南．叙事虚构作品．姚锦清，等译．北京：生活·读书·新知三联书店，1989：5-6.

了普鲁邓希奥·阿基拉尔。从此，死者的鬼魂经常出现在他眼前，那痛苦而凄凉的眼神，使他日夜不得安宁，他们只好离开村子，外出寻找安身之所。经过了两年多的奔波，来到一片滩地上，受到梦的启示决定定居下来。后来又有许多人迁移至此，建立村镇，这就是马孔多。布恩迪亚家族在马孔多的历史由此开始。

在小说中，奥雷良诺上校第一个出场，排在第一顺位。但作为家庭成员之一、家族故事的一部分，他只能在“第二代”故事中才出现：

老二奥雷良诺生于马孔多，在娘胎里就会哭，睁着眼睛出世，从小就赋有预见事物的本领，少年时就像父亲一样沉默寡言，整天埋头在父亲的实验室里做小金鱼。长大后爱上马孔多里正千金雷梅黛丝，在此之前，他与哥哥的情人生有一子，名叫奥雷良诺·何塞。后来他参加了内战，当上上校。他一生遭遇过14次暗杀、73次埋伏和一次枪决，均幸免于难，当他认识到这场战争是毫无意义的时候，便与政府签订和约，停止战争，然后对准心窝开枪自杀，可他却奇迹般的活了下来。他与17个外地女子姘居，生下17个男孩。这些男孩以后不约而同回马孔多寻根，却被追杀，一星期后，只有老大活了下来。奥雷良诺年老归家，每日炼金子做小金鱼，每天做两条，达到25条时便放到坩埚里熔化，重新再做。他像父亲一样过着与世隔绝、孤独的日子，一直到死。[①]

在法语里，有两个被译为“故事”的术语，其一是“histoire”，它同时意味着“故事”和“历史”。E. 本维尼斯特用它指“过去事件的书面叙述”[②]。这种观念与中国传统叙事学对故事的理解十分相似。在中国传统叙事这里，“故事”一般是指“旧事”“旧业”“先例”“典

① 百度百科《百年孤独》“故事梗概”，http：//baike. baidu. com/view/37227. htm? fr=aladdin.

② 王先霈，王又平．文学理论批评术语汇释．北京：高等教育出版社，2006：352.

故”“花样”等已经发生、“真实”存在的事件、事物，如《史记·太史公自序》中说：“余所谓述故事，整齐其世传，非所谓作也。”中法两种文化对故事本质化和实体化的理解，类似于热拉尔·热奈特的描述：“由处于时间和因果秩序之中的、尚未被形诸语言的事件构成。”由此看，作为“事件”，故事包括“真实发生”和“虚构”两种情况，这就与现代小说观念倾向于“虚构”有所区别。

综上所述，我们倾向于这样认为，故事即是真实或虚构的、作为话语对象的接连发生的事件，或者从已有作品文本中抽取出来并按时间顺序与逻辑关系重新构造的事件。

故事的独立性

后结构主义叙事学倾向于认为，故事本身不是“存在之物”，在“讲”之前并不存在，是话语创造了故事。但它似乎忽视了这个事实：一个故事改头换面用不同的载体与文体演绎后，我们依旧识得它，知道这是同一个故事，它们只是换了一件“马甲”而已，正如布雷蒙所说：“一个故事的题材可以充当一部芭蕾舞剧的剧情；一部长篇小说的题材可以搬到舞台或银幕上；一部电影可以讲给没有看过的人听；一个人读的是文字，看见的是形象，辨认的是姿势，而通过这些，了解到的却是一个故事，而且很可能是同一个故事。”① 从叙述上讲，故事通过许多媒介（符号系统）和话语类型来讲述。故事的“语法”丝毫不反映这些差异，更不反映虚构叙事与历史叙事的差异，它是一种普遍性模式。② 申丹修正了施洛米斯·里蒙-凯南关于故事独立性的论断，认为：“一、故事独立于不同作家、舞台编导或电影摄制者的不同创作风格；二、故事独立于表达故事所采用的语言种类（英文、法

---

① 申丹．叙述学与小说文体学研究．北京：北京大学出版社，1998：19.

② 道勒齐尔．虚构叙事与历史叙事：迎接后现代主义的挑战//赫尔曼．新叙事学．马海良，译．北京：北京大学出版社，2002：177.

文、中文等)、舞蹈种类（芭蕾舞、民间舞等）和电影种类；三、故事独立于不同的媒介或符号系统（语言、电影影像或舞蹈动作等)。”[1]罗伯特·麦基也说：“戏剧、散文、电影、歌剧、哑剧、诗歌、舞蹈都是故事仪式的辉煌形式，各有其悦人之处。”[2] 他们的话可以理解为，故事可以存在于不同的载体，也可以存在于不同的文体，被不同的方式讲述，具有不依赖具体文体和载体的独立性。

但实际情况是，穿梭于各种文体、载体，各个时代、语言、文化中的“故事”，其“独立性”主要体现在故事的核心事件与核心动作上，至于故事的意义、价值，事件的起因、关联，人物的形象、设定，都会在每一次讲述中被丰富、被改变。“贞德的生活事实永远是相同的，但是，她的生活‘真实’的意义却有待于作家来发现，整个样式也因之而不断改变。”[3] 假如“花木兰从军”是“独立”“客观存在”的事件和动作的话，那么诗歌《木兰辞》、电视剧《花木兰》、电影《花木兰》对这个故事做了地方性与时代性的演绎，同一个故事呈现出不同的面貌，焕发出不同的光彩。

故事材质

我们习惯上把《山海经》《世说新语》《琐语》《笑林》等这样的著作称作“小说集”，然后在“小说”基础上进一步介绍说它们讲了什么“故事”。但必须要指出的两个事实是：第一，中国传统意义上的“小说”跟我们来自叙事学语境中的“小说”不相同；第二，上述著作是文学类型、体裁、故事不发达时期的产物。我们称之为“故事”的材料，绝大部分只是故事的雏形。我们称之为“故事”，一是

---

① 申丹．叙述学与小说文体学研究．北京：北京大学出版社，1998：19.

② 麦基．故事——材质、结构、风格和银幕剧作的原理．周铁东，译．北京：中国电影出版社，2001：33.

③ 同②31.

在中国语境下的缘故，二是这些故事多与其他材料形成互文，在这个故事中残缺的部分能在其他材料中找到，比如《世说新语》中的许多“轶事”可以与历史材料相互补充、互证。虽然这些故事只有某些人物的只言片语，但丝毫不影响我们对它们的理解，因为他们是历史人物。在人们对事物的理解过程中，格式塔心理总是在起作用，我们会自觉根据已有的知识和经验的框架补足不完整的部分。完整的故事材质，应包括如下内容：

事件/行动

故事就是事件。什么事件也没发生，不是故事。什么是“事件”？事件（event）是构成故事的最基本单位，是故事的组成部分。《牛津英语辞典》给“事件”下的定义是“发生的事情”。根据这一定义，施洛米斯·里蒙-凯南说：“一个事件就是一件发生的事情，一件能用一个动词或动作名词加以概括的事情。”[①] 西摩·查特曼进一步说：“事件同时是行动（动作）和事故（happenings）。二者都是状态的改变。行动就是由一个行动原引发的或对一个被动者造成影响的一种状态的改变。如果动作有情节意味，这一行动原或被动者就被称作人物。”[②]

最小故事

那么，至少需要几个事件才可以构成一个故事呢？也就是说，“最小故事”是什么样子？“minimal story”（最小故事）又译作“最基本故事”。G. 普林斯说，最小故事由三个相互联系的事件组成。三个事件可以组成一个故事，这三个故事的关系应该是这样：“第一和第三事件是静态的，第二事件是动态的。进一步讲，第三事件是第一事件的反面。最后，这三个事件是有某些联结性特征并按以下方式联

① 里蒙-凯南．叙事虚构作品．姚锦清，等译．北京：生活·读书·新知三联书店，1989：4.

② 查特曼．故事与话语——小说和电影的叙事结构．徐强，译．北京：中国人民大学出版社，2013：29－30.

结起来：(a) 第一事件在时间上先于第二事件，第二事件又先于第三事件；(b) 第二事件是第三事件的起因。”例如：“他很富，后来亏了很多钱，结果他又穷了。”这里包含了时间顺序、因果关系、逆转等三条构成原则。[①] 或者在逻辑上讲，它应该包括一个交代故事发生、故事世界观的背景事件，即一个导致故事发生的诱导事件（或叫激励事件）、一个即将发生的主体事件，甚至还可以交代主体事件发生之后方方面面结局的补充事件，主体事件则包括更多的组成或连锁事件。

核心事件

在所有的事件中，应有一个核心事件（也可以称之为主体事件），它是故事的中心，相较于其他事件，它起着聚合目标和核心的作用，失去它，故事其他事件就失去了方向，俗称“故事核”。对于一个故事而言，其重要性无异于“种子”，有经验的作者一旦拥有了一颗种子，必精心培育，让它生根、发芽，“长出”一棵好故事树。它的位置，可能处于故事的起点，可能处于高潮，也可能处于结尾，视故事的类型和主题而定。比如，微型小说故事结尾的“翻转/反转”即是故事的核心，全部的铺陈为此服务。《玩偶之家》中，娜拉的“出走”是故事的高潮，前面所有的家庭“幸福”与个人性格与此形成对照，于是故事的主题便彰显出来。就小说而言，“核心事件是小说情节的‘纲’，并跟小说的题旨直接相关，是小说情节的总枢纽，具有‘牵一发而动全身’之效”[②]。核心事件与故事的核心行动相关，由主人公参与、推动并最终完成。

变化

故事由“事件”组成，但“‘事件’意味着变化”[③]。没有引起变

---

① 里蒙-凯南．叙事虚构作品．姚锦清，等译．北京：生活·读书·新知三联书店，1989：32.

② 曹布拉．金庸小说技巧．杭州：杭州出版社，2006：129.

③ 麦基．故事——材质、结构、风格和银幕剧作的原理．周铁东，译．北京：中国电影出版社，2001：40.

化的事件，或者发生了一系列事件之后，故事依旧没有发生变化，这种事件就不是有效事件。即使是三个事件组成的“最小故事”，也包含着变化。施洛米斯·里蒙-凯南说：“当一件事发生时，与此相关的局面通常会发生变化。这样，一个‘事件’就可以被看作是从一种事态向另一种事态的转变。”米克·巴尔也在这个意义上把事件定义为“由行为者所引起或经历的从一种状况向另一种状况的转变”①。如果一个事件的发生与主要人物的外在生活或内心生活无关，那么它就是偶然事件，故事不能建立在偶然事件之上。如果所有的事件都是如此，那么我们说这个故事“什么也没有发生”。“有一条规律差不多是普遍有效而应当加以强调的，那就是：在一幕戏的结尾，不应当让行动停留在这幕戏开始时它所停留的地方。观众有一种对‘前进’的直感和希望。他们不愿意把事情仅仅理解为时间推移的标志，不愿意在一幕戏结束时感到似乎什么事情也没有发生过，即使在这幕戏的进程中，时时刻刻都是饶有兴趣的。”② 热拉尔·热奈特说：“对我而言，只要有（即使是唯一的）行为，就有故事，因为有变化，有从前一个状态到后一个状态的过渡和结果。”③

变化与情感、价值观

事件外在状况的变化与内在状况的变化保持着密切关联，好故事的事件都会引起内在情感与认识的变化。没有引起情感与价值观变化，说明发生的这些事情没有触及人物的灵魂。比如，一个人视财富为自己人生的全部，为了获取更大的财富，他宁愿牺牲亲情与友情。后来，他竭尽全力也未实现这个目标，但此时他却发觉，虽然没有获得更多的财富，却拥有了更宝贵的亲情与友情。没有这笔财富，他反

---

① 巴尔．叙述学：叙事理论导论．2 版．谭君强，译．北京：中国社会科学出版社，2003：219.

② 阿契尔．剧作法．吴钧燮，聂文杞，译．北京：中国戏剧出版社，1964：163.

③ 热奈特．叙事话语 新叙事话语．王文融，译．北京：中国社会科学出版社，1990：201－202.

而更加富有（《人再囧途之泰囧》）。初始内在价值观推动事件的发展，事件的发展和最后的结果又改变了他初始的价值观，故事的两端似乎都是平衡的，但这两种平衡的性质完全不同。

行动

事件意味着变化，跟变化密切相关的是行动，是行动导致了包括人物关系、情感、价值观、身份等多方面在内的变化。有关其重要性，亚里士多德表述为："人物不是为了表现性格才行动，而是为了行动才需要性格的配合。由此可见，事件，即情节是悲剧的目的，而目的是一切事物中最重要的。此外，没有行动即没有悲剧，但没有性格，悲剧却可能依然成立。"①

在所有行动中有一个核心行动，故事紧扣核心行动展开。一般而言，核心事件由人物尤其是主人公的核心行动参与、完成。许多类型故事就建立在类型化的核心行动之上，比如"寻宝故事""复仇故事""学艺故事""成长故事""拯救故事""逃亡故事"等，数不胜数。具体故事围绕核心行动展开，如：《一九四二》是"逃荒"，《走向共和》是"寻路"，《雍正皇帝》是"改革（难）"，《活着》是"活着"（或"活下去"），《神探狄仁杰》是"断案"，《西游记》是"取经"，《魔戒》是"销毁"，《人在囧途》是"回家"，等等。当然，核心行动也是相对的，每一个事件都围绕自己的核心行动展开。

情节

"许多人交替使用'情节'和'故事'这两个词，但它们的含义截然不同。"② 格非认为，在小说中，"故事"其实就是"情节"，"作为与'事件'相对应的一个概念，是由时间上的延续性与事件前后的

---

① 亚里士多德．诗学．陈中梅，译注．北京：商务印书馆，1996：64.

② BREAULT M. Narrative design：the craft of writing games. Boca Raton：CRC Press，2020：20.

因果联系而构成的”[①]。他指出了一个事实，即“当故事走进了小说，它就演变成了情节”[②]。情节是故事的实现形式、结构化了的故事，人物、时间与空间诸因素的叙述安排都体现了作者的主观意志。[③] 我们在很多时候讨论的故事，其实是故事情节。情节与故事密不可分，但情节不等于故事。其一，情节可以不按照事件顺序出现；其二，情节因为作者的参与，事件之间有或隐或显的紧密联系，但故事可以松散、零碎；其三，一个故事可以包括多个情节。“一个故事包含了若干情节，若干情节组成了一个故事。易言之，故事大于情节，是若干情节之和；情节小于故事，由若干个情节段的连缀构成了故事。”“一个故事可以组成一部小说——也可以若干个故事组成一部小说，但一个情节却不能构成一部小说。故事有独立自主的面貌，情节则没有独立的形态，它只是故事的组成部分。”[④] 换句话说，我们说的“故事”大部分停留于“故事设计”范畴，“情节”则属于“故事讲述”“叙事”范畴。

戏剧性

我在一所外语学院任教/这你是知道的/我在我工作的地方/从不向教授们低头/这你也是知道的/我曾向一位老保姆致敬/闻名全校的张常氏/在我眼里/是一名真正的教授/系陕西省蓝田县下归乡农民/我一位同事的母亲/她的成就是/把一名美国专家的孩子/带了四年/并命名为狗蛋/那个金发碧眼/一把鼻涕的崽子/随其母离开中国时/满口地道秦腔/满脸中国农民式的/朴实与狡黠/真是可爱极了

——伊沙：《张常氏，你的保姆》

语言代表着权力，强势的语言代表着强势的权力，异语种的交流

① 格非．小说叙事研究．北京：清华大学出版社，2002：37.
② 陈果安．小说创作的艺术与智慧．长沙：中南大学出版社，2004：34.
③ 徐岱．小说叙事学．北京：中国社会科学出版社，1992：220.
④ 曹布拉．金庸小说技巧．杭州：杭州出版社，2006：60.

伴随着文化、经济、现代化等因素的较量。当“疯狂英语”推广者李阳发誓要让“三亿中国人”说一口流利的英语时，他没有意识到外来语种大规模入侵对一个民族生活及心理的影响。作为一个诗人，“我”为什么“从不向教授们低头”？因为很简单，作为双向交流的语言专家，他们从未成功地向外国人推广过自己的民族语言。但是，一个几乎无名无姓的保姆做到了，这颇具戏剧性。“张常氏”是美国专家孩子的保姆，但是诗人却在标题里说：“张常氏，你的保姆”。这个非常突兀的标题，与诗歌事件的事实形成翻转。为何是我们的保姆？因为，我们的语言学“教授”“专家”无法守护自己的语言和文化，由于处在“不成熟”“幼稚”状态，仍旧需要呵护。戏剧性的提炼让我们重新认识了这个人和这件事，迫使我们重新打量生活，反思自身。

经典故事多是有趣的，我们因为喜欢它，才愿意交出自己，接受它的观念和判断。一个好人做了一件好事，在道德上值得赞扬，也鼓励读者自觉地去效仿，但是在趣味上，我们更愿意听到一个坏人因为某种原因开始做好事并且成为一个好人，或者他坚持做本性驱使的事、最终人生没有好结果的故事，而且那种“惩恶扬善”的教谕效果要远比前者好得多，这就是为什么人们更愿阅读“三言二拍”而非《太上感应篇》或其他各地方牌坊故事的原因。“好人做坏事”跟“坏人做好事”的故事，在材质上有共同点，那就是人物和事件存在反差，这种反差我们称之为“戏剧性”。一个故事是否有趣，取决于故事事件自身的戏剧性以及对故事事件戏剧性的发掘，比如：

人物身份与行为、行为与结果等之间的巨大反差

一个贼不去偷盗，反而阻止同道中人对受害者实行偷盗（《天下无贼》）；一伙强盗去剿灭另一伙强盗，其目标不是为了钱财，居然是为了“公平”（《让子弹飞》）；一个和尚万里迢迢去取经，拯救众生，途中要面对无数的妖魔鬼怪，他肉眼凡胎，毫无辨别危险的能力和自保能力，而他自身是妖魔鬼怪的首要攻击目标（《西游记》）；没有枪、没有经费、主张和平主义、具有“萨姆弹情结”的人，要去公开刺杀，完成“一桩事先张扬的谋杀案”（《借枪》）；妓女比贵妇更高贵（《羊脂球》）；等等。试想，“老鬼当家”（《小鬼当家》）、“青年与海”（《老人与海》），这样的故事又该如何讲述呢？堂吉诃德生活在17世纪，但脑子却停留在骑士时代。他披挂整齐、骑驴游侠天下的时候，我们就想知道：两个世纪的碰撞会怎么样？（《堂吉诃德》）

中国古典爱情故事中，牛郎织女、董永与七仙女的故事讲述的是贫穷的人间小伙与貌美富足的天仙的故事，白娘子与许仙的故事是人与妖的故事，梁山伯与祝英台最后因变成了蝴蝶而获得永久的幸福。国外也有许多贫富悬殊的爱情故事，比如贵族子弟与妓女（《魂断蓝桥》《茶花女》）等，还有一些经典的偷情故事（《安娜·卡列尼娜》《泰坦尼克号》《廊桥遗梦》《查泰莱夫人的情人》）等。这些爱情故事，人物的行为与自己的身份形成了巨大的反差。

反差还存在于行为与结果之间。比如，反抗悲剧命运的行为却导致悲剧命运的加速到来（《俄狄浦斯王》《无极》等）；想要摆脱某种坏的东西，抛弃了之后却发现是最宝贵的东西，因此而失落（《人生》《黑骏马》等），或者相反，没有摆脱掉却因此而受益（《疯狂的石头》等）；得到了一直想要的东西，最终却发现不可能再拥有或者已经没有价值（《三杆大烟枪》等）。这些故事，有些是悲剧，有些是喜剧，有些是滑稽剧，但种种反差存在于其间。戏剧性只关乎趣味，不关乎主题。

超越日常生活

两个相互仇视的人以匿名的形式交往后，反而都爱上了对方（《街角商店》《电子情书》）；一个律师一下子丧失了说谎的能力（《大话王》）；几个牙买加人决定以雪橇队的名义参加奥运会，尽管牙买加这个地方连雪都没有（《冰上轻驰》）；一个男人发现他被自己的克隆人顶替了（《第六日》）；等等。这些故事让我们惊讶不已。

比如《太平广记》《世说新语》《阅微草堂笔记》中的人物，他们来自生活，却非凡、特立独行、难以解释。他们或有这样的性格、这样的癖好、这样的经历。英雄传奇、历史演义讲述的是决定国家命运、历史走向的大人物、大事件。而在几乎所有的幻想故事中，比如："从前，有一块木头，叫匹诺曹。这块木头落在木匠安东尼手里，木匠用斧柄敲敲木头，木头竟然大喊：'很痛呀！'……葛培多将木头刻成木偶，嘴巴刻好了，匹诺曹马上伸出舌头来做鬼脸。刻好了手臂，匹诺曹又立刻伸手把葛培多头上的假发拉掉。脚刻好了，匹诺曹拔腿就跑……"（《匹诺曹》）我们就想看看，在我们的生活之外，还有什么样的生活。

提供异质生命

他们或是来自偏远的地方，或是来自遥远的过去，比如《边城》《大淖记事》《马桥词典》《商州》等故事。在现代化、全球化的今天，这样的人与事件或许在"量"上处于绝对少数派，在影响力上处于绝对劣势、边缘化，不被理解，现实中并无多少人愿意模仿。但是，他们仍旧有自己的价值，比如"我太婆"，她不仅是"白石街唯一吸鸦片的人"，而且"天生孤老命"，死时没有人为她送终，但她也绝不留一分钱给别人。

> 白石街唯一吸鸦片的人是我太婆，太婆的身世在我想象之外。她自己种罂粟，自己加工，自给自足……我外公一生送给他母亲唯一的一件礼物就是这杆烟枪，烟锅与咬嘴是银子做的，杆是发黑的木头。
>
> ——花如掌灯：《抽鸦片的太婆》
>
> 太婆死时，我外婆不得不尽到礼数，我看得出她如释重负。太婆临终没有留下任何东西，自己梳洗干净，把一个包袱整好放在身边，也没有人送终，仿佛出门一般，只留下躯壳。有一种说法，死时把最后一分钱花完的人最幸福。还有一种说法，花完了最后一分钱但还活着的人最不幸福。但谁的打算能这么好？这世上只有我太婆。
>
> ——花如掌灯：《天生的孤老命》

太婆不积福于现世，不留富于后人，几乎与这个世界格格不入，遭人厌嫌，但是她也活了九十多岁，但是她也活得自给自足，但是她也活得强硬，但是我仍旧时时想起她，但是……这是一种什么说法呢？这么解释行吗？

> 现在，就在我回忆起半个世纪前这位太婆的时候，她给我的感觉是她不是一个自恋的人，她的与众不同只是一种活法。
>
> ——花如掌灯：《天生的孤老命》

看来，白石街唯一抽鸦片的太婆相对于白石街所有不抽鸦片的人在生活方式及意义上，并不像数量上那样处于以一敌众的绝对劣势；相反，她具有独特的“传奇”价值：“一个人有一套这样道理这样想这样做，另一个人却有另一套道理那样想那样做，而竟然这样也对，那样也对。”[①]太婆的生活让我们不由得反思自己的生活是否真的那么优越、正确。

见解/感情

一株植物在莽莽大森林中无声无息地倒下，一块石头与天空对峙，我们这么说，其实已经将它们对象化了，赋予了见解/感情。我们为什么感叹一株植物的死亡？是因为从它身上看到了我们自己平凡的人生和无可奈何的命运。为什么钦佩一块石头？因为它有足够的耐心和坚忍，抵抗无边无际的无聊与寂寞，或者拥有这个世界稀有的钝感力。

故事总是伴随着见解与感情，小说、剧本故事让见解与感情从故事中自动流露，散文或诗歌故事则要通过作者、诗人去揭示。但是，每部成功的作品，都能给这个世界习以为常的世俗生活提供新的感悟。反过来说，这些新的感悟构成了新故事的“核”。因为这个“核”，可以生长出新的故事。

《婚前试爱》表达了这样一个见解：“你爱一个人，首先就要伤害

① 杨照．故事效应——创意与创价．沈阳：辽宁教育出版社，2011：59.

他，因为内疚是维系爱情最好的方法。”“内疚是维系爱情最好的方法”，这句在现代都市迷狂状态下的爱情感悟，似乎是长久以来类似爱情境遇的极端表达，虽然难以接受，但不无道理。在很多经典爱情故事中，深爱或者更爱，都是建立在“内疚”或“愧疚”的基础之上，只不过话语表达方式不是这样。“伤”了一个人，才更爱一个人；伤害至死，于是遗恨一世，才深爱一生。李寻欢（《小李飞刀》）对林诗音的爱，其实建立在对林诗音无穷无尽的“悔恨”与“愧疚”之上。他亲手将自己深爱并深爱他的爱人送给一个无赖，最后又亲手杀死了自己爱人的儿子。如果没有那么多的伤害，李寻欢会那么“悔恨”与“愧疚”吗？没有那么多的“悔恨”与“愧疚”，或许也就没有那么多的爱。《肉蒲团》中未央生对铁玉香的恩爱，也是建立在未央生为追求性爱而做出种种荒唐事，终于使铁玉香遭受极大的伤害之上。若非未央生良心未泯，若非迷途知返，若非遭受弥天大祸，他会反悔、会珍惜铁玉香吗？

《西游降魔篇》中提出这样的观念：“大爱小爱都是爱，爱不分大小”“你说佛祖不信你，但你相信佛祖了吗”。它似乎讲了两个故事：一是关于爱，二是关于信。因为“爱”，所以才舍生忘死；因为“信”，才峰回路转。“爱”分“大爱”和“小爱”。陈玄奘因为爱世人，所以舍生忘死去驱魔；驱魔人段小姐因为爱陈玄奘，所以舍生忘死去救陈玄奘。陈玄奘因段小姐的牺牲，完成驱魔大任，西游取经，因此说，“小爱”与“大爱”本就不分。陈玄奘知道，与其他降魔人相比，自己百无一用，一度怀疑《儿歌三百首》。但是他相信佛祖，相信事业的正义性，信念驱使他“信”。也正由于他“信”，所以他才义无反顾。《儿歌三百首》蕴含至高佛理、至深神功，这其中的转化当然是偶然的，我们不能认为最后孙悟空的降服，完全出自段小姐不识字、盲目拼凑诗集所然，这是偶然没错，但这也是必然的一种。陈玄奘迟早会参透它，即使参不透，他师父也会告诉他，只是时间与机缘而已，前提是：陈玄奘会持续地“信”。如果不信，《儿歌三百首》的至深佛理是不可能得到的。

见解/感情可以集中在主题，也可以散落在情节与细节中；可以由故事的全部去演绎，也可以通过人物之口去阐述；可以由作品的题目点明，也可以深藏在叙述语言之中。许多经典故事留下了经典的见解，发人深省，包括反面人物为自己的辩护，比如“我想跟你分享一个心得，当在母体内尝试着为你们分类时我有个领悟：我发现你们不是哺乳动物，地球上的哺乳动物都会和大自然维持生态平衡，你们人类却不会，你们每到一处就拼命利用，直到耗尽所有的大自然资源。生存的唯一方法，就是侵占别处，世界上只有另一种生物才会这么做，你知道是什么吗？是病毒。人类是种疾病，你们是地球的癌症和瘟疫”（《黑客帝国》）。

人物/主人公

故事可以是“我/我们”的，也可以是“他/他们”的。有时候，主人公并不是人，但是也没有关系，我们可以将它拟人化，变成人类的故事，比如《伊索寓言》《列那狐的故事》《百喻经》等。《昆虫记》到底是昆虫的故事，还是“我”观察昆虫的故事呢？显然是后者。一株植物没有故事，一块石头也没有故事，除非它们被拟人化，被赋予人类的思想与感受，跟我们一样，有内心冲突，有意识和潜意识，只有这样，它们才有行动的欲望、主动性和感受，才会有属于自己的事件发生。为什么必须是“人”？因为只有人才有行动欲望、目标，才能发起行动，行动产生事件，事件形成故事。

故事都是关于“人”的故事。一个复杂的故事会牵涉到多个人，但肯定会以某个人物为中心，讲述有关他的经历、心路历程、见解等，我们一般把这个人物叫“主人公”。在一个故事中，并不只有主人公一个人物或者一个其他人物，很多时候有“主人公/正面人物”“对手/反面人物”“助手/帮凶”“功能人物”等，他们往往成对出现

（需要多少人物，根据事件大小、目标实现难度、反映生活事件的面等而定）。在戏剧或影视故事里，不仅主人公是“人”，而且对手也必须是“人”，这是文体的规定。在这些人物当中，我们根据他们提供信息的厚度，可以将其分为“圆形人物”和“扁形人物”；根据其与现实生活的联系和所能代表的程度，可以将其分为“典型人物”和“非典型人物”；根据他们在故事中的功能，可以将其分为“功能人物”和“主角”；根据其受关注的程度，可以将其分为“主人公”“次要人物”“角色人物”，等等。

移情

席勒谈及悲剧时说：“悲剧是一个行动的模仿，这个行动把受苦中的人展现在我们面前。‘人’这个词在这里并不是多余的，它是用来确切地标明，悲剧选择自己对象的界线。只有像我们自己这样的有感情有道德的生物，才能激起我们的同情。”① 席勒实际上在说故事主人公应该同“我们”即读者/观众/听众一样，“有感情”“有道德”，能提供正能量，他以及他的事业、追求是值得同情的。与此同时，这样的人却是一个“行动中受苦的人”。他说的是悲剧主人公，却适合绝大多数故事主人公。读者会同情弱小者，就像自己在生活当中时时处于弱小状态一样。随着弱小主人公的成长，他们也会伴随他成长的足迹，获取信心，学习经验，分享喜悦。当然，主人公的“低开高走”，也是故事情节发展的需要，我们将在第三章谈到。

我们移情主人公，是因为主人公是另一个“自我”，我们需要主人公的故事来维持自己的个性身份，来表现我们到底是谁。“我们体验到的情感到底是谁的情感呢？这些情感其实在我们自己身上，因此，从这个意义上说它们是我们自己的情感，然而，它们的源头却来

---

①　席勒．论悲剧艺术．张玉书，译．北京：人民文学出版社，1963：100－101.

自别的地方。”① 这种读者化身为故事中的人物的现象被人们称为“身份认同”，杰里·克利弗说，身份认同既是故事要实现的目标，又是故事要收到的效果，又是故事引发的内容。

如何实现对主人公的移情？陈秋平以编剧为例：“（1）有缺点的英雄（十全十美不可爱）；（2）有理由地善良（避免抽象概念）；（3）令人同情地弱小；（4）犯可以原谅的错误；（5）有底线的出位；（6）美德的收与放（不要一次性表现）；（7）找到关键点让观众彻底爱上他。”②

故事是关于人物的故事。故事因人物而起，由人物推动，以人物为中心。在所有人物中，主人公受到特别重视，所有人物根据主人公而配置。因此，在写作的时候，要从主人公、刻画人物的角度出发，而不要过分沉迷于自己的感受，要迅速切入到：“从前，有个地方，有一个人，他……”

---

① 克利弗．小说写作教程：虚构文学速成全攻略．王著定，译．北京：中国人民大学出版社，2011：14－17.

② 陈秋平．分享编剧技巧．http：//blog. sina. com. cn/s/blog_543bd0750100rbs7. html.

第二节　讲故事

讲故事首先是社会实践活动，其次才是艺术活动、文学活动。从故事发展史来看，用文字讲故事只是晚近的事情（未来会很长）。在用文字讲故事之前，有漫长的口头讲故事的历程，这个时期的故事创作与传播是口耳相传。用口头、声音讲故事，这是本来意义上的“讲故事”。我们现在说的“讲故事”，主要是指用“文字”讲故事（小说、传奇）、用“动作”讲故事（戏剧、小品）、用“影像”讲故事（影视）。相对于口头讲故事，用文字、影像讲故事则要复杂得多。但是，在用文字和影像讲故事的时代借鉴口头讲故事经验的现象并不罕见，比如话本（讲话底本）、拟话本；现代时期由曾在太行山根据地工作的赵树理开创的山药蛋派文学，当代的《故事会》等，可以作为风格，也可以作为手段。本书所说的“讲故事”，主要是指用文字和影像讲故事，针对与借用的文本是小说、影视、戏剧等。

讲故事

我们现在说的“故事”，已经是被文字或其他符号讲述过的结果，是一种“被呈现出来”的文本样式，即“文本”（text）形式。这些讲述方式包括：

主人公的确定：这是谁的故事？

事件顺序的编排：故事是如何发展的？结果如何？经过如何？

冲突的设置：事件为什么发生？内驱力是什么？

悬念的设置：阻碍事件发展的因素是什么？主人公实现目标的困难在哪里？

视角/视点的选择：在文本内，谁来叙述（包括亲历、见证、在场性思考）这个故事比较合适？

移情：我们的见解/感情寄托在哪里？准备让读者喜欢谁？

声音：有必要暴露作者自己的态度吗？

类型：怎么样让自己的故事既找到自己的读者、知音，又保证在同类故事中脱颖而出，不至于让听众（读者）生厌、说“陈词滥调”？

“马甲”：故事是独立的，也是可变形的，因此这个故事用什么文体表达效果才最优化？小说、电影、小品，还是散文？

…………

不同的文体对故事要素的要求不尽相同。

散文对主人公/人物、事件/动作两个要素的要求可能相对要弱一些，但同时会强化见解/情感。事情发生了，但是草草收场；心动，不行动；秋天第一片落叶缓缓飘向池塘，没有引起自然灾害，也没有造成经济损失，却在敏感的作者心中引发久久的回响。这些都是散文常见的内容。许多散文，比如小品、随笔，就是讲一个小故事，然后加上一点见解与感想。这样也好，短小精悍、精致精美。而诗歌，可以完全不见故事的踪迹，呈献到我们眼前；引起心灵震颤的是感情，但是我们知道：“这里面一定有故事。”的确，有些故事，诗人不讲出来，我们也能体会得到，比如“当时明月在，曾照彩云归”，因为在抒情诗里的故事是那些原型故事、人生普遍性故事，它们不仅存在于诗人那里，也存在于我们（读者）这里。如果是小说，我们对主人公/人物和事件/动作两个要素的要求多一些。比如，我们希望知道主人公/人物的详细信息、动机、行动中的感受，也想知道这个事件背后的原因，几个事件之间的逻辑关系，行动的详细过程，行动的结果对他人、社会和世界的影响，以及后者对前者的反应等。如果是戏剧，我们更想在长则 150 分钟（或者更长）、短则十几分钟的时间内，不做停留地了解一个故事的全过程，这就对冲突、戏剧性以及戏剧语言提出了更高的要求。而在抒发见解/情感环节，在剧本中，作者几乎被剥夺了直接发声的权利。

故事来自哪里

来源于自己的经历

我们的自传、回忆录、生活故事、散文、小品文、序、跋差不多都直接来源于自己的经历。而更多的是以自己的经历为原型，加以虚构形成新的故事，比如《红楼梦》《家》《春》《秋》等。我们讲述的第一个故事几乎都来源于自己的经历。还记得我们上小学时写的第一篇作文吗?《我的童年》《我的奶奶》《我的故乡》……

来源于现实生活

《老人与海》（海明威）来源于一篇通讯，老人拖回去的马林鱼只是一副大骨架，却还有 800 磅重；《美国的悲剧》（德莱塞）来源于 20 世纪初的美国纽约州；《小二黑结婚》（赵树理）来源于太行山根据地的真实事件，不过，小二黑的原型是个悲剧人物，当时就被活活打死，而小芹的原型也远嫁他乡；《玩偶之家》（易卜生）的原型人物是作者的一个朋友，只不过是因患精神病进了精神病院，丈夫也与她离了婚。1959 年，美国堪萨斯州发生一起震惊全美的凶杀案，杜鲁门·卡波特受《纽约客》杂志之托到堪萨斯写报道整宗谋杀案件的纪实文章。他花了六年的时间调查这起案件，首先跟踪调查了被害者邻居、被害者雇员的反应；同时，也花了大量的时间与精力，耐心而投入地与两位蹲在大牢里等待被处死的凶犯详细长谈。最终，他以独特的写作视角、全新的文学手法、厚重的社会良知，将一宗真实的灭门血案的调查结果写成《冷血》，引发世界范围“非虚构”讲故事的热潮。

来源于过往的生活

文学来自生活。历史是过往的生活，从历史中取材，形成了故事三大类型之一的历史故事。关于历史故事，我们有史诗、英雄传奇、讲史平话、历史演义，以及今天的历史小说等。中国的历史源远流长，历史记述丰富，与之相应的是我们的历史故事也特别丰富，历史故事与历史记述双峰并峙。仅小说一种文体，历史演义在杜纲完成《南史演义》与《北史演义》时，已经几乎完成了所有正史的“演义”①。现当代历史小说续接着古代历史小说的历史叙事，从鸦片战争到辛亥革命，从抗日战争到抗美援朝，等等，补足了历史小说中的“空白”，从而不断地刷新与丰富我们民族的历史记忆。反映现代革命史的小说主要集中在“革命历史小说”里，反映现代史的“另一面”②则主要集中在“新历史小说”里。

---

① 就历史演义来说，反映上古至周武王灭商历史的小说，有《盘古至唐虞传》《有夏传》《有商志传》《开辟衍绎通俗志传》等；反映周代历史的小说，有《春秋列国志传》（简称《列国志传》）、《孙庞斗志演义》（简称《孙庞演义》）、《后七国志乐田演义》（简称《乐田演义》）、《新列国志》（即《东周列国志》）等；反映两汉历史的小说，有《全汉志传》《两汉开国中兴传志》《西汉演义》《东汉演义传》《东汉演义评》等；《三国演义》的续书，有《三国志后传》《后三国石珠演义》等；反映两晋南北朝历史的小说，有《东西两晋志传》《东西两晋演义》《北史演义》《南史演义》等；反映隋唐历史的小说，有《隋唐志传》《大隋志传》《唐书志传通俗演义》《隋炀帝艳史》《隋史遗文》《隋唐演义》等；反映五代历史的小说，有《残唐五代史演义传》；反映宋代历史的小说，有《南北两宋志传》《大宋中兴通俗演义》等；反映元代历史的小说，有《青史演义》；反映明代历史的小说，有《英烈传》《续英烈传》《梼杌闲评》《辽海丹忠录》等；反映近现代历史的小说，有《中东大战演义》《中东和战本末纪略》《捉拿康梁二逆演义》《大马扁》《邻女语》《京华碧血录》《轰天雷》《救劫传》《白话痛史》《袁世凯》《孙文小传》《哀滇泪》《广州乱事记》《五日风声》《血泪黄花》《新汉演义》《新华春梦记》《巾帼阳秋》《通商原委演义》《林文忠公中西战纪》《羊石园演义》《民国春秋演义》《江浙战争演义》《中华民国史演义》《五四历史演义》《国战演义》《第二次世界大战演义》《中国抗战史演义》《溥仪春梦记》《死水微澜》《暴风雨前》《大波》《金陵春梦》，等等。其中，蔡东藩的《中国历代通俗演义》更是规模庞大、格局雄伟，全书共 1 040 回，五百余万字，叙述了从秦汉到民国共 2 166 年的中国历史。

② 王爱松．政治书写与历史叙事．北京：中国广播电视出版社，2007：290.

国外的历史故事数不胜数，佳作迭出，如《战争与和平》《艾凡赫》《上尉的女儿》《九三年》《斯巴达克斯》《十字军骑士》等，但是它们对待历史的观念与我们的历史故事观念不同，按照大仲马的说法是，“历史只是我挂小说的钉子”，因此他们开创了另一种讲述历史故事的模式，以司各特为代表。但是，近来在“非虚构”写作潮流中，他们也产生了诺曼·梅勒笔下《夜幕下的大军》和《刽子手之歌》之类的作品。评论家莫里斯·迪克斯坦在评价诺曼·梅勒的小说时说，他的这种写作模糊了历史和小说的界限。而梅勒自己也乐意承认自己是一名“历史学家小说家”，“用历史方法不可能发现五角大楼前种种事件的奥秘——唯有小说家的本能才行”，因此他认为，在这个时候，小说必须取代历史。亚历克斯·哈利的《根》的副标题是“一个美国家族的历史”，作品是根据他自己家族真实的历史事件所撰写的跨文体小说。巴巴拉·W. 塔奇曼的《八月炮火》以文学的手法描写历史，创作出了美国文学界“最好的历史作品”，美国普利策奖委员会打破“禁止颁发历史类奖项给主题与美国无关的著作”这条限令，挖空心思找到一个名目，颁给塔奇曼一个奖，叫“总体非文学类奖”。理查德·普莱斯顿的《高危地带》是地地道道的报告文学，事件、人物都是真实的，还被《纽约时报》评为非虚构类畅销书第一名，但是却被许多读者当作惊险小说来阅读。然而，明眼的读者会看出，类似于这样讲述历史故事的方法，是我们的传统。

来源于纯粹想象、虚拟

传统的有《阳羡书生》《黄粱一梦》《聊斋志异》等，近年来的玄幻、奇幻、修真等小说将故事的想象力大大推进了一步。中国的幻想故事以《西游记》为代表，它以唐僧师徒上天入地、移步换景的方式，在时间和空间各个维度展示了中国人的立体想象版图，第一次将人、神、鬼、仙、佛、妖、怪各个生活空间整合成一个完整的世界图景。然而，这个世界的框架却留有遗憾。小说开篇说，“感盘古开辟，三皇治世，五帝定伦，世界之间，遂分为四大部洲：曰东胜神洲，曰西牛贺洲，曰南赡部洲，曰北俱芦洲。”盘古开辟，三皇、五帝，这是线性时间叙述，来自中国人自己的神话历史。但是，关于四大部洲的空间叙述，却源自印度佛教经典。百回本第九十七回借秀才之口提到《事林广记》，但是《事林广记》中没有提到四大部洲，只有承传《十洲记》中的十洲。这是从平面上说的。从立体上说，地狱、人间、天庭、西天，有来自中国本土宗教和民间信仰的，更多来自佛教经典的框架。也就是说，我们引以为自豪的想象空间，建立在他者文化的基础上。幸运的是，中国的武侠故事逐渐从现实世界与历史世界剥离，最后开拓出一片完全属于中国人自己的想象空间：“江湖”。这个世界与现实空间平行，但又虚拟存在，并在新近的一些武侠故事，比如《武林外传》《大笑江湖》及许多网络仙侠故事中，逐渐走出“深沟壁垒、不相往来”状态，“江湖一统”似乎并非无可能，如是，它将是中国想象空间的一大飞跃。

架空小说

世界性幻想小说的一种，讲述发生在现实生活和传统想象世界之外、作者完全另设的世界图景中的幻想故事。这个世界有自己独特、合乎想象逻辑并且完全独立的世界体系，包括疆域、族群、文明、伦理、历史、法制、世界观、价值观等，而这个世界与现实世界并无沟通往来的接口，完全处于平行状态。架空小说在西方奇幻小说中非常常见，最著名的例子是J. R. R. 托尔金的《魔戒》。这部作品通过庞大而完整的历史、种族、文明以及世界观设定，凭空创造了一个“中土世界”。就完整性和丰富性来说，还没有哪一部作品的“架空世界”超越了《魔戒》的“中土世界”。

架空空间

完整的架空空间以“中土世界”为代表。

中土世界：“中土世界”人种（物）包括霍比特人、人类、精灵、矮人、树精和黑暗势力六类，主人公佛罗多·巴金斯属于霍比特人，人类主要有阿拉贡、博罗米尔等，精灵有莱戈拉斯等，矮人有吉姆利，树精是树胡，黑暗势力以索伦、萨鲁曼、咕噜姆、黑骑士为代表。人类在霍比特人、精灵族、矮人族、树精的帮助下打败了黑暗势力，恢复了“中土世界”的和平。语言主要有昆雅语、辛达林语、黑暗语、半兽人语、矮人语、西方通用语、树人语、主神语、古精灵语等。领地分人类领地、霍比特人领地、精灵领地、矮人领地、树精领地、敌人领地。据作者的通信，“中土世界”并不是一个与我们这个世界完全没有关系的大陆的名称。也有研究者考证“中土世界”与欧洲大陆的相似性。但是，编构出一个独立、完整的小说世界，无疑是《魔戒》对人类想象力的贡献。

架空时间

完整的架空时间以“银河时间”为代表。

银河时间：《银河英雄传说》（田中芳树）以“三国演义”模式讲述发生在未来银河系银河帝国、自由行星同盟和费沙自治领地之间的民主与专制的争斗，地球则完全作为黑暗势力的背景而存在。这个小说在《魔戒》之外开拓了另一方向：架空时间（历史），即在地球（现时）时间之外设置另一时间谱系，而这个时间谱系虽是现时时间的延续，但实际上也是完全独立自主的，属于另一历史谱系，姑且称之为“银河时间”。

“银河时间”分三个阶段：第一阶段是“地球时代”，从公元2129年地球统一政府成立时起，到2801年人类社会再度统一，银河联邦成立的宇宙历元年结束。第二阶段是“银河时代”，从银河联邦在毕宿五（金牛座α）系第二行星德奥里亚建立开始，到473782年尤里安·敏兹诞生，开始进入第三阶段：杨威利、莱因哈特时代。这种时间设置跟科幻小说的未来观光时间相比要漫长而完整；跟后来的架空历史小说的历史时间相比，它是虚拟的未来时间，而不是过去完成时的历史时间或仿历史时间。因此说，架空小说在空间和时间两个方向，都拓展了虚构文学的想象领域。

近年来，以唐家三少、江南、沧月、老猪等为代表的网络作家，以其非凡的想象力，创建了诸如“斗罗大陆”“九州”“西川大陆”“云荒大陆”“天舞大陆”等新的文学地域，开辟了打上中国烙印的故事领地，这是中国网络文学作家的又一贡献。[①]

来源于已有故事的翻写、倒写、改写

《哈姆雷特》（莎士比亚）是对丹麦王子哈姆雷特为父复仇的故事的改写，《荡寇志》（俞万春）是对《水浒传》的反写。还有大量的“重述神话”[②]，比如《青蛇》《白蛇传说》《人间》之于“白蛇传”、《碧奴》之于“孟姜女”，等等。

同人小说：指的是利用原有的漫画、动画、小说、影视作品中的人物角色、故事情节或背景设定等元素进行的二次创作小说，一般以网络小说为载体。近年来，伴随体育人物、娱乐人物、政治人物等社会人物的高密集度曝光，真人同人小说也逐渐兴起。同人小说的形式大致有完全原著演绎、原著原人物情感剖析、原著原人物在原著设定下所发展出的其他剧情、原著原人物在不同的时空背景下所发生的其他故事、原著童话演绎等几种类型。追溯其渊源，《荡寇志》应该算是比较早期的作品。它虚构了几个主要人物，并利用《水浒传》中同

---

① 许道军．网络文学地理空间的想象边界．文艺报，2020-06-19.

② 重述神话项目由英国坎农格特出版社著名出版人杰米·拜恩2005年发起，委托世界各国作家各自选择一个神话进行改写，神话的内容和范围不限，可以是希腊、印度、挪威、美国、非洲、凯尔特、阿兹台克或其他国家、地区和民族的神话，然后由参加该共同出版项目的各国或地区以本国语言在该国或地区同步出版发行，全球包括英、美、中、法、德、日、韩等三十多个国家和地区的知名出版社参与了全球首个跨国出版合作项目，加盟的丛书作者包括诺贝尔奖、布克奖获得者，如大江健三郎、玛格丽特·阿特伍德、齐诺瓦·阿切比、托尼·莫里森、翁贝托·艾柯等。重庆出版社是“重述神话”项目在中国大陆的唯一参与机构，配合这个项目的中国作家及作品有：苏童的《碧奴——孟姜女哭长城的传说》，叶兆言的《后羿——后羿射日和嫦娥奔月的神话》，李锐、蒋韵的《人间：重述白蛇传》，阿来的《格萨尔王》，等等。

名人物，完全颠覆了《水浒传》的主题和故事情节，构成了《水浒传》的“反水浒”小说。后来，《红楼梦》《水浒传》等名著都有后续小说，但是跟后来的网络同人小说相比，还是过多地依赖原小说的框架与主题。如《此间的少年》（江南），以金庸小说人物为基础，借金庸十五部武侠小说中的主人公，同名虚构一段大学生活的故事。小说以宋代嘉祐年为时间背景，故事发生的地点在以北大为模版的“汴京大学”，登场的是取名乔峰、郭靖、令狐冲等大侠名字的大学生，但是他们过着大学生活，与江湖世界完全不同。跑操、上课、睡懒觉、考试不及格、暗恋等，熟悉的武侠经典人名、熟悉的大学生活，双重的温习使这部小说充满双重怀旧感。

来源于反哲学的预设

故事经常会提出“假如……便……”这样的假设，比如假如人变成了虫（《变形记》），假如现代人回到了过去朝代（《新宋》），假如机器人控制了人类（《终结者》）。

穿越小说：指一个拥有现代身份（或具有现代意识）的人（这里主要指年轻女性、女孩）进入或本身就“在”一个不属于自己的时空，在时空错置和观念错置的矛盾中重新生活及实现人生价值的行为。同是穿越，女孩的穿越就发展成了历史言情小说，男孩的穿越就发展成了架空历史小说。现在说的“穿越小说”，多指女孩的穿越。这类小说的作者（写手）大多是女孩，主人公也多是女孩，而故事也大体上是描述“穿越女”与皇亲国戚、王公贵族之间的风花雪月、缠绵悱恻。“四大穿越奇书”（《末世朱颜》《鸾：我的前半生，我的后半生》《木槿花西月锦绣》《迷途》），以及《梦回大清》《清宫遗梦》《后宫》《秦姝》等，就是女孩写女孩的故事。女孩子穿越到异时空（主要是古代）多是要谈一场轰轰烈烈的恋爱、体验一种尖端感情。从内容上说，“穿越小说”跟言情小说大致不差。黄易的《寻秦记》开穿越之先河，其影响既可以从模仿作品的创意方面看出来，也可以在这些作品的作者自述或人物陈述里得到印证，但是男性的穿越却引领出架空历史小说的产生，如《新宋》《明》等。

来源于细节的生长

比如，味觉的故事（《香水》）、健康的故事（《沙床》）、容貌的故事（《漂亮朋友》）、口吃的故事（《国王的演讲》）等，这些故事建立在细节之上，生发出故事点与故事线，整个故事围绕核心细节展开。

来源于故事机器

翁贝托·艾柯在《昨日之岛》讲了这样一个故事：有一个小岛，岛民们为了打发时光、排遣寂寞，开发出了一台故事机器。这台机器是一个巨型转轮，立在村子的广场上，由六个同心圆构成，每一个圆都能独立转动。其中第一个圆隔成二十四格，第二个圆三十六格，第三个圆四十八格，第四个圆六十格，第五个圆七十二格，第六个圆隔成八十四格。不同的格子代表了不同的动作、情感、状况、时间、地点。轮子一转动，就会产生丰富的组合："例如'昨天——帮助——遇见——仇人——欺骗——病痛'，看这些格子给出的提示，岛民们就可以谈论：'啊，张三昨天在路上刚好碰到仇人，那个仇人以前对他很坏的，把他骗得团团转，可是现在仇人病痛缠身，所以张三反而帮助了仇人。'这样，张三就有故事可供谈论了！怕谁没故事了，岛民只要去转动轮子就好了。利用转轮，可以搭配出七亿两千两百万种不同的故事，哇，太够用了！"①

故事技巧

写你知道的

正如李洱在《夜游图书馆》的内容提要中写的：

---

① 杨照．故事效应——创意与创价．沈阳：辽宁教育出版社，2011：5-6.

> 在这本书里，我写了当代中国某一部分人物。通常，我们把这些人叫作知识分子。我自己也是其中的一员，所以，写他们犹如写自己。他们那些荒谬的境遇，那些难以化解的痛苦，那些小小的欢乐，那些在失败中不愿放弃的微薄的希望，我自己都不愿放弃的微薄的希望，我自己都感同身受。如果我对他们有嘲讽，有批判，那么这嘲讽、批判首先是针对我自己的。[①]

写他们犹如写自己，写自己也犹如写他们。这是因为，你只深刻了解自己，但是也不必悲观。首先，“所有的小说都是自传性质的。然而总有一些幸运的作者能够继续将他们经历中的部分内容不断进行加工重组，再现为一系列的、长长的、令人满意的书和故事”[②]。其次，你可以向自己学习，如契诃夫所说，“我所学到的有关人性的一切都是从我自己这儿学来的”。因为，“你可以确信，大街上向你走来的每一个人，尽管有其各自不同的方式，但是他们都具有和你一样的基本人类思想和感情”[③]。

找到自己的声音

你应以自己的方式去写自己的故事。但是这个自己，包括你生活的土地、你深厚的传统、你的地方性。诺贝尔文学奖总是这样鼓励大家：“他大量出色的著作以独特新颖的风格复兴了西班牙戏剧的伟大传统”（何塞·埃切加赖，1904 年），“他的艺术才能使俄罗斯古典传统在散文中得到继承”（伊凡·亚力克塞维奇·蒲宁，1933 年），“其作品深深植根于拉丁美洲民族气质和印第安人的传统之中”（安赫尔·阿斯图里亚斯，1967 年）……

---

① 李洱．夜游图书馆．杭州：浙江文艺出版社，2002：1.

② 布兰德．成为作家．刁克利，译注．北京：中国人民大学出版社，2011：9.

③ 麦基．故事——材质、结构、风格和银幕剧作的原理．周铁东，译．北京：中国电影出版社，2001：454.

遵循文体规范与类型成规

“听”的故事、“写”的故事与“演”的故事大不相同。同样是爱情，言情故事就与才子佳人故事不同。为什么？它们属于不同的载体、文体以及类型，它们对应着不同的审美方式与价值取向。

写作辩证法

我们总能在经典故事里看到这样的辩证法：若是要写幸福，就先写苦难；如果要写失败，就先写成功；如果要写爱，就先写不爱……反过来也成立。

量体裁衣

给自己的故事选择一个合适的视角、叙述者等，它就会大放异彩。

工坊活动

一、构思或检查

1. 构思一个故事。向伙伴介绍故事的主人公、要发生的事件、戏剧性以及你要表达的见解与感情。

2. 检查带进工作坊的故事。对照故事元素，考察：

（1）这是关于谁的故事？

（2）主人公经历一系列事件之后，价值观/对世界的认识是否发生了改变？

（3）这个故事有无戏剧性，是否值得讲下去？

（4）这个故事提供了什么样的见解？除了“正确”之外，是否还有其他启示意义？

二、讲述一个“我”的故事

尝试这样的标题：“好莱坞正在制作一部关于我的生活的电影”，这部电影将包括哪些场景？

人物

（1）你生命中谁最重要？为什么他们对你最重要？

（2）如果你被来自其他星球的外星人绑架，你会最想念谁？为什么？

（3）你有一个亲密朋友搬家离开你了吗？对于他的离开，你有什么感觉？以后还见到他了吗？再见面时，还跟以前一样吗？或者有什么不一样？

（4）你跟你最好的朋友见面是什么样子？你们怎么变得这么亲密的？

地点

（1）想象一下，你和你的家庭将移民太空一个地方，永远不会再回到地球。离开之前，你们将会去哪里参观？

（2）哪个地方是你永远也不想再去的地方？为什么不愿意再去？

（3）你生命中最快乐的时刻出现在哪个地方？最悲伤的地方呢？最恐惧的地方呢？最滑稽的地方呢？最奇怪的地方呢？

成长

（1）你曾经做过的最艰难的决定是什么？回过头来看，你认为当时做的决定是正确的吗？

（2）如果你能穿越时间回到过去，你将回到哪个时刻？为什么要选择这个时刻？现在回去，你还会跟过去一样做相同的事情吗？

（3）与读一年级时的你相比，现在的你有什么不同？发生了什么让你改变？①

三、整理故事

选择一部自己喜爱、熟悉的作品（影视剧、戏剧、小说等），整理故事要素（人物/主人公、事件/行动、见识/感情、戏剧性），从主

① AMBERG J，LARSON M. The creative writing handbook. Tucson：Good Years Books，1992.

人公角度按时间顺序整理这个故事。

例：《围城》故事梗概。

上海“点金银行”周经理在清明节衣锦还乡，回到江南某小县，祭祀扫墓，期间拜谒当地绅士、前清举人方遯翁，二人成为朋友，结为亲家。方遯翁大儿子方鸿渐两年后去北平念书，因羡慕同学自由恋爱，嫌未婚妻学历低下，曾动退婚念头，遭父亲痛斥。大四这年得父亲来信，知悉未婚妻因病去世，遵父命写信慰唁岳父母，因未婚妻之事圆满解决，重获自由之身，化庆幸为恳切，感动周经理。周经理遂决定用给女儿陪嫁之资并方家聘金，共二万块钱折合一千三百英镑，资助方鸿渐留学。方鸿渐在大学期间，从社会学系转学哲学系，最后毕业于中国文学系，学无所成，来欧洲后，依旧浑浑噩噩，辗转伦敦、巴黎、柏林几个大学，随意听课。混至第四年，发觉银行余额只剩四百余镑，决定空手回国，但遭父亲、岳父斥责，博士文凭一定是要有的。于是从爱尔兰骗子那里花三十美金购得“克莱登大学”哲学博士文凭，乘船回国。

方鸿渐购得二等舱座位，因无同伴，转至三等舱，与苏文纨博士、鲍小姐同行。苏文纨是方鸿渐旧识，出身官宦之家，在法国里昂研究法国文学，获文学博士学位，因矜持与埋头学业，屡误终身，最后年龄已大，学历更高，无人高攀，遂成剩女，一路上频向方鸿渐示好，但方鸿渐却被鲍小姐所迷，自己“艳若桃李，冷若冰霜”做派终不敌鲍小姐年轻貌美、火辣销魂。鲍小姐称方鸿渐像她的未婚夫，一个小小的伎俩便俘获方鸿渐，二人勾勾搭搭，逞肉体之欢。然船到澳门，鲍小姐欢呼雀跃投入未婚夫怀抱，弃方鸿渐而去，方鸿渐怅然若失。

方鸿渐回国，先回小县城。因岳父登报不实宣扬“方大博士回国，各大政府机关单位争相礼聘”消息，成为知情者笑柄。树大招风，在乡期间，或是被请讲学，或是遵命相亲，但处处不合时宜。一九三七年，淞沪会战迫近小县，方鸿渐与方鹏程弟兄二人先到上海，后全家相聚上海。方鸿渐工作没有着落，岳父就安排他在自己银行挂名吃干薪，因无所事事频频拜访苏文纨，在苏家结识苏文纨表妹唐晓芙，一见倾心，二人相识相知。

赵辛楣是苏文纨家世交，留美博士，在外交公署任处长，因病未随机关南迁，现在华美新闻社做政治编辑。小时候有一有名相士说他是官宦之相，苏文纨是官太太的命，有二十五年的帮夫运，因此他自信要当官，会娶苏文纨，但苏文纨不为所动，剃头挑子一头热。苏文纨虽内心喜欢方鸿渐多一些，但生性爱慕虚荣，喜众星捧月，觉得赵辛楣一个人追求自己不够热闹，遂想引入方鸿渐，形成二虎相争。赵辛楣耿耿于怀，处处为难方鸿渐，后打听得到方鸿渐没有工作，就拐弯请湖南三闾大学校长高松年给方鸿渐发来聘书，欲调虎离山。二人并未形成对抗，苏文纨向方鸿渐表白，但后者告诉她心有所属后，大失所望又醋意大发，就将方鸿渐在回国船上与鲍小姐的鬼混之事告知唐晓芙，唐晓芙失望而去。方鸿渐大病一场，病中得知苏文纨已经与诗人曹元白订婚，决定赴三闾大学之约，离开上海伤心地。

赵辛楣也竹篮打水一场空，心痛之余遂与方鸿渐一同离开上海，南下平城应三闾大学政治系主任之约。路上他告知缘由，称自己与方鸿渐是“同情”：同一个情人。方鸿渐解释并未爱苏文纨，爱非同人，二人前嫌尽弃。因同是伤心人，二人结为朋友。同行还有三人，一是三闾大学校长高松年的同学李梅亭，赴中国文学系主任之约；一是顾尔谦，被聘副教授；一是孙柔嘉，赵辛楣朋友侄女，温柔娴静，被聘为英语系助教。战乱之际，一路艰辛，路遥知马力，日久见人心，五人各自露出本色。方鸿渐虽是好人，但毫无用处；李梅亭贪财好色，尤为大家不齿；孙柔嘉外柔内刚，表面软弱，内心却颇有主意，只是方鸿渐毫不知情。

到了三闾大学，赵辛楣如约当上政治系主任；顾尔谦当上副教授。孙柔嘉当上助教，与范小姐同室。但中国文学系主任被有政治背景的教育部次长的伯伯汪处厚捷足先登，李梅亭气急之下，要求学校高价买下他从上海带来的一大箱西药作为补偿，后高松年任他为训导主任，以安其心，方稍稍罢休。李梅亭当上训导主任后，生搬硬套国外训导制，又花样迭出，不得人心。方鸿渐依旧旷达，不愿填上“克莱登大学哲学博士”头衔，被降级聘为副教授，无意中成为历史系主任韩学愈潜在炸弹，因为韩学愈也是克莱登大学哲学博士。韩学愈妻子是白俄罗斯人，为证明克莱登大学博士是真，坚持过圣诞，坚持说英语。韩学愈想让老婆去英语系教学，但孙柔嘉的到来，让此事不成，于是迁怒孙柔嘉，鼓动学生捣乱造反。

三闾大学人事复杂，钩心斗角，拉帮结派，暗潮涌动。韩学愈礼贤下士，独请“校友”方鸿渐吃饭，告知方鸿渐，克莱登大学不仅存在，还是美国最好的大学，入门出门极难，言辞凿凿，不由得方鸿渐不信。汪处厚为“招兵买马收大将”，由汪太太出面做媒，将英语系主任刘东方妹妹说给方鸿渐，英语系老师范小姐说给赵辛楣，此事当然不成，于是一并得罪刘东方、范老师。汪处厚刚时来运转就死了老婆，再娶汪太太。汪太太小汪处厚二十岁，体弱貌美，喜弹琴画画，汪处厚不学无术，惊为才女。赵辛楣因见其貌似苏文纨，不觉移情于她。汪太太也与赵辛楣说得来，二人相交甚密。赵松年觊觎汪太太由来已久，见赵辛楣斜刺杀出，醋意大发，一天带汪处厚“捉奸”。赵辛楣大惭，不敢面对，遂离开三闾大学。历史系老师陆子潇翻来覆去显摆“国防部”抬头信笺，纠缠孙柔嘉，孙柔嘉求助方鸿渐，二人合力“赶走”陆子潇，但从此四面楚歌，处处孤立。

孙柔嘉在船上就喜欢方鸿渐，但是她心思很深，丝毫不曾表露，这次一个小小的伎俩，让陆子潇、李梅亭“抓个现行”，坐实方、孙二人恋爱之实。事已至此，方鸿渐无所谓用心，无所谓不用心，也就与孙柔嘉相濡以沫，共度时艰。高松年报复赵辛楣，迁怒方、孙二人，决定解聘方鸿渐，但假惺惺续聘孙柔嘉。二人决然离开三闾大学，经香港回上海。途中，二人发现孙柔嘉怀孕，决定结婚。赵辛楣寄来大笔贺资，戏谑说有了老婆就会淡了朋友，不料引起孙柔嘉嫌隙。婚后，孙柔嘉本性渐露，二人摩擦增多。方家家大人多，妯娌关系复杂，火上浇油。方鸿渐在赵辛楣举荐的报社当资料室主任，薪水微薄，被孙柔嘉姑母看不起。后方鸿渐追随主编辞职，再次失业。回家途中，听到孙柔嘉与姑母议论自己，感慨万千，离家而去，浪迹街头，二人婚姻走到尽头。方鸿渐接到已到重庆的赵辛楣的来信，决定去重庆谋职。但，谁又能保证，这不是又一个围城呢？

四、默写故事

比如默片《艺术家》。

五、改写故事

以上述故事为基础，试从以下几个方面，改写这个故事：

1. 作品人称；
2. 叙事视角；
3. 从边缘人物角度重新讲述故事；
4. 从对立人物角度讲述；
5. 增加人物；
6. 增加故事变量；

7. 改变故事地点；

8. 改变故事时间；

9. 倒写；

10. 穿越；

11. 参与到别人的故事中。

第二章

从开头到结尾

亚里士多德认为，悲剧是对一个完整划一且具一定长度的行动的模仿，因为有的事物虽然可能完整．却没有足够的长度。一个完整的情节由起始、中段和结尾组成。起始指不必承继它者，但要接受其他存在或后来者的出于自然之承继的部分。与之相反，结尾指本身自然地承继它者，但不再接受承继的部分。它的承继或是出于必须，或是因为符合多数的情况。中段指自然地承上启下的部分。因此，组合精良的情节不应随便地起始和结尾，它的构合应该符合上述要求。[①] 亚里士多德借悲剧谈故事的结构，提出一个完整的故事应该包括起始（也叫“发生”）、中段（也叫“发展”）和结尾（也叫“结局”）的要求。按照亚里士多德的理论，19 世纪德国戏剧理论家古斯塔夫·弗雷塔格认为，戏剧包括开场、展示（情节上升）、高潮、逆转（情节下降）、结局五个基本环节，并在模型结构上呈金字塔形。

有学者在广泛调研中外小说时发现，发端于不同文明的古典小说在结构与观念上存在极妙的相似，都是“以故事为中心”，在故事结构上也存在着“结构律则”。何谓“结构律则”？国外学者在研究欧洲和其他地区大量的民间故事的基础上，曾做过一些程式性的勾勒。归纳起来，主要有如下几点：（1）任何故事均不以最重要的情节作为开头，结尾也不戛然而止。一般都要经过“开端—高潮—收尾”这样一个循序渐进的过程。（2）几乎所有的故事都有重复的叙述，最常见的重复次数是三次，或者四次、五次、七次。（3）每一场面通常只出现两个主要人物。如超过此数，每次只能有两个人同时活动。（4）人物性格比较单纯，并且有鲜明的对比。常同时出现的有人与妖、善与恶、富与穷、聪明与愚笨、诚实与狡诈、英雄与恶魔等。（5）弱者常常最终变为强者。（6）只描述与故事直接有关的人物性格，超出该故事主题范围的人物性格概不涉及。（7）故事中很少回忆往事，如需回

---

① 亚里士多德．诗学．陈中梅，译注．北京：商务印书馆，1996：74.

忆，多采用对话形式，罕用叙述手法。[1] 饶芃子谈的是中西古典小说，这种结构律则有普遍性吗？

故事如何开始、如何发展、如何结尾，这是故事写作经常遇到的问题，或者说首先遇到的问题。而故事开了头，却不知如何结尾，也是困扰作家的大问题。我们这里主要借助叙事学知识，探讨故事从开头到结尾的普遍原理以及从开头到结尾的可能之途径。

① 饶芃子．中西小说比较．合肥：安徽教育出版社，1996：138.

第一节 “叙述可能之逻辑”

故事应该如何发动，以及事件应该如何组合，方可构成一个有意义且完整的故事？叙事学“研究所有形式叙事中的共同叙事特征和个体差异特征，旨在描述控制叙事（及叙事过程）中与叙事相关的规则系统”①，其目标是“通过建立最小叙事要素来展现一幅可能性之网”②。叙事学立足“已有的故事”，面向“可能的故事”，因此它对写作起到启发、引导与可能性之参考作用，但最重要的是，它起到文体与类型的规范作用：我们创作的故事必须可以当作“故事”被理解、被阐释。

叙事之最小要素与组合

功能与回合

功能

俄国民俗学家弗拉基米尔·雅科夫列维奇·普罗普以一百个俄罗斯民间故事为样本，进行故事情节间的比较，试图从中找出这些故事的可变因素和不变因素，确定故事的结构规律性，进而解决故事研究

---

① PRINCE G A. Dictionary of narratology. Nebraska：University of Nebraska Press，1987：3.

② 查特曼．故事与话语——小说和电影的叙事结构．徐强，译．北京：中国人民大学出版社，2013：5.

最重要的问题——故事类同问题。[①] 他发现，许多不同的故事事件其实在重复相同的动作，像一个故事行动的不同翻版。相对于人物怎么做和谁来做，做了什么才是关键。普罗普将人物之于事件行动意义的角色行为定义为“功能”。他认为，角色的功能充当了故事的稳定不变因素，构成了故事的基本组成成分（克劳德·布雷蒙称之为“故事原子”），它们不依赖于由谁来完成以及怎样完成。相对于民间故事人物的数目，功能的数目极小，只有 31 种。民间故事的特征就是经常把同一行动分配给各式各样的人物。

回合

功能是叙事作品的最小单位，比功能更大的单位是“回合”。所谓“回合”，是由一系列功能单位组合而成的叙事单位。神奇故事一共有 31 种功能，在具体故事中这 31 种功能可以缺少，但序列不能更改。[②] 回合是神奇故事的基本序列，实际上，一个神奇故事本身就包含了一个基本的序列：“从形态学上讲，任何一个始于加害行为（A）或缺失（a）、经过中间的一些功能项之后终结于婚礼（C）或其他作为结局的功能项的过程，都可以称之为神奇故事。”[③]

一个故事可能由一个回合构成，也可能由数个回合组成；一个神奇故事可能是一个回合，也可能由数个或多个回合构成。我们可以将一个回合理解为“最小故事”，因为它可以简化成三个事件或动作。

---

① 普罗普．故事形态学．贾放，译．北京：中华书局，2006：15.

② 比如，在前八项功能中，从第一项到第八项依次是：（1）一位家庭成员离家外出（外出）；（2）对主人公下一道禁令（禁止）；（3）打破禁令（破禁）；（4）对头试图刺探消息（刺探）；（5）对头获知受害者的消息（获悉）；（6）对头企图欺骗受害者，以掌握他或他的财物（设圈套）；（7）受害者上当并无意中帮助了敌人（协同）；（8）对头给一个家庭成员带来危害或损失（加害）。从“外出”到最终的“加害”，环环相扣。家庭成员的外出就为对头的加害创造可能；留下人员的打破禁令，就为对头提供了现实机会。对头获取了消息，设置了圈套，并利用受害者的失误最终得逞，这之间的顺序不能随意改动，比如，对头先实施加害再刺探消息、设置圈套等。

③ 同①70.

多个回合构成的故事，回合之间有不同的组织关系，可能是两个回合首尾衔接，也可能是几个回合互相重叠，也可能是一个回合未完之际又插入一个新的回合，总之没有一种定则。

神话素与二元对立

神话素

法国人类学家兼结构主义者莱维-斯特劳斯将结构主义语言学的“转换—生成”和索绪尔语言的表层及深层结构层次的思想应用于人类社会生活研究，创立了他的结构主义神话研究模式。斯特劳斯发现，分布在全世界各地的神话有一种跨越文化界限的相似，许多看似幻想和随意虚构的故事，像是同一个故事的不同语言演绎，但又难以找到一个真实的版本来源。他倾向于相信，在这些神话故事中，一定存在某种构成神话故事的最基本的要素，即神话素。他做的工作是，将某种神话的各种不同版本简化成一系列与功能和主题相关的句子，进而用不同的数字代表句子中的不同成分，用数字这个“通用”语言重新组合成抽象故事。结果发现所有的故事中的确有他预期的神话素，比如，关于俄狄浦斯的神话，“提供了一种逻辑工具，把初始的问题——生于一还是生于二？——同派生的问题——生于异还是生于同？——联系起来”①。每一个神话看似独一无二，但实际上只是人类思想的普遍法则的一个特例。

二元对立

斯特劳斯研究的另一发现是，任何特定的神话都可以被浓缩成二元对立结构，比如生/死、天堂/地狱、神/人等，世界不同的文化就是不同的文化对这个深层结构的阐释。神话故事的本质就是解决一个看似无法调和的二元对立问题，但解决后的故事仍旧是一个幻想或信念，因为

---

① 莱维-斯特劳斯．结构人类学．谢维扬，俞宣孟，译．上海：上海译文出版社，1995：233.

新的故事依旧是一种二元对立结构。无论神话怎样衍变、发展，二元对立的结构保持不变，所有的神话都是这种二元对立结构的变形和转换。

行动元与行动模态

行动元

事件与行动相关，行动由人物发起，也必将针对人物，因此人物就不仅是故事的静态符号、指涉对象，而且是行动要素。在结构主义叙事学里，人物的这种功能性定位，即“是什么”和“做了什么”，被称为“行动元”。法国叙事学家格雷马斯继承并发展了普罗普的思路，将普罗普对民间故事的分析方法扩展到所有叙事，同时也将普罗普的三十一种功能精减至契约、考验、主人公的缺席、异化、再同化、考验及其结果六个，六种功能组成基本序列：

> 正常的秩序被破坏、异化——主考验——再同化、重建秩序——升级——追寻——再追寻

七个人物角色[①]，也削减至三对六种行动元范畴，它们是：与愿望、探求和目标相对应的主体和客体；与交流相对应的发送者和接收者；与辅助支持和阻碍相对应的辅助者和反对者。一个完整的故事包括这些具有角色/行动功能的人物，如下：

> 主　体←→客　体
> 发送者←→接受者
> 辅助者←→反对者

处于对立面的行动元如何通过中介连接起来呢？格雷马斯进一步运用结构主义思维，设计了一个“行动元模型”：

① 分别是：“加害者”，“赠与者”，“相助者”，“公主”及其“父王”或“派遣者”，“主人公”，“假冒主人公”。普罗普．故事形态学．贾放，译．北京：中华书局，2006：15.

发送者 ⟶ 客 体 ⟵ 接受者
辅助者 ⟶ 主 体 ⟵ 反对者

格雷马斯把“行动元模型”看作构成微观世界（封闭的文本世界）的常量（不变量），把对模型的变换填充（不同的赋值）看成变量，这对叙事文的形式化研究具有很强的操作价值，但也存在进一步简化的可能。比如，中国学者李广仓提出的“行动元矩阵”似乎更容易被理解[①]：

主 角 ⟷ 对 头
帮 手 ⟷ 反面帮手

行动模态

格雷马斯在普罗普的三十一种功能和神奇故事的基本序列基础上，构建了自己的行动模态。这种模态分为三个阶段：“产生欲望”（“欲”）、“具备能力”（“知”或“能”）和“实现目标”（“做”），图示如下：

产生欲望 ⟶ 具备能力 ⟶ 实现目标

这个序列建立在角色，主要是主人公行动的基础上。主人公/角色因“心有欠缺”（不足、受加害等）而产生欲望，开始“锻炼能力”，展开行动。行动若是成功（“实现目标”），就会“得到奖赏”；或者行动也可能失败，但也有相应的结果，“得到原谅”。图示如下：

心有欠缺 ⟶ 产生欲望 ⟶ 锻炼能力 ⟶ 实现目标（失败）⟶ 得到奖赏（得到原谅）

这个模型是基本的行动序列，适用于一个简单故事。一个完整的故事会包含多个序列模态循环，包括这些系列的重叠、镶嵌。

格雷马斯进一步压缩了普罗普提出的功能种类和行动圈，将它们

---

① 李广仓．结构主义文学批评方法研究．长沙：湖南大学出版社，2002：202.

归入三种序列结构：契约型结构、完成型结构和离合型结构。如契约型结构中，叙事可能采取两种模式来进行：

契约——违背契约——惩罚

缺乏契约（秩序）——重建契约（秩序）

实际上，三种序列结构更像是神奇故事序列的变体，但适用范围已经远远超越了神奇故事，也更具操作性。

陈述与序列

陈述

茨维坦·托多罗夫认为，在很深的层次上，存在着一种叙事语法，单独的故事都来自这种语法。“如果懂得作品中的人物是一个名词，动作是一个动词，就能更好地理解叙事。”“将一个名词和一个动词组合到一起，就是迈向叙事的第一步。”[①] 他参照语言学句法形态分析《十日谈》的故事结构，建立了自己的叙事句法理论。他发现，超越叙事句层次的语句间关系共有时间关系、逻辑关系、空间关系三种，这三种关系组成的高一级的意义单位叫作“段落”。在叙事语法的建构中，托多罗夫也对普罗普的三十一种功能做了简化，他认为：一篇理想的叙事文总是以一种稳定的状态为开端，然后这种状态受到某种破坏，出现平衡失调的局面，最后另一种来自相反方向的力量重新恢复了平衡。他还宣称，一个完整的段落永远只由五个叙述句组成，除了上述三种状态外，还包括两种插叙：一种描写稳定的或失衡的状态，另一种描写一种状态向另一种状态的过渡。[②]

---

① TODOROV T. Structural analysis of narrative//Novel：a forum on fiction. Vol 3. Providence：Brown University，1969：74.

② 托多罗夫．叙事作品分析//张寅德．法国现当代文学研究资料研究丛刊：叙述学研究．北京：中国社会科学出版社，1989：85－86.

为了寻找“叙述作品最主要的因素，即可以构成情节的因素”[①]，托多罗夫根据句法原理将故事进一步细分出陈述（也称为“命题”“分句”）和序列两个基本元素。

陈述是构成故事的最小单位，是句法的基本要素，“作为叙述的基本单位的‘不可简化的’行为，如‘甲爱上乙’‘甲到达乙的家’等。它类似于普罗普的‘功能’概念，即‘根据人物在情节过程中的意义而规定的人物的行为’，是指一种基本叙事单位，首先是指具有意义的、具体人物的一个行动”[②]。一个陈述包含两个不可或缺的成分，即行为者和谓语。命题的核心是谓语动词，而构成谓语的方法有两种：用一个动词（及物或不及物动词）或者用表语（形容词）。动词表示人物的行动，而形容词表示事件或人物的状态。组成一个陈述需要主语（X 或 Y 等）和动词（或形容词），动词和形容词就组成了每个陈述的核心。

形容词是用来描述主语的某种状态，托多罗夫将它分为三类：第一类是人物的状态，指人物身上一些容易改变的情绪因素，如喜、怒、哀、乐等；第二类是人物的品质，指一个人物较持久的主观状态，如性格、脾气等；第三类是人物的身份，即人物外在的一些属性，这些属性一般很难发生变化，如性别、出生、身高、地位等。动词用来表示人物的行动，托多罗夫认为《十日谈》中有三种基本动词，即：改变、犯错和惩罚。这代表了“故事中一个平衡向另一个平衡的过渡，这就构成了一个最小的完整情节，典型的故事总是以平稳的局势开始，接着是某一种力量打破了这种平衡，由此产生不平衡的局面。另一种力量再进行反作用，又恢复了平衡。第二种平衡与第一种平衡相似，但不等同”[③]。

---

① 托多罗夫．诗学//赵毅衡．符号学文学论文集．天津：百花文艺出版社，2004：223.

② 吴培显．张欣小说的叙事结构分析．绵阳师范学院学报，2007（1）.

③ TODOROV T. Structural analysis of narrative//Novel：a forum on fiction. Vol 3. Providence：Brown University，1969：75.

序列

序列则是构成完整故事的各种陈述的组合，具有一定的封闭性特征。“所谓‘序列’，是指构成一个完整故事的一系列陈述，或指一个‘微型故事’。”① 一个故事至少包含一个序列，但通常包含多个序列，这些序列可以以不同的方式构成叙事。罗兰·巴特指出：“一个序列是一系列合乎逻辑的由连带关系结合在一起的核心。”“序列自身内部的功能是首尾完整封闭的，又统辖于一个名称，因此序列本身构成一个新的单位，随时可以作为另外一个更大的序列的简单的项而运行。”②

托多罗夫认为序列有两大类，一是基本序列，另一个是复杂序列。基本序列包括三个能产生完整意义的陈述，而复杂序列是在基本序列的基础上派生的。如此，我们可以组合出更复杂的线性的序列。如果一部小说中不止一个序列，那么这些序列将会以三种方式接合：第一种是“插入”，即我们平常理解的插叙；第二种是“环接”，指序列间依次排列；第三种是“交替”，这种方式是将两个序列交叉排列。

托多罗夫是在综合普罗普、罗兰·巴特、格雷马斯等学者，尤其是布雷蒙叙事研究基础之上提出自己的叙事句法的。一方面，其成果是对前期研究的继承，具有很强的相似性；另一方面，它又具有“后发优势”，在某些方面有所突破，比如他的基本序列，既结合了行动元的谓语动词要素（“行动”）、主语形容词要素（“状态”“属性”“身份”），又揭示了故事“转化”的性质。有学者将这个基本序列作图表示如下：

（身份、属性、状态）主人公 ⟶ 行动 ⟶ （“身份”“属性”“状态”）“主人公”③

---

① 吴培显．张欣小说的叙事结构分析．绵阳师范学院学报，2007（1）．

② 王先霈，王又平．文学理论批评术语汇释．北京：高等教育出版社，2006：355－356．

③ 张永禄．“叙事语法”：小说类型学研究的一个重要概念．时代文学，2008（5）．

“叙述可能之逻辑”

法国叙事学家克劳德·布雷蒙在功能的基础上提出了“序列”概念。他认为，叙事的基本单位，即故事原子，仍旧是功能，且三种功能一经组合便产生序列。这一三功能组合与任何变化过程的三个必然阶段相适应，即可能性、过程、结果。所有故事都建立在一个基本而简单的叙事序列之上，千变万化的故事都是这一基本序列的三种搭配形式的转换而已。他认为，不管讲述的是何种事件，只要构成故事，都需要服从一定的逻辑制约，否则就让人无法读懂。他试图找出对所有故事起支配作用的规律，即叙事逻辑。[①]

基本序列

A1	A2	A3
情境的出现	采取行动	行动的结果

跟普罗普、格雷马斯以及之后的托多罗夫的系列相比，布雷蒙显然认识到了行动的复杂性和可能性，即相似的前提不一定引起相同的结果。比如，“情境的出现”（我们可以将其理解为普罗普那里的“加害”“反角作恶”或者格雷马斯意义上的“避免惩罚”“不知”等）引发了主人公或角色的愿望、欲望，但是他不一定行动。只有采取了行动的人物或角色，无论行动目的有无达到，方可构成故事的基本序列。图示如下：

可能性（目的愿望）	采取行动	目的达到（结果成功）
	没有采取行动	目的没达到（结果失败）

① 布雷蒙．叙述可能之逻辑//张寅德．叙述学研究．北京：中国社会科学出版社，1989：153.

基本序列结构示意图如下：

A1	A2	A3
（欲望、目的）	（对欲望付诸行动）	（行动的结果）

布雷蒙基本序列结构的优越性在于：其一，它既给予故事的核心要素“行动”以中心和唯一的地位（除此之外，无其他要素并列，比如“具备能力”“准备能力”等，后者其实是次一级的要素），更解释了“行动”的动力来源“欲望”“目的”（它们来自“情境的出现”）。其二，无论采用何种行动（“改变”“避免惩罚”等），都是“行动”的具体方式，且“行动”一定要与“欲望”“目的”相关。没有“欲望”“目的”的“行动”是盲目的，即使发生，也是“偶然事件”或无意义事件；反之，则构成了故事有意义的成分。其三，无论“目的达到”（“没有得到惩罚”“改变”等）与否（“目的没有达到”），其实都是“行动的结果”，其他任何形式都是“行动结果”的具体化。其四，这种结构与行动的结构乃至故事的事序结构保持了同构。简而言之，它既具有理论的概括性，又具有写作指导意义上的操作性。

复合序列

首尾接续式

首尾接续式结构图如下：

A1　　A2　　A3B1　　B2　　B3

第一个序列的结果往往是第二个序列产生的原因，所以第二个序列是紧接着第一个序列出现的。很多故事都是以连接方式构成的复合序列，如：男孩追求女孩成功连接家长反对，盗窃成功连接警察追捕等，引起连锁反应。

镶嵌式（嵌入式）

镶嵌式结构图如下：

A1　　A2　　A3

B1　　B2　　B3

改善过程或恶化过程的失败，均有一个阻止其发展的相反过程的介入，这一相反过程也是一个基本序列，与第一个序列构成嵌入式的复合序列。另外，即使一个改善过程是成功的，也需要克服一个又一个障碍，每一个障碍就是需要嵌入的一个小序列，如《肖申克的救赎》（参见本书第二章第二节）。

左右并连式

左右并连式结构图如下：

VS	A1	A2	A3
	B1	B2	B3

同一件事，不同的施动者看具有不同的功能，也就是对同一个事件不同角度的叙述，如“智取生辰纲”：梁中书为岳父祝寿派杨志前往东京押送生辰纲；晁盖、阮氏三雄等欲取生辰纲，扮枣贩于途中智取。

叙述循环

布雷蒙认为，任何叙事作品，都等于一段包含着 N 个具有人类趣味（人的某种目的或计划）又有情节统一性的事件。有各种事件和材料，如果和人的某种趣味、目的或计划不相关的话，就不能形成有意义的叙事过程（如某些偶然出现的与人无关的自然现象、毫无条理的事件堆砌等）；只有相对于人的目的、愿望和计划而言，事件才具有意义，才能组织成结构和序列。布雷蒙根据“成全”或是“阻碍”这一计划或愿望，认为复合叙事往往是在“改善”与“恶化”两种基本类型间循环，形成“改善序列”和“恶化序列”的交替往复（不同于具有普适性的道德范畴的善恶，而是相对于施动者的目的、愿望和计划而言）。

改善的基本序列如下：

A1	A2	A3
	改善过程	得到改善
想要得到改善		
	没有改善过程	没有得到改善

恶化的基本序列如下：

A1	A2	A3
	恶化过程	产生恶化
可能产生恶化		
	没有恶化过程	恶化得到避免

复合叙事往往是在“改善”与“恶化”的循环中展开，而且，改善序列与恶化序列的结合构成复合序列，具体方式仍为首尾接续式、镶嵌式和左右并连式。

上述形态学、人类学、叙事学及结构主义学者的研究没有穷尽世界所有的故事（实际上不可能穷尽，也无须穷尽），只是集中于民间故事（神奇故事）、神话、小说（如《十日谈》）等有限对象，但是他们的研究方法及结果对故事创作具有宝贵的启示价值：

（1）（世界）故事表面千变万化，但故事的角色功能十分有限，“许多故事其实是在重复相同动作”，差别在于“谁去做”和“怎么做”。

（2）（世界）各地的故事在内在文化上有高度一致的相似性，存在普遍的二元对立结构。无论是神话中的人/神、生/死、天堂/地狱，还是亚里士多德后来所归纳的六种基本故事冲突（人/人、人/社会、人/自然、人/自我、人/神、人/机器），“二元对立”（包括对“二元对立”的克服、协调）都是故事的基本结构，比如人物结构中的主人公/对手、情节结构中的行动/反行动、主题结构中的正义/邪恶等，皆是如此。

（3）无论是神奇故事还是其他，故事的行动均由主人公发动，区别在于被动主人公由他人（故事情境）驱动，始于被“加害”、被“打破平衡”，因此产生“改变”“规避惩罚”欲望，或主动主人公因“匮乏”而产生“改善”欲望，人物行动由欲望推动、结果导引。

（4）故事自人物欲望产生开始，“获取”或“规避惩罚”，欲望的实现就是故事的进程，欲望实现与否是故事的结局（包括是否产生行动）。当然，欲望的产生有些来自显而易见的生活逻辑，有些来自隐秘的人体自身（比如无意识、非理性），有些则来自作家的哲学观念——他们强行驱使自己的人物这么想、这么做。当然，这样的故事在小说、散文里是可行的，但是在戏剧、影视故事中，要想观众接受故事，难度要大得多。

（5）复杂故事（相对于基本故事、基本序列，几乎所有的故事都是“复杂故事”）包括多个故事行动，这些行动有些是作为说明人物（主人公）欲望产生的原因的故事情境或背景，有些是作为展示欲望实现的过程，但每个故事的行动在结构上是一致的，即每个行动都具有类似基本故事那样的逻辑。①

① 许道军．经典电影如何讲故事．北京：中国人民大学出版社，2021：68.

第二节 从开头到结尾

据说，金庸在构思小说情节时，常邀四五位见多识广、职业不同的朋友相聚，先将自己的小说情节构思说出来，然后征求诸人的意见，最重要的是请他们拟出各人心中的结局。四五个见地精辟的人，自然有四五种奇妙的意见和结局，取其精髓，完全可以丰富小说的情节内容了……但与我们猜想的相反，金庸将诸人想到的完全摒弃：既然别人可以想得到，金庸就该构思与众不同的，否则金庸也就不成其为金庸了。[①] 从某种意义上讲，金庸也是在组建故事工作坊了。但这主要是一种工作方法，对于创作者而言，不是直接的创作方法。从故事创作角度而言，金庸的创作方法也只是一种可能性，不是普遍的方法、思路。我们会参考因人而异的个人经验，但更想找到一个故事从开头到结尾的原理和普遍方法。

从人物欲望开始

故事研究者证实了形态学、神话学、叙事学、结构主义学者对故事的判断。的确，“故事通常会从一个充满欲望的人物开始，他努力克服成功道路上的各种障碍。实际上，这就是故事的结构”。“当人物遇到错综复杂的情况，而他又不得不面对和解决时，行动就发生了，

① 李文庸．武侠小说大宗师金庸印象//潘国森，苏嶝基．金庸茶馆：第 3 卷．北京：中国友谊出版公司，1998：193.

故事正是由一连串这样的行动所构成的。”[①] “主人公—困境—摆脱困境”，这就是简明而常见的故事模式。遇到困境，主人公产生摆脱困境的欲望，开始行动，困境最终得以摆脱或未能摆脱，故事结束。

设置故事情境，让人物行动起来

如果人物不行动，我们该怎么办？比如银行家海尔茂的家庭（《玩偶之家》）。

海尔茂与娜拉结婚八年，生了三个孩子。娜拉年轻漂亮，乖巧懂事；海尔茂精明能干，事业有成，马上就要升任银行经理，拿高薪，分红利。但这只是表面现象，这个家庭隐藏着危机：八年前，海尔茂拼命工作，害了重病，医生嘱咐只能到南方疗养才能保住性命，他急需一大笔钱。为了不让丈夫着急和不打扰病中的父亲，娜拉伪造父亲的签名，从柯洛克斯泰手中借到 1 200 块钱。经过在意大利的一年治疗，海尔茂康复了。八年来，为了还债，娜拉省吃俭用，拿自己的生活费贴补家用，经常抄写文件到后半夜，凡是能拼凑到的钱全都还了债，现在借款快要还清了。但是这一切，海尔茂并不知情。娜拉也不知道海尔茂如果知道真相又会怎样，是感动还是其他？这只是假设。我们怎么样才能看出这个幸福家庭的真相呢？其实，只要有人打破这种平衡就可以了。现在，打破这种平衡的人来了，他就是柯洛克斯泰。柯洛克斯泰就是一个故事开始部分最常见、对故事行动具有重要意义的人物——“最先出拳的人”。他做了什么？

娜拉最好的朋友林丹太太三年前丈夫就死了，什么也没有留下，连孩子也没有。为了让母亲临死前这段时间过上宽心日子和抚养两个弟弟长大，她嫁给了一个自己并不爱但有钱的男人。娜拉想帮助她，

---

① 哈特．故事技巧——叙事性非虚构文学写作指南．叶青，曾轶峰，译．北京：中国人民大学出版社，2012：5－6.

请求海尔茂在银行里为她谋求一个职位。海尔茂答应了，以爱妻娜拉的名义。然而，柯洛克斯泰也来请求娜拉，希望海尔茂不要解雇他。这个要求，海尔茂没有答应，理由是柯洛克斯泰伪造签名、品行败坏、臭名昭著。在海尔茂看来，虚伪、撒谎是最坏的事情，因为他不仅使自己名声受损，还带坏孩子，尤其是母亲撒谎更容易带坏孩子。但是，事情由不得娜拉，也由不得海尔茂，因为柯洛克斯泰的确是那样的人，“品行败坏、臭名昭著”，他威胁娜拉，如果海尔茂解雇他，他就将娜拉瞒着丈夫借钱的事情告诉海尔茂，并威胁说要将她伪造签名触犯法律的事告到法院……

现在怎么办？柯洛克斯泰出拳，击中了海尔茂一家脆弱的神经，他们该有什么样的反应？他们该怎么做？谁也不能回避，考验人性、检查真相的时候到了，故事也就真正开始了。

电影《一九四二》讲述的是老东家逃荒的故事，它主要表现和检验中国民间情义。这个故事是可以不发生的，因为老东家是大地主，有实力，也有相当多的资源，足以让他渡过难关，不用去逃荒，但是故事还是让他行动起来。首先是大旱，粮食歉收，灾民吃大户。灾民吃大户本不足以让他陷入绝境，但是儿子莽撞开枪，打破潜规则，引发灾民报复，烧掉粮仓。日军进攻河南，他不愿当汉奸；政府救援不力；军队腐败，残害百姓，有甚于日本兵；等等。故事掐断了所有他避免逃荒的可能性，让他不得不逃荒，去接受生死考验，并在逃荒中考验中国农民的人性与情义。

如果诱导事件或最先出拳的人出现，故事依旧没有行动，需要检查：（1）诱导事件是否触及人物的信仰、道德、禁忌、生死等底线，也就是有没有达到极限。（2）故事切入时机是否适当，是否让人物遭遇并感受到了困境，尤其是被动主人公或者有更深刻经历的人物，典型的例子是“逼上梁山”。当然，让被动人物行动起来，本身也具有戏剧性。（3）背景设置是否合理。好的故事总是在这种情况下发生：

人物（尤其是主人公）生活表面平静，但形同累卵，亦如悬崖边上的石头，只要轻轻一推，即刻倒掉，石头掉入深渊，再也回不到山上——脆弱而危险的平衡禁不起风吹草动。

有些事件具备天然的故事情境特征，比如，一个人处在他所不属于的时间（历史架空、穿越）、空间（异域、探险）、文化背景下，面临伤害、被迫反应等。但有时候我们也要仔细分辨“行动”的实质，比如潜意识的活动，往往以“症候”的形式显露出来。

设立双向目标，构筑新旧平衡

我们看几部小说名著故事的结尾：

> 我今日所做的事远比我往日的所作所为更好，更好；我今日将享受的安息远比我所知的一切更好，更好。
>
> ——查尔斯·狄更斯：《双城记》
>
> 从这天晚上起，聂赫留朵夫开始了一种全新的生活，不仅因为他进入了一个新的生活境界，还因为这时期他所遭遇的一切，对他来说都具有一种跟以前截然不同的意义。至于他生活中的这个新阶段将怎样结束，将来自会明白。
>
> ——列夫·托尔斯泰：《复活》
>
> 他的心欢腾地跳起来，多年的愿望终于实现了！铁环已经被砸碎，他拿起新的武器，重新回到战斗的行列，开始了新的生活。
>
> ——奥斯特洛夫斯基：《钢铁是怎样炼成的》

这几个故事的关键词是“新”：主人公经历了一番曲折的经历后，身、心各个方面都发生了巨大改变，开始了新的生活。这样的故事结尾举不胜举，为什么呢？其一，巴赫金说，成长与死亡是文学永恒的主题，而写作本身也是作家自我发现、成为自我的成长过程，主人公的成长也是作家自己精神的成长。对于纯粹的“成长故事”或与成长相关的兼类故事，成长更是故事的目标（或目标之一），这样的结尾几乎是必然的选择。其二，“改变”是故事事件的属性、基本特征，或者说有效事件的基本要求。其三，它是一种便利的结构框架，主人公成长之前与成长之后的状态和故事开始与结局的状态呈现对应关系。

从主人公转变的角度着眼故事的开始与结局，不妨借鉴如下思路：

（身份、属性、状态）主人公——行动——（“身份”“属性”“状态”）“主人公”

这是一种二元对立结构，也是一个双向启迪的思路。我们可以根据主人公理想状态（行动之后），即未来的“身份”“属性”“状态”，定位初始状态下主人公的相应因素；也可以根据初始状态下主人公的状态根据相反或相对的思路设计未来主人公的元素。线条两端的内容，都可以作为对应方的设计的反向目标。

“成长”有顺向，也有逆向。如高老头之死，让拉斯蒂涅流干了最后一滴含有良知成分的眼泪，关闭了最后一扇通向道德的门，他已经完全从一个幼稚、懵懂、热情的青年变成老谋深算、心狠手辣、破釜沉舟的野心家——彻头彻尾的坏人，完成了一次彻底的堕落、逆向的成长（《高老头》）。“幼稚”“懵懂”“热情”与“老谋深算”“心狠手辣”“破釜沉舟”是成长前后、也是故事前后的两种属性。

回答难题，故事从结尾写起

电影《肖申克的救赎》讲述的是蒙冤入狱的银行家安迪成功越狱自救的故事。从故事序列上看，主要包括三个事件：安迪蒙冤入狱、安迪尝试越狱、安迪越狱成功。三个事件中，“安迪蒙冤入狱”是故事情境，包括三个基本要素：一是“蒙冤”。法律解决不了安迪的问题，这是安迪越狱的动因，也是引起故事移情的主要原因。二是“入狱”。入狱是蒙冤的结果。监狱更加黑暗，要么被迫害致死，要么被“体制化”，没有别的选择；而典狱长杀死了唯一能洗刷安迪罪名的证人，他再也没有出头之日，这些引发了安迪自救的强烈愿望。“安迪越狱成功”是故事目标——故事设计时要完成的任务。三是“成功越狱”。“安迪尝试越狱”是实现故事目标的途径，越狱成功是结果。在目标或结局已知（“越狱成功”）的情况下，故事如何展开？布雷蒙的故事序列这个时候会帮助我们，我们看基本序列之二——镶嵌式：

A1　　A2　　A3

B1　　B2　　B3

C1　　C2　　C3

…………

下面是解答难题思路：

（1）安迪想要越狱——安迪凿穿墙壁——安迪成功越狱；

（2）安迪需要锤子——安迪得到锤子——安迪凿穿墙壁；

（3）安迪想要从瑞德那里搞到锤子——安迪结识瑞德——安迪从瑞德那里搞到锤子；

（4）安迪想结识瑞德——安迪引起瑞德的注意——安迪结识瑞德。

…………

这是一个“避免惩罚”的故事，从“入狱”到获取自由，主人公在各方面均得到“改善”。相比之下，《红楼梦》讲述的是一个封建大家庭败落的故事，动作过程是“恶化”。我们可以根据布雷蒙的基本序列描述出故事事件：“从前有个大家庭很显赫”——“后来发生了一系列不好的事情”——“最后这个大家庭败落了”。《红楼梦》故事整体上显然是一个复杂系列。当然，上述基本序列的每一个陈述其实也包含着其他陈述，也是复杂的系列。

(1)“从前有个大家庭很显赫”(小说用哪些事件、细节证明了它的“显赫”?);

(2)“后来发生了一系列不好的事情”(哪些“不好”的事情?);

(3)“最后这个大家庭败落了”(怎么证明它“败落”?)。

故事的问题应该由故事来回答。为了回答(1),小说不仅正面描写了这个大家庭(贾府)的荣华富贵,比如元妃省亲、林黛玉进贾府,并用“四大家族”传说等交代社会关系,还以一个徇私枉法的案件(“葫芦僧乱判葫芦案”)侧面表现出它的异常强大而不义。怎样才能表现一个大家庭迅速而彻底垮下来?用贾府的玉字辈嫡孙贾宝玉的“不务正业”、离经叛道、完全抛弃这个家族的传统这个例子最合适不过,因为其他人都做不到。最后,所有美好的人物、事物都烟消云散,对立双方的理想也分别幻灭,当然,关键的是,这个大家庭的继承人出家是致命一击,这些都证明“这个大家庭败落了”。

为自己的故事设置难题,请主人公代为回答。在这个意义上,故事可以倒着写,从结尾写起。但是,为了顺利地结尾,达到预定的目标,我们也应将结尾的种子埋在开头。

向亚里士多德致敬——常见的结构

戏剧性结构

温迪·简·汉森认为一个影视故事应包括:一个开端、一个中间阶段和一个结局;一个能展开整个故事的干扰事件(一个引起观众兴趣的“钩子”或是戏剧性的事件);一个处于主人公及其对手之间的核心冲突。[①] 他将这些内容称为“戏剧性结构”。具体实施是:

① 汉森. 编剧:步步为营. 郝哲,柳青,译. 北京:世界图书出版公司,2010:76-77.

人物出场——一个干扰事件发生——一个问题产生——主角决定去解决问题——对手接受了这项行动并开始反抗——（转折点，相对温和）角色和故事朝向不同的方向发展——角色遇到风险——主角被迫做出进一步的行动——“孤独无助”/“命悬一线”——（转折点，激烈）“真相大白”/“峰回路转”——结局

“戏剧性结构”不仅存在于影视故事，在小说故事中也能见到它的身影。有中国当代学者考察了讲述抗日战争时期斗争生活的故事情节模式，发现它们可以归纳为十个环节：

（1）介绍时代背景、地理环境（一般是首先讲述战争形势的严峻和战争环境的恶劣）；

（2）主人公（主要英雄人物）出场亮相；

（3）英雄开始行动，旗开得胜，大快人心；

（4）敌人魔高一尺；

（5）我军道高一丈；

（6）我军遇到小挫折：内部出了叛徒，或有暗藏的特务；

（7）敌人报复性出击——无可奈何的疯狂；

（8）我军更加如鱼得水，神出鬼没地打击敌人，节节胜利；

（9）敌人垂死挣扎，取得一点回光返照式的成功；

（10）大结局（“谈笑间樯橹灰飞烟灭”）。[①]

叙事弧线

杰克·哈特认为，任何一篇完整的故事中，叙事弧线都会经历五个阶段：第一个阶段是阐释，作者会告诉读者主人公是谁，读者需要足够的信息来理解主人公即将面临的困境。故事的第二个阶段——上

① 吴培显．当代小说叙事话语范式初探．长沙：湖南师范大学出版社，2003：87-97.

升动作，此时一系列戏剧性事件相继发生。每个事件形成一个情节点。情节点可以改变故事发展的方向，或者诱发性事件改变主人公的现状，并开始通往新现实的旅程，一直达到叙事弧线的另一端。第三个阶段是危机，即情节发生突转，故事强度得到增加。第四个阶段是高潮，经过一系列事件，危机得到解决。第五个阶段是下降动作。此时，故事已经释放了所有的戏剧张力，故事动力的引擎已经关闭，留下的动力不足以带动观众前进了，故事结束。[①]

《三只小猪》——短篇小说结构

一则短篇小说结构如下：阐释、上升动作、危机、高潮和下降动作五个部分。阐释部分介绍有关主人公的重要信息，他或他们的行动与决定带领情节发展。一则短篇小说只有一个主人公是不够的，人物必须面临一些各种各样必须要解决的问题或障碍，可以是一个决定说谎或者不说谎的平常选择，或是一场与食人鲨的决斗。无论是哪一种，问题或冲突都是任何传统小说的关键。随着故事进展，主人公面临的问题将越来越复杂。复杂或者说上升动作，将包括一系列意外或者危机，导致主人公面临用这种或那种方法最终解决问题的重要处境，这种处境也叫作“高潮”。“高潮”之后叫作“尾声”，或叫“结局”，它们将给一切剩余事宜做个了结。图示如下：

高潮

阐释　　　　**结局**

上升动作　　　　下降动作

（事情变得更有悬念；　　（问题解决；

问题越来越糟糕。）　　生活归于平静。）

下面的图式有助于描绘这些紧密连接的要素如何组成一个完整的

① 哈特．故事技巧——叙事性非虚构文学写作指南．叶青，曾轶峰，译．北京：中国人民大学出版社，2012：20－25.

情节，提醒这些要素如何产生作用。一则众人皆知的短篇小说《三只小猪》的故事线恰如其分地昭示了短篇小说故事结构的基本信息。[①]

阐释
上升动作
（事情变得更有悬念；
问题越来越糟糕。）

结局
下降动作
（问题解决；
生活归于平静。）

危机
狼破坏了草房子，
吃了一只小猪。

危机
狼毁坏了树枝房子，
吃了第二只小猪。

危机
狼试图毁坏砖房子，
第一次失败。

高潮
狼想玩烟囱的把戏，
但是被第三只小猪识破并被烫死。

结局
第三只小猪收拾了残局，
为自己买砖造房子很得意。

编剧技巧

李秋平以专题方式，罗列了更多的关于故事结构的线索：交代戏、过场戏、高潮、伏笔、潜台词、巧合、误会、故事情境、拐点、闲笔、线索（主线/复线）、起承转合等。[②] 但一个故事或许不需要包括上述所有因素，或者不必突出所有因素。

对亚里士多德的挑战

“漫长的开头”

中国的传统历史演义，比如《三国演义》等，故事开始都有一个“漫长的开头”。比如，本来是要讲这个朝代的帝王将相的故事，但叙

---

① AMBERG J，LARSON M. The creative writing handbook：85-87.

② 陈秋平．分享编剧技巧．http：//blog. sina. com. cn/s/blog _ 543bd0750100rbs7. html.

事却从开天辟地、三皇五帝讲起，似乎有些漫无边际，原因是中国历代帝王都讲“天命”，宣扬自己是“天命”的体现者、执行者，可是二十四史改朝换代非常频繁，皇帝有许多，“天命”却没有那么多，只有一个，从上一个转到下一个。从一个皇帝到另一个皇帝，从一个朝代到另一个朝代，“天命”并未断裂。这些关于兴废征战的小说，都有一个赋予本朝皇帝“天命”合法继承人的使命，它们将自己的朝代时间连接到远古，特别是那些优秀帝王和年代，表示自己的朝代是它们的继续，在它们的序列之中，这样本朝皇帝就成了“天命”的合法继承人。因此，故事的结构与文化、地方性有关，而不仅仅是形式、技巧。①

《项狄传》

这是一个“倒着讲”的故事，即主人公出场后，停留在“叙事弧线”的第一个阶段“阐释”处徘徊不前，然后反向而行，一路倒转，一直讲到主人公的父亲、母亲。项狄的父亲是一个做事特别有规律的人，每月第一个星期日晚上要处理两件事：一件是给钟上弦，一件是跟妻子做爱。1718 年 3 月的第一个星期日晚上，项狄父母同房，紧要之时母亲突然问道：“亲爱的，你没有忘记给钟上弦吧?”这一刻，父亲方寸大乱，母亲怀孕，于是有了项狄。项狄故事颠三倒四，与项狄“先天不足”有关，《项狄传》也被称为最意识流的小说。

闭合式结局与开放式结局

罗伯特·麦基认为：如果一个表达绝对而不可逆转的变化的故事高潮回答了故事讲述过程中所提出的所有问题并满足了观众的所有情感，则被称为“闭合式结局”。一个故事高潮如果留下一两个未解答

---

① 许道军，张永禄．论中国古代历史小说中的“天命”思想．华南农业大学学报（社会科学版），2010（5）．

的问题和一些没有满足的情感，则被称为“开放式结局”①。大情节即经典故事设计经常使用闭合式结局，强调事件发生的原因与结果，事件与事件、行动与行动之间形成因果关系网络。反情节则常常以巧合取代因果，打破因果关系链条，故事导向支离破碎、毫无意义和荒诞不经。正如故事开始不可预料，故事结束也不可控制，因此人们经常使用开放式结局。但反情节故事并非没有逻辑，而是以某种哲学或艺术观念为根据，比如存在主义、荒诞派、印象主义等，从偶然到偶然，从无意义到无意义，其实是这种哲学观念、艺术观念的体现，是另一种故事逻辑。

① 麦基．故事——材质、结构、风格和银幕剧作的原理．周铁东，译．北京：中国电影出版社，2001：57.

工坊活动

有的时候，作为小说作者的你，没有一个十分完整的现成故事，只有那种我们说的“能打动自己”的情怀和细节，那该怎么办呢？没关系，即使只有一个鱼头也是能做菜的，而且能做得很豪华，但前提是你要搞明白这是鳙鱼头还是普通的鲫鱼头。

就以我为例子，我很喜欢骑自行车，这是我的情怀，我的出发点是永远能吸引我的东西，那么细节是什么呢？是有一天，我在风景如画的大学校园里闲逛。我们学校的人很多，地方很大，很多人骑自行车，所以停车的地方也很多。我发现，很多停车的地方都有不少锈迹斑斑、布满灰尘、轮胎没气的自行车，往往一堆就是几十辆，一看就知道弃置了很久，不用猜也知道，是以前的学生懒得带回去，索性扔在学校里。

你说，对其他学生来说，他会看不到这些车子吗？当然不会，他“看到”了，但他没有“观察”，更没有“反思”，这就是情怀所导致的差异。

好，现在，我“观察”到了这个现象，我要写篇小说。于是，我开始胡思乱想，天马行空，想这些被废弃的车子会有哪样的过去和未来：

故事 1

内核：茫茫车海中的旧车子——每辆自行车都有自己的故事

关键词：单纯地回忆过去

主线：以上帝视角描述几辆自行车的故事……

故事 2

内核：故事 1 的延伸，自行车之间的“十日谈”

关键词：回忆过去，但借用童话外套

主线：自行车活了起来，分别诉说自己的过去……

故事 3

内核：茫茫车海中的旧车子——寻找自行车

关键词：忘却与寻找

主线：一个学生忘记自己把车子停在哪里了，因为这辆车对他有特殊的意义。他四处寻找，于是就发生了别的故事……

故事 4

内核：和故事 3 相反，自行车失而复得

关键词：回归

主线：一个学生的车子被盗了。一个偶然的机会，他在那堆旧车子里发现了自己当年的爱车，于是想办法把它弄了出来，发现车子被改装过，然后开始推测当年车子失窃之后的故事……

故事 5

内核：故事 3 和故事 4 的结合，自行车失而复得，发现新的线索，开始寻找

关键词：回归＋寻找

主线：一个学生的车子被盗了。一个偶然的机会，他在那堆旧车子里发现了自己当年的爱车，于是想办法把它弄了出来，发现车子的空心车把里有一封情书。这是它之后的主人收到的？还是一开始某个暗恋主角的人偷偷藏在那里的？于是，他踏上了寻找真相之旅（出版商最喜欢这句话）……

故事 6

内核：和故事 5 相反

关键词：仍旧是“回归+寻找”，但主题是爱情

主线：男主角若干年后回到母校，发现那堆旧车子里有一辆是自己大学时代暗恋的女孩的车子，于是想办法把它弄了出来，然后慢慢回忆当年的故事，或者也在女孩的车子里发现了什么玄机……

一个线索，三种主干，六种变体。

你以为这就完了？不，一堆旧车子引发的小说才刚刚开始呢。我们接下去看：

故事 7

内核：茫茫车海中的旧车子——藏起一辆自行车

关键词：藏车、误会、冲动

主线：男主角和同学发生了误会和争执，为了报复，悄悄把对方的自行车偷出来往学校的车海里一扔，然后装作不知道。这辆车自然再也不会被找到。后来又发生了什么变故——那个同学死了或者出国了。若干年后，男主角回母校，偶尔发现那辆车子还在那里，于是开始回忆过去（甚至发现了当年一些事情的真相）……

故事 8

内核：和故事 7 相反

关键词：藏车、误会、冲动、原谅

主线：男主角和同学发生了误会和争执，第二天就发现自己的车子被盗了，怀疑是同学干的，却一直没有线索，耿耿于怀。然后又经过了很多事情，最后那同学死了（狗血吗？记住，我们只是在天马行空地想象），死得很壮烈，甚至是为男主角而死。故事的最后，男主角无意当中在那堆旧车子里找到了自己的自行车，知道了同学当年的做法，但早已原谅了他。

以上八种都是普通的青春回忆题材。那除此之外，有没有其他方向的发展呢？

故事 9

内核：茫茫车海中的旧车子——谁负有责任？

关键词：大学行政机构的官僚作风

主线：旧车子堆了这么多，却没有及时清理，学校有没有责任？于是，有人提议了，写意见信了，相关的机构却在推诿责任……这是讽刺小说的写法，未尝不可。

继续，继续，故事的可能性还没完。除了普通学生，那些特殊身份的人呢？

故事 10

内核：茫茫车海中的旧车子——精明的商人

关键词：资源回收

主线：这其实是一个真实的新闻事件。某大学学生发现了这些废弃的车子，通过学校的关系将其弄出来清洗、修理、打气，卖/租给同学。现在的问题来了：这种做法算不算完全合法？会不会有眼红的人作梗捣乱？万一有的车子不是被废弃的呢？这下就说不清楚了……

故事 11

内核：茫茫车海中的旧车子——偷车贼

关键词：偷车贼发现了金矿

主线：大学里偷车贼很多，这些废弃的车子自然是个大宝藏。但是，聪明的不只有一个偷车贼，他也会有竞争对手。是互相合作，还是各走各的路？还是揭发对方，鱼死网破？偷车贼会不会因此结识一个美丽的女生？一切都有可能。

故事 12

内核：故事 11 的延伸

关键词：专门偷废弃自行车的贼

主线：承接故事 11 的构想，如果这个偷车贼只偷废弃的自行车呢？如果他偷了这些车子只卖很低的价钱呢？这算不算理想主义？还是被同伙骂成蠢材？他为什么会这么喜欢自行车？他会被发现吗？他会被诬陷吗？他这到底算不算盗窃？他的结局是怎么样？甚至，如果他就是这所学校的学生呢？

…………

想到这里，我确定我被最后的那个构思“击中”了，所以我决定要写它。[①]

其他的构思不够好吗？也许是的，也许我只是一个口味独特的人，总之，那些是另一种形式的“切割下来的部分”。我只想出了 12 种可能性，别人可能想出 15 种、18 种，甚至 20 种可能性。从这些可能性当中选取最好的、你最擅长处理的角度，那么这个鱼头的加工手法就算选好了。

一般来说，越是简单的细节线索，发挥想象力的空间越大。相比之下，如果启发你的事件本身比较复杂，那么你的发散性思维空间相对会减小。[②]

练习：仿照关于“自行车”的 12 个故事，给一只鸟、一条狗、一支笔等讲述不同的故事，为它们分别设计开头和结尾。

---

① 王若虚．马贼．萌芽，2007（3）．

② 以上为 2012 年 6 月 19 日王若虚在上海大学第二届创意写作夏令营的讲座讲稿。

第三章

故事动力

故事已经开始，但难以推进或推进乏力，结束遥遥无期，这是为何？疲倦、心灰意冷的时候，我们会羡慕别人的故事：从开头到结尾，一路狂奔，永不言倦，仿佛装有一台永动机。甚至，故事到结尾了，只要作者愿意，他还可以重新找个由头，继续讲下去。但我们也有成功的例子，也不是所有的故事都写得那么吃力。有这么一种情况，要么是说不完的话汩汩而出，要么是人物自己完全接管了行动，带着你的故事往前走。我们往往把自己这种幸福又幸运的经历归结为“灵感”所赐，把别人的成功归结为“才华”所致，完全忽视了自己的故事发展的推动力问题。讨论推进故事前进的动力，以及寻找它们，是本章的内容。

第一节　冲突、人物结构及写作动机

推动故事前进的力量，我们姑且称之为“故事动力”。可加分析的动力有两个来源：一是来自故事内部，主要是冲突和结构性人物关系。冲突构成故事的动能，结构性人物关系构成故事的势能，适当的人物结构关系能产生张力。二是来自故事外，主要是作者讲述故事的欲望和抒发见解与感受的迫切程度，我们更多的时候称它为“写作动机”。

我们这里说的故事推动力，不是指那种简单地让事件草草结束或者迅速找到解决故事难题的力量，而是既让故事充分展开，设置了障碍，同时又找到克服障碍的方法，促使故事沿着可然律和必然律方向前进，让故事丰富又复杂的驱动力。

故事内动力

动能

冲突

冲突（conflict）意指“人类生活的状态”“故事和人物角色的本质”“在散文或戏剧中，人物试图去解决难题时所遇到的至少一个来自社会、个人或环境的阻力”①。现实中，冲突无处不在，这是人类

---

① MORRISON M. Key concepts in creative writing. Hampshire：Palgrave Macmillan，2010：27.

生活的常态，因此也是故事再现与表现的内容。但冲突又是故事的结构性与主题性因素，冲突构成故事，成就故事和人物的本质。从知识考古角度说，“冲突”概念来自戏剧，因此我们往往把“冲突”自觉理解为“戏剧冲突”。

戏剧冲突

亚里士多德在《诗学》中谈及“悲剧”的时候并没有使用“冲突”这个概念，他着眼的是悲剧的人物行动即“情节”（“突转”“发现”和“苦难”）。但是，谈到悲剧的审美效果——“畏惧”和“怜悯”——实现的时候，他提到了人物关系，其中，“传说中势不两立的仇敌”①“表现互相争斗的行动必然发生在亲人之间、仇敌之间或非亲非仇者之间”② 等实际指的是人物冲突结构。黑格尔在《美学》中谈论情境这部分，重点谈到了矛盾冲突。他认为：“冲突还不是动作，它只是包含着一种动作的开端和前提，所以它对情境中的人物，只不过是动作的原因，尽管冲突所揭开的矛盾可能是前一个动作的结果”③；只有在它对于有自意识的人起精神上的作用，引起不同人物做出不同的反应动作和反动作时，才形成具体的动作情节，因而才能起到推动故事前进、作为故事内驱力的作用。布伦退尔和劳逊都谈到了冲突的“自觉意识”，也就是：冲突不仅是一个外在的障碍，更应是人物所能感觉的障碍意识和冲破障碍的意志。因此，布伦退尔特别提到戏剧冲突的本质是“意志冲突”。

冲突不一定带来悲剧，但冲突却与悲剧有不解之缘。歌德认为：“悲剧的关键在于有冲突而得不到解决，而悲剧人物可以由于任何关系的矛盾而发生冲突，只要这种矛盾有自然基础，而且真正是悲剧性

---

① 亚里士多德．诗学．陈中梅，译注．北京：商务印书馆，1996：98.

② 同①105.

③ 黑格尔．美学//伍蠡甫，胡经之．西方文艺理论名著选编（上）．北京：北京大学出版社，1985：506.

的。”[①] 别林斯基也认为：“悲剧的实质，就是在于冲突，即在于人心自然欲望与道德责任或与仅仅不可克服的障碍之间的冲突、斗争。”[②] 现代的美学家们也多有相同的看法。雅斯贝尔斯认为：“哪里确有相互独立的冲突的力量，哪里就有悲剧发生。现实是分崩离析的，真理是破碎的，这就是悲剧知识的基本见解。”但是，在对“冲突”与“悲剧”主题性关系的揭示上，黑格尔与恩格斯有更深入的洞见。

黑格尔把辩证的矛盾冲突学说引进悲剧理论研究，提出悲剧的本质“在于这种冲突中对立的双方各有他那一方面的辩护理由，而同时每一方拿来作为自己所坚持的那种目的和性格的真正内容的却只能是把同样有辩护理由的对方否定掉或破坏掉”[③]。恩格斯从人类历史辩证发展的客观进程中揭示了悲剧的客观社会根源与悲剧的本质。他在《致斐·拉萨尔》的信中指出悲剧是一种社会冲突，即“历史的必然要求和这个要求实际上不可能实现之间的悲剧性冲突”。前者涉及悲剧的普遍性以及悲剧的最深刻的宿命性：冲突的双方都有为自己一方辩护的理由，后者则涉及冲突的进步性和真正价值。

罗伯特·麦基在《故事》中没有给“冲突”下定义，但是谈到了“冲突”的功能：“故事事件创造出人物生活情境中有意味的变化，这种变化是用某种价值来表达和经历的，并通过冲突来完成。”[④] 众多研究者对戏剧冲突做了阐释，这里引用中国的看法做结。学者塞河沿认为：“戏剧冲突，便是戏剧人物为实现自己的行动目标，与一切阻碍他行动的对象力量进行的冲突斗争。”[⑤]

---

① 爱克曼．歌德谈话录．朱光潜，译．北京：人民文学出版社，1978：122.

② 别林斯基．戏剧诗//古典文艺理论译丛编辑委员会．古典文艺理论译丛（三）．北京：人民文学出版社，1962：138.

③ 黑格尔．美学：第3卷．朱光潜，译．北京：商务印书馆，1981：286.

④ 麦基．故事——材质、结构、风格和银幕剧作的原理．周铁东，译．北京：中国电影出版社，2001：41.

⑤ 塞河沿．编剧的艺术．昆明：云南大学出版社，2010：254.

戏剧性冲突

没有冲突就没有戏剧，但冲突不是戏剧，更不是悲剧的专利。喜剧、欢乐的故事也有冲突，所有故事都有冲突，区别在于冲突的强弱，以及冲突建立的位置。冲突也不一定是暴力，许多冲突建立在爱、仁慈以及善意的基础之上。另外，我们也要充分认识到，故事离不开冲突，但不是所有的冲突都可以发展成故事，能为故事写作提供帮助；在那些经典故事中，冲突都是戏剧性冲突。正如杰里·克利弗所言，“所有冲突都是麻烦事，但并非所有的麻烦事都是冲突。我们在故事里要寻觅的麻烦是一种特殊的麻烦，我将之称为戏剧性冲突。无疑你必须拥有一个戏剧性的渴望和一个戏剧性的障碍，才能制造出戏剧性冲突。”①

什么是冲突？杰里·克利弗从小说故事角度这样界定：“冲突是我们用来强迫人物采取行动的元素，人物因此必须使尽浑身解数来展现自身。”② 但冲突不是故事最小元素、动力源，它只是关系、状态、结构，它拥有两个要素：一个是渴望，一个是障碍。渴望和障碍的同时存在与相互作用，构成了冲突，可用公式表示如下：

渴望＋障碍＝冲突

什么是“渴望”？渴望是人物要实现某个目标的强烈的内在自觉意识。它是一种戏剧性的主观愿望，当事者感觉到这种愿望的满足与否是生死攸关的大事。这并不是说它真是一件事关生存或死亡的事情，不过，人物对此必须抱着强烈的感情，他内心必须深信不疑：除非这个局面有所改观，不然人物就无法继续容忍目前的生活。什么是“障碍”？障碍即人物（主要是主人公）在实现目标过程中所遇到的一

① 克利弗．小说写作教程：虚构文学速成全攻略．王著定，译．北京：中国人民大学出版社，2011：51.

② 其作用就在于“迫使人物行动起来，强迫人物利用自身条件，以一种揭示他们自身性格特征的方式采取某种行动”。

切相反因素，包括人物自身以及错觉。没有渴望，就无所谓障碍；如同没有改造山水的规划与行动，最艰险的山水反而是美的风景。一旦有渴望，障碍便接踵而至。也就是说，障碍既是一种潜在的客观存在，同时也是一种主观感觉。

冲突由渴望与障碍构成，但渴望与障碍必须是在行动意义上的有效渴望和有效障碍。所谓"有效渴望"，是指人物内心所产生的压倒一切、将人物推至极限状态、足以引起行动的情感状态。假如人物可以容忍现状，继续这样活下去，或者假如他还有别的选择，那么作者制造的渴望就是无效渴望，甚至是伪渴望，由此制造出来的冲突就是无效冲突、伪冲突。能"转念一想""幡然醒悟"的渴望不是戏剧冲突里的渴望。所谓"有效障碍"，是指用以阻止人物的行动或者试图打消人物行动渴望的努力。它同样出于坚强的渴望，具有足够强大的行动力，只是方向相反，跟人物尤其是主人公的行动针锋相对、如影随形、势均力敌，如警长沙威誓要捉拿冉阿让归案（《悲惨世界》）、齐灵渥斯疯狂地复仇（《红字》）等。在纸媒故事里，它们有时候是看不见的命运（但常假以人手），如《边城》；有时候是难以克服的自然环境（但常被人格化），如《老人与海》。因此，现在可以说，冲突是来自解决问题的强烈渴望、动作及对方的反应。

一旦戏剧性渴望与障碍设置完毕，故事冲突就建立起来。对于人物或主人公而言，他的任务就是克服障碍，实现目标。对于作者而言，只是记录主人公为解决问题而行动的过程。因此，故事也可以如此描述：

冲突＋行动＋结局＝故事

温迪·简·汉森总结道，影视故事中的冲突"就是未获得解决的戏剧性动作"，这个动作又是相互作用的，包括动作和反应两个方面。冲突不一定要暴力，每一次行动都促使对方做出反应，并且加以对抗，而不是寻求"解决"方法。冲突不断升级，产生多米诺效应，迫使角色之间不断相互碰撞，推动剧情向前发展。① 动作和反应也可以称之为行动和反行动，来自冲突双方，对应着渴望和障碍。实际上，障碍也是来自冲突对方的渴望，并非被动的存在。

冲突的种类

黑格尔分析悲剧时，认为冲突由三种情况引起：一是自然情况造成的；二是自然情况在心灵方面所引起的；三是心灵本身的分裂和矛盾造成的。他认为，第三种才是理想的冲突。戏剧的基本特征是人与人之间、个人与集体之间、集体与集体之间、人与自然力量之间的冲突，在冲突中自由意志被用来实现某种特定的可以理解的目标，它所具有的强度足以导致冲突到达危机的顶点。② 亚里士多德认为有六种基本冲突，它们分别是：人与人、人与社会、人与自然、人与神、人与机器、人与自己③，现在的研究者多将其演绎为人与自然、人与社会和人与自我三个方面的冲突，但是没有亚里士多德具体。人与机器的冲突，我们可以理解为人与“被异化的科技”“外星文明”或者其他有敌意的高等智慧之间的冲突，比如《终结者》《黑客帝国》等。而人与神的冲突，我们可以理解为“神”直接对人的操控，也可以理解为不可见的命运操纵人物的行动及结果，或者二者兼而有之。《边城》故事中没有“神”出现，但看不见的命运无时不在；《俄狄浦斯王》《无极》这样的故事，“神”与“命运”是结合在一起的，“神”就是“命运”的体现，反抗“神”就是反抗“命运”。但真正像《诸神之战》这样的神话故事，在现在看来更像是人与社会的冲突，实质是人反抗不合理的制度、强暴、专制。人与神的关系，其实也就是人

---

① 汉森．编剧：步步为营．郝哲，柳青，译．北京：世界图书出版公司，2010：65－66.

② 黑格尔．美学//伍蠡甫，胡经之．西方文艺理论名著选编（上）．北京：北京大学出版社，1985：519.

③ 克利弗．小说写作教程：虚构文学速成全攻略．王著定，译．北京：中国人民大学出版社，2011：146.

与人的关系、人与社会的关系。《鲁滨逊漂流记》可以理解为人与自然的冲突。但《少年派的奇幻漂流》则更复杂一些，因为这个故事后视角的加入，真正的故事被隐藏起来，我们认为它更应该是人与自然冲突之下的人与自我，即伦理与人性之间的冲突。①

冲突不仅存在于主人公与对立人物（对手）之间，也存在于自己人（帮手、助手）与自己之间、次要人物之间。故事冲突因此可分为主要冲突、次要冲突。与此同时，在一个故事里，可以包含多种冲突，六种冲突可同时存在。冲突在具体的故事当中，极少是单独存在的，总是纠缠在一起的。一个人在反抗“神”（魔）的同时，也在与自己的软弱做斗争；在正义的团队内，高尚的目标总与自私的人性纠缠不清（《魔戒》）。有的时候，冲突可以发生反转。人与魔斗争至最后才发现，魔就是内心的黑暗，就是自己（《光明皇帝》）。单纯的人与自然的冲突是少见的，冒险故事、探险故事等夹杂着各种冲突。近来，越来越多的人与自然的故事主题转向了生态，从人与自然（植物、动物、环境等）的冲突转向了人与破坏自然的力量的冲突。在人与人的冲突里，比如官场故事：在这个框架之下，包含权与权、权与法、权与民、权与情、权与钱等关系多维度的冲突。

冲突的作用

故事冲突具有考验人性、发掘真相的作用。若要考察或表现人物，我们必须将人物放置于各种考验之中（生死、利益、情谊、荣誉、情色等），发掘人性与社会的真实，考验人物人性人格的各个侧面（人物维度、圆形人物）。对于读者而言，一旦冲突确立，就立刻要选择立场（决定应该同情谁，而不能置身事外）。但冲突最根本的作用是：迫使人物行动起来，强迫人物利用自身条件，以一种揭示他们自身性格特征的方式采取某种行动。人物以什么方式应对他们的麻

---

① 许道军．经典电影如何讲故事．北京：中国人民大学出版社，2021：95-96.

烦是最能够彰显人物性格的，行动就是性格。冲突一旦确立，其悬而未决性制造了悬念；冲突的发展（包括问题的解决）让故事推进具有了方向感。此时，冲突发挥了内驱力的作用。

势能

巨石搁置于山顶，摇摇欲坠或振翅欲飞；相对于平地，巨石就具有了势能。给一个伟大的人物配置一个伟大的对手，或给一个能干的人物配置一个难以解决的问题，人的潜能就被激发出来，这几乎是故事的普遍原理。古希腊戏剧的人物设置遵循这样一条“潜规则”：伟大的英雄人物都存在一个致命的缺陷。英雄本性与致命缺陷对比形成了故事的势能，一种简单的关系同时包含了荡气回肠的开始和惊心动魄的悲剧结束。理想的人物关系设置足以打破日常生活的正常秩序，隐隐露出“事故”“传奇”或“隐私”的苗头，蕴含着丰富而复杂的故事可能性。男人跟老婆在大街上吵架，是夫妻关系不和，扰民，足以让人烦；公公跟儿媳在大街上吵架，好事者多喜围观，因为大家猜想这里面肯定有故事。

脆弱的平衡一旦打破，势能就可以转化成动能。常识告诉我们，相同的推力作用下，山顶的石头比山脚的石头滚得远。两只宠物猫——小宝和小贝，纵使一个强壮、一个瘦弱，将其安排在一起，故事仍旧无法产生。但若将瘦弱的小贝弃置于荒野，让它独自面对天敌，自生自灭，故事就真正开始了（《猫咪小贝》）。两只宠物——汤姆和杰瑞，只需要安排在一起就可以了。不能相见的两者相见，厮杀与追逐立即就可以开始。喜剧的前提是“主人公不会死”，因此杰瑞不会被汤姆杀掉，故事巧妙利用了喜剧的规则和关系的势能，二者之间的争斗随时随地可以展开，也会无休无止，故事可以永远讲下去（《猫和老鼠》）。

类似的人物关系设置不可计数。《熊出没》中的光头强和熊大、熊二，《喜羊羊与灰太狼》中的羊与狼，《西游记》中的唐僧与各路妖怪，武侠故事中的正派与邪派，清官故事中的忠臣与奸臣，等等，他们因本性、因利益、因信念，永远势不两立。他们成对出现时，我们只需要给他们一个小小的挑拨、一个由头，比如：给江湖一个传说——藏宝图、武林秘籍、名分、一次莽撞的攻击；给清官一个贪腐案……故事就开始了，结构势能转化成了动能。下面的事情，由人物按照设置的本性开始行动。

故事外动力

为什么要讲故事？动机有很多。讲故事的动机也是推动故事前进的动力，我们把它称为“外动力”。杨照在《故事效应——创意与创价》中，列举了这些潜在动机和直接动机。他认为讲故事是“深藏在人类经验中”的“冲动”，因为“故事比现实、比真实更多样丰富”，“故事是假的，带给读者的众多感应却永远是真的”，“故事是联络已知与未知的奇妙桥梁”，“每一个故事最核心讲的，其实还是人与世界的关系”，“故事也是人类理解周遭世界最初的手段”，“我们需要比反复规律的生活丰富的传奇故事，来让规律生活变得可以忍受”，“对于突显身份与名字的故事，我们有着天生的好奇弱点”，“那想象中的生命，对观众而言，跟现实的生命一样可贵”，“任何东西摆进故事里，就吸引我们不同的眼光，让我们看到不同事物的重要性”，“故事找出一条让我们更容易与音乐共处的途径”。

同时，故事还具有这些功能：“精彩的故事让人可以快速掌握关键重点”，“要有特色才能被记住，而故事正是找出特色、突显特色最有效的工具”，“好的故事几乎都拥有某种异质生命的对照效果”，“传奇故事也因而可以帮助我们快速分辨出谁是我们的同类、谁不是”，“筑长城的故事，团结了同胞们，让大家参与在这个大而无当的故事里，而有了共同体的感受”，“故事是我们理解世界的缩写”，“故事突显生命共同的细节，借由单一生命戏剧性的变化对照，将巨大缩小，同时让巨大能够被我们看到、听到”，“进入故事、还原故事，我们发现原来很少有什么东西真正是偶然发生的”，“故事，是人与不属于人的巨大、抽象事物间，颤颤巍巍、飘飘摇摇存在的桥梁”，“故事，把我们带离世俗，也就同时帮助我们接近素心童真”，“故事具备强大的穿透力，可以跨越空间的限制”，“故事宣扬着许多没有被实现的变化，保留了人们对于变化的好奇与冲动”，“搭迪士尼的云霄飞车，不只是搭云霄飞车，更是走进一个故事，体验故事”。因此，人们需要故事，也愿意讲故事。[①]

但我们可以更简洁地归纳一下讲述故事的动机，归结为以下几条：

发现自我

理查德·卡尼说：“有人问你是谁，你得讲自己的故事。也就是说，你会依照对过去的记忆以及对未来的期望来讲述自己的现状。你根据自己过去的状况和将来的发展来阐述自己现在的境遇。”[②] 我们讲故事，其实就是讲我们自己：过去、现在以及未来，并在讲述过程中发现自我、反思自我、形成自我并超越自我。但不仅个人给自己讲故事，宗教、国家、地方、种族也给自己讲故事。几乎每一个国家、民族都有自己的故事。它要向别人或者后人说明，自己的国家是怎么建立起来的，自己的民族是如何产生的，要证明自己的组织是有历史的、有合法性的。

“实现”梦想

陈平原先生在《千古文人侠客梦》里研究了中国武侠小说的创作与接受心理，他认为武侠小说就是千古文人的行侠仗义、济世救人的侠客梦。从创作心理角度来讲，行侠仗义的故事当然是文人的侠客

① 杨照．故事效应——创意与创价．沈阳：辽宁教育出版社，2011．引文部分为第一章和第二章目录。

② 卡尼．故事离真实有多远．王广州，译．桂林：广西师范大学出版社，2007：13.

梦，从接受心理的角度讲，不也是中国民众的侠客梦吗？只不过是一个实施行动、一个接受结果。在法制不健全、有话不能好好说的时代，武侠小说成为国民解除自身困厄并实现“路见不平拔刀相助”的普适理想的梦想载体。依次可以类推的是，“公案小说”也是普通民众的“拯救梦”。那么多关于施公、包公的故事，不是缺乏安全感和政治权利者的集体梦想吗？虽然我们知道他们的故事多是虚构的，但是我们需要这种信念的存在。这些公案小说并未能真正改变现实社会不公不义的事实，但是在某种程度上也延续了一种关于公平正义的想象，缓解了现实社会带来的巨大精神压力。故事，是在虚拟实现梦想。

保存记忆

叔本华曾经说过，只有通过历史，一个民族才能完全意识到自己。以演义历史为己任的中国传统历史小说自觉承担了记录民族记忆的责任，尤其是在“亡国灭种”“救亡图存”的历史时刻。章炳麟说：“……亦使田家孺子知有秦汉至今帝王师相之业；不然，则中夏齐民不知故国，将于印度同列。然则演事者虽多稗传，而存古之功亦大矣。”从小处说，了解一个国家、民族的来路与去路，保存一个地方的记忆；从大处说，维系世界文明与文化的多样性。

> 话说天下事积久渐忘，最为可怕之事。我中国幅员之广，人民之众，若能振起精神来，非但可以雄长亚洲，更何难威慑全球？只因积弱不振，遂致今日赔款，明日割地，被外人指笑我病夫国。瓜分豆剖之说，非但腾于口说，并且绘为详图，明定界限。幅员虽广，人民虽众，怎禁得日蹙百里，不上几年，只恐怕就要蹙完了，你说可怕不可怕？
>
> 近年以来，我国人渐渐苏醒了，出了一班少年志士，奔走呼号，以割地为耻，救亡为策。在下是垂老之人，看了这班少年，

真是后生可畏，怎不佩服？然而听听他们奔走呼号的说话，都是引威海、台湾、胶州等为莫大之耻，以东三省、新疆、西藏等处，为莫大之危险，你说他们这些话是错了么？错是一点不错，却是轻轻的把一个未及百年历史的香港忘记了。你说他们为甚么忘了呢？只因割弃香港之时，这班少年志士莫说未出娘胎，就说这班志士的尊堂，只恐怕还未出娘胎呢！所以这班志士，自有知以来，知道香港不是我属，怎能怪他忘了呢？照此说去，再过几十年，这班少年老了死了，又出了一班少年，不要又把台湾、威海、胶州忘了么？所以我说积久渐忘，最是可怕之事。

我因为这个可怕，便想到把旧事重提，做一部中国古历史的小说，庶几大家看了，触动了旧事，不致尽忘。……我试演一部开辟土地的历史出来，并且从开辟时代，演至将近割弃时代。好等读这部书的，既知古人开辟的艰难，就不容今人割弃的容易。

——吴趼人：《云南野乘》第一回

“畏凌逼楚王思拓地　告奋勇庄蹻请平蛮”

实现意图

《英烈传》是明人写本朝史事的第一部小说，相传作者是郭勋。关于此书的写作过程，郑晓在《今言》卷一“九十二”条云：

嘉靖十六年，郭勋欲进祀其立功之祖武定侯英于太庙，乃仿《三国志俗说》及《水浒传》为《国朝英烈记》，言生擒士诚，射死友谅，皆英之功，传说宫禁，动人听闻，已乃疏乞英于庙庑。

沈德符《万历野获编》卷五“武定侯进公”也说：

武定侯郭勋，在世宗朝号好文多艺能计数。今新安所刻《水

> 浒传》善本即其家所传，前有汪太函序，托名天都外臣者。初，勋以附会张永嘉议大礼，因相倚为援，骤得上宠。谋进爵上公，乃出奇计，自撰开国通俗纪传名《英烈传》者，内称其始祖郭英，战功几埒开平、中山。而鄱阳之战，陈友谅中流矢死，当时本不知何人，乃云郭英所射，令内官之职平话者日唱演于上前，且谓此相传旧本。上因惜英公大赏薄，有意崇进之。会勋入直撰青词，大得上眷，几出陆武惠、仇咸宁之上。遂用工程功竣，拜太师，后又家翊国公世袭，则伪造纪传，与有力焉。此通俗书，今传播于世。

对历史材料有选择地组织、编辑、挪移或夸大，建构一套有利于叙事者的文学历史，从叙事结果来看，《英烈传》确实达到了目的。就我们的有限经历与经验而言，我们所到之处，给我们留下印象或有意让我们留下印象的人、事、物以及景观，都是有故事的。用故事说话，这是文化创意产业的一个小小的手艺，这也是“软文”超越“文宣”的秘密所在。

打开心结

许多作者在创作谈中提到了写作的动机，他们归结为愿望，这些愿望与上述的“自我”“梦想”“使命”“意图”等有关。这些都是可以说出来的，说出来的也都是自己意识到并清晰总结到的那一部分。但实际上还有一部分是存在于我们心灵、一直在起作用但从未被我们捕捉到的，我们一般称之为“心结”。很多时候，我们创作故事、讲故事，就是为了打开自己的心结。葛红兵曾谈到，作为教师，他经常在梦中遭遇上课铃响却找不到教室的窘迫，这样的梦折磨了他几十年，直到他以一部小说主人公为自己的观察和解剖对象，正视了自己的焦虑，发现了生活中潜伏的不安全感，才终于解开了自己的心结，再也不做这样的梦了。但是，他又发现，其实他的许多作品都不知不觉地围绕这个心结展开。只要这个心结不解开，类似的故事还会讲下去。弗洛伊德和荣格的精神分析学说对心结做了明确的描述，同时也提供了准确描述的方法。许多作家借鉴精神分析理论创作出了打开内心黑暗世界、揭开内心冲突的作品。

第二节　故事动力设置

找到自己的 A 点

创作一个故事，或重新讲述一个故事，都是这样一种创造行为：设置一个生活世界和一些生活人物，通过人物合乎生活逻辑的或改变世界或改变自己的行动，去虚拟地探讨、解答与解决作者自己设置的问题，包括关于自己的问题，表达自己对现实世界的态度、理念与情感。这种创造性表达，对于作者而言，是直接的而非间接的，是他的世界观、价值观的体现，是他对这个世界的发言与宣言。它不仅关乎“写什么”“怎么写”，而且关乎“为什么要写”。“如是我闻”或“姑妄言”都不紧要。紧要的是，“我要写”。“下笔前一定问自己：这个剧本你非写不可吗？什么让你如鲠在喉？也许是一个愤怒、一段思念、一个画面、一场高潮戏、一个流泪片段，甚至可能是一次委屈。总之，找到这个动力源，把它作为 A 点确定下来。有了 A，才能推演出 B，由 B 再推演 C 和 D。也许往下推演不顺而回过头来调整 A，但是，写剧本必须找到 A。”① 李秋平谈的是剧本创作，故事创作也是这样。写故事就是写作者自己，解决作者自己的问题。

---

① 陈秋平．分享编剧技巧．http：//blog.sina.com.cn/s/blog_543bd0750100rbs7．html.

将写作转化为谈话

找到倾诉对象

汪曾祺说：“作者在叙述时随时不忘记对面有个读者，随时要观察读者的反应，他是不是感兴趣，有没有厌烦？……写小说，是个人聊天……写小说的要诚恳，谦虚，不矜持，不卖弄，对读者十分地尊重。否则，读者觉得你侮辱了他！”① 这句话其实透露了两个信息：第一个信息是著名作家的告诫——写作要尊重读者；第二个信息是成功作家的经验之谈——写作其实就是与读者对话、聊天。

如果作家、叙述者、人物高度合一的话，这样的故事最能感动作家自己，但也最容易讨读者嫌（不知道为什么，自恋的作家控制不住），因为只要读者不喜欢上述叙述结构中的任何一项，他就可能抵触结构的全部，进而抵触你的故事。但你还是有话要说，不可遏制，怎么办？不管他！你可以把听故事的人想象成你无话不说的朋友，他喜欢听你的唠叨，那么你就心无障碍了。

> 实际说来，认真是我的朋友的，我恐怕一个也没有罢。我把我的内心生活赤裸裸地写出来时，我恐怕一切的朋友们都要当面唾骂我，不屑我；我恐怕你也是会这样的罢。我现在写这封信来要使你不得不饱尝着幻灭的悲哀，我是诚然心痛；但是我们相交一场，我们只是在面具上彼此亲吻，这又是多么心痛的事实哟！
>
> ——郭沫若：《喀美萝姑娘》

创意写作是一种交流、沟通和说服的活动，通过故事对现实发言或发布宣言，又为了什么？“要他用你的眼睛看世界，要他同意你的看法，同意这是激动人心的情景，同意这个情景本质上是悲剧，或者另一个故

① 汪曾祺．汪曾祺全集：第3卷．北京：北京师范大学出版社，1998：333－334．

事具有深刻的幽默感。在这个意义上，所有的小说都是说服性的。作者的使命就是，强调所有的对这个世界富于想象力的表现，无论在何种程度上。”① 读者或者听众既是故事的接受者，同时也是故事的假想敌。想要读者或者听众同情、接受、认同，最后被改变，这就是故事的任务。

谈话，而不是写作，可以激发你创作的热情，也可以激发你的想象力。因为你知道听众就在你面前，等着听你的故事或者你的介绍。或者你干脆就跟他们谈情说爱、吵架，这个时候你也会热情洋溢、兴致勃勃。在这种状态下，连最枯燥的解说也生动活泼：

> 你说你不能直直地把飞盘扔出去？你是不是想对这个人扔，可是却飞到了别的方向去了呢？你说你把它扔了出去——它飞了起来，停在半空中，却又直接向你飞回来，并打中了你的头？这个问题同时也困扰着你的儿子吗？其实，问题在于拿飞盘的手法：你们拿的姿势错了。让我解释一下：
>
> 你现在的姿势是把四个手指放在凹槽里，大拇指放在飞盘的边缘。错！你应该把三个手指放在凹槽里，一个手指放在飞盘的圆边上，大拇指放在飞盘的上面。当你在扔飞盘的时候，你是不是就是闭上眼睛，朝着你的拍档的方向一扔，然后就默默地祈祷呢？这样不好，查理！睁大你的双眼，盯着你的拍档，请确保你的手臂是直直地对着他（她），接下来轻轻地扔出去。现在扔飞盘还难吗？②
>
> ——艾伦·约翰逊：《教你把飞盘扔得最远》

假想敌

骂人也会骂得活灵活现、慷慨激昂（兴高采烈）。下面是诗人在

---

① 布兰德．成为作家．刁克利，译注．北京：中国人民大学出版社，2011：99.

② 约翰逊．教你把飞盘扔得最远//SCHULTA J. Writing from start to finish：the “story workshop” basic forms rhetoric-reader. Chicago：Columbia College Boynton/Cook Publishers，INC，1990：1－2.

骂一条河：

松软泥泞的河岸上长满芦苇的河流啊，我这么匆忙地赶路，是要去会见我的情妇哩。请你将水流停一停吧，因为你既没有桥梁，又没有摆渡。

如果我没有记错，不久之前，你还只是一条小小的水沟，我可以毫不畏惧地涉水而过，因为你的最深处，也不过打湿我的脚踝。然而，远山上的融雪使你的水流暴涨，沿着你的泥泞河道，大水挟带着泡沫，狂野地向下奔涌。

你知道我为什么快马加鞭、日夜兼程吗？如果找不到渡河的工具，难道你要我必须在这儿停下吗？为什么我没有长出达娜厄的英雄儿子所拥有的翅膀呢？如果没有这双翅膀，他怎能砍下梅杜莎那长满毒蛇头发的脑袋呢？

此刻，我多么渴望眼前能够出现一辆谷神的战车，它可将万谷的种子，撒进无论多么坚硬的土壤。

噢，所有这些奇迹，仅仅是诗人的梦想。它们在过去从未为人所见，在将来也不会来到人的身旁。

然而，溢出宽阔河岸的河流啊，不管是昨天，还是明日，都将活生生地在属于你自己的疆界里流淌。万一你阻止情人会见情妇的事情为人知晓，你的老脸怎能承受公众的羞辱？

....

唉，算了，这些烦心的事儿与我有什么关系呢？我自己的不幸已够我承受的了！

看我，真是一个蠢蛋，居然对这条小溪大谈河流的爱情故事，在如此可怜的一条小溪面前提到如此伟大的河流的名字，唉，我是羞愧难当啊。我这是做什么白日梦呢，居然对它大谈阿克洛奥斯河、伊纳科斯和宽阔的尼罗河！

滚开吧，你这条丑陋、泥泞的溪流，永远灼热的夏天和无雨的冬天就是等待你的命运！①

“谨以此文献给某某”的故事讲述方式太多了。“某某”可以是一个人、一个地方、一个民族、一个国家，或者是更大的单位，比如地球。“某某”可以是你认识的人（因此要特别善待你的“戏水伙伴”和工作坊老师，他们是你的第一读者），也可以是你不认识的人，比如这样：

> 读者，我不知道你是谁，也不知道你在哪年哪月翻开这一页历史的残篇。但是，如果你怀念那些在这里遇害的冤魂，你还想伸张人间的正义，那么，请涉过这条坑坑洼洼、野草覆盖的小径，到我的身边来，把手放在我衰弱的身躯上，我会慢慢向你诉说我所看到的一切……②
>
> ——竹林：《女巫》

职业对象

你有故事要讲，有人要听你的故事；讲故事是你的工作，是你的职业。想象一下，你就是讲故事的人。为什么那么多的写作者特别在意“作家”身份？因为“作家”就是职业讲故事的人，虚构是他的工作。你有了“作家”身份，就犹如进入了“书场”，融入了讲故事的氛围。你知道，你的讲台下面，一定坐着一群人，他们在等你讲故事。有了听众，你才会有表现欲、表演欲。在中国古代小说里，故事总是和看不见的“列位看官”——听众一同出场。在先锋小说那里，阅读作品的读者反而都是作者“讨厌”的、要“侵犯”的“敌人”，写作的敌意与快意无处不在。这或许可以算作作品形式的一部分、技巧的一部分，但是，设置或找到自己的读者，将写作转化为对话，的

① 恋歌 6：致妨碍诗人赶往情妇那儿的泛滥河流//奥维德．爱的艺术．呼和浩特：内蒙古大学出版社，2007：111.

② 引子 古堡夜话//竹林．女巫．桂林：漓江出版社，2006：1.

确能让故事的讲述充满动力。

设置人物关系势能

让不能相见者相见

比如，一名德国士兵在战场上和一名受重伤的英国士兵共处一个弹坑（《西线无战事》），一个疲惫的少年与一头饥饿的老虎孤筏漂渡重洋（《少年派的奇幻漂流》）。又比如几乎所有的谍战故事，如余则成在军统天津站（《潜伏》）。平面世界的鹿和兔子形影不离，一起吃饭、一起学习、一起打闹。一场纷争后，鹿穿越到了一个三维世界。那么，二维世界的兔子跟三维世界的鹿如何相处（《兔子和鹿》）？

与“让不能相见者相见”相对的是“让想相见者不得相见”，如《触不到的恋人》《人鬼情未了》《倩女幽魂》等，人物之间的吸引力与横亘在他们之间的鸿沟自然形成冲突。

让相反的事情在一起

比如，两个目标完全相反的政党坐下来谈判，各怀心思（《重庆谈判》）；曾经的仇敌于今一起打击敌人，但宿怨未消（《中国兄弟连》）；与危险的队友同行，臭名昭著、最危险的海盗就在探险队伍之中（《金银岛》）；有着重大性格缺陷的英雄（《鸿门宴》《哈姆雷特》，以及几乎所有的古希腊悲剧）。

让群体冲突延续到个人

比如，华山大弟子令狐冲与日月神教圣女任盈盈恋爱（《笑傲江湖》）；有家族世仇的罗密欧与朱丽叶在一起（《罗密欧与朱丽叶》）。牵一发而动全身，他们每一项行动都会产生始料不及的反应。作者只需记录各方面的反应，静观其变即可。

设置共同目标

比如，一起竞争某个职位，比如《杜拉拉升职记》《浮沉》等，几乎所有的职场故事均包含这类情节；又如，争夺某个物件，无数武侠夺宝的故事。我们只要给冲突双方一个共同的目标，他们就会自己行动。如果人物依旧不行动，我们就要给他们加码（参见下文“给主人公的意志加码”）。

去做力所不能及的事情

比如，身无分文，出身农民，却要挣大钱、征服上海（《财道——富人上天堂》）；木匠的儿子，“渴望像拿破仑那样身佩长剑，做世界的主人”（《红与黑》）；跻身上流社会，成为新贵族，征服巴黎（《高老头》）；八十天环游世界（《八十天环游世界》）。只要给雄心勃勃的主人公设置一个高目标，剩下的事情他自己就会去做。如果与命运抗争，在结局一定的情况下，他们所做的一切，只是让结局加速到来。

去做犯忌的事情

几乎所有经典的爱情故事都是犯忌的。但我们就是要看看，爱情到底有多大力量。

给他们一个行动理由，给他们一个机会，让他们相爱。我们不是鼓励人们去做危险的、犯忌的事情，只是想说，即使在这种极端的情况下，爱情依旧可以相信。

给主人公的意志加码

如果我们设置了戏剧性的人物关系，也设置了故事目标与人物行动目标，但是故事依旧难以推进，那一定是主人公行动的能量不够。

主人公注定为实现某个目标而生，不达目标不罢休。在这个方面，我们要再一次提到《西游记》。在取经团队中，最出彩的可能不是唐僧，但最重要的一定是唐僧，因为“西游”的故事存在与否、持续与否全在于他的一念之间。有没有孙悟空、猪八戒、沙僧、白龙马都不重要，只要唐僧还好好的，他就一定要去取经。只要他愿意（当然也得征得如来佛祖同意），取经团队就可以一直走下去，无论遭多少难、遇到多少妖怪。西游故事有多长，不取决于主人公的助手有多强大，也不取决于对手有多弱，而是取决于主人公的“欲望”有多强。这正如浮士德只要不说“我知足，让时间停下来吧”，考验与经历就永无休止一样（《浮士德》）。

行动不行动，行动能走多远，首先取决于主人公的意志。我们可以给主人公的意志加码。从来没有一个经典故事的主人公在决心做一件事之后，突然改变主意，试图放弃。如果要放弃，那也是在目标实现之后，价值观发生了变化，重新思考这项行动本身的价值。如果这样的话，我们说这样的冲突是伪冲突、弱冲突。伪冲突、弱冲突的故事走不远。

设置明确的故事目标

人物的目标与故事的目标不同。人物只会想、只会做他自己的事情，故事却要通过他来阐释见解、抒发情怀。前者是人物目标，后者是故事目标。

电影《一九四二》故事中，老东家的人物目标是“不逃荒”，但是故事目标恰好与他的目标相反，一定要将他送入逃荒大军之中，并且置之于绝境。从日军进攻河南，省主席去重庆请求救济失败，难民火烧粮仓，儿子被打死等等各个方面，去除老东家可以不逃荒的依靠，最终让“逃荒”成行。福贵的目标是“活着”，但是小说/电影的故事目标恰恰是各种灾难，不让他“活着”（《活着》）。

武学之道是什么？谁有机会获悉武学最高秘密、成为武林至尊？

聪颖的杨康、潇洒的欧阳克，还是笨拙的郭靖？小说一旦选择了郭靖，那么让笨拙的郭靖成为武林至尊就成了故事目标，这是一个难题，但也是一个行动的方向（《射雕英雄传》）。让多萝茜回家、给稻草人一个脑子、给铁皮樵夫一颗心以及让胆小的狮子获得勇气，人人得偿所愿，是《绿野仙踪》的故事目标。有了明确的故事目标，故事就有了前进方向。

逼迫主人公行动起来

如果主人公依旧不行动，我们就给他加压，将他逼上绝路，让他无可选择，只剩唯一的选择，他的行动是最后的行动，这样他就不得不行动起来了。比如，让愚蠢而粗鲁的警察殴打兰博（《第一滴血》），让不达目标誓不罢休的高衙内继续追杀林冲（《火烧山神庙》）。这需要设置故事情境，其目的仍是帮不坚定的主人公增加意志，让他行动。找到主人公身心最柔软处，然后戳中它，“攻其必所救”，在这一点上，故事技巧就是孙子兵法。一旦主人公行动起来，故事就自己走。但是，“让主人公行动”，这本身也是故事目标的一部分。

工坊活动

一、体会亚里士多德六种冲突类型，分别找到相关例证。

二、分析自己故事的冲突类型，按照杰里·克利弗公式做分解。同时，检测自己的故事冲突是否属于“伪冲突”“弱冲突”，如果是，尝试将其提升为“强冲突”“戏剧性冲突”。

三、检查自己的故事目标和人物行动目标，故事目标和人物目标是否明确？哪里需要加强？

四、不改变冲突性质、类型以及故事目标和人物目标，淡化冲突，检查改写故事的效果。

第四章

悬　念

故事是我们的世界观，是我们对生活的发言，是贡献给生活的智慧，它倾注了我们的心血，带着我们的体温。但这都是期许，有待于实现。在读者足够了解我们的人物、见解与感受之前，他们会喜欢我们的故事进而认同我们的观点吗？怎么样才能让读者从一开始就喜欢上我们的故事，伴随着我们的讲述进入故事世界，乐在其中、欲罢不能呢？

好的故事不仅有意义，而且有趣。不好的故事原因有种种，无趣当排名第一。李卓吾评《水浒》得出的结论是："天下文章当以趣为第一。"亨利·詹姆斯也说："我们在事前可以要求一部小说承担的唯一义务，而不致受到做事武断的责难的，就是它一定要有趣。这个一般性的责任落在它身上，但这也是我能想到的唯一责任。"① 悬念是其中重要的一种。逼迫读者阅读的时代已经过去了，抱怨读者有眼不识金镶玉本身也无趣。幸好，流传下来的好故事多是有趣的。趣味无关雅俗，也无关深浅，它只与技巧有关。

龙一把"趣味"放置于小说技术的首要位置，趣味来源多达 15 种②，我们这里只谈悬念。

---

① 詹姆斯．小说的艺术//伍蠡甫，胡经之．西方文艺理论名著选编（下）．北京：北京大学出版社，1985：144.

② 龙一．小说技术．天津：百花文艺出版社，2011：1－87.

第一节　悬念的类别与作用

概念

悬念是“我们阅读故事时所获取的快乐的一部分”，“问题产生而答案延宕，悬念就在读者或观众头脑中油然而生”，“技巧娴熟的作家控住答案直到读者难以忍受”①。《现代汉语词典》这样解释“悬念”：“欣赏戏剧、影视剧或其他文艺作品时，观众、读者对故事情节发展和人物命运很想知道又无从推知的关切和期待心理。”② 英国戏剧理论家威廉·阿契尔论述戏剧情节推进时说，故事的讲述要预示出一种十分吸引人的事态，但不把它预述出来，突出不同寻常的情境并延缓披露底细，使其呈明显的悬而未决的状态③，因此，“悬念就是兴趣不断地向前延伸和欲知后事如何的迫切要求”④。悬念也是叙事学中的重要概念，米克·巴尔说：“悬念可由后来才发生的某事的预告，或对所需的有关信息的暂时沉默而产生。在这两种情况下，呈现给读者的图像都被操纵。”⑤

---

① MORRISON M. Key concepts in creative writing. Hampshire：Palgrave Macmillan，2010：136－137.

② 现代汉语词典，6版．北京：商务印书馆，2012：1475.

③ 阿契尔．剧作法．吴钧燮，聂文杞，译．北京：中国戏剧出版社，1964：170.

④ 贝克．戏剧技巧．余上沅，译．北京：中国戏剧出版社，1985：215.

⑤ 巴尔．余述学：叙事理论导论（第二版）．谭君强，译．北京：中国社会科学出版社，2003：133－134.

上述涉及了悬念的两个来源：一方面，它来自故事内“故事发展”和“人物命运”的“悬而未决”状态；另一方面，它来自故事外作者对叙事的控制——有意对上述状态的延宕，如同威·路特所说，“讲述者运用更有诱惑力的技巧……来吊你的胃口。……他埋下一颗炸弹，这颗炸弹可能是物质的，也可能是感情的，然后把它留到最后爆炸”[①]。但是，悬念的最终形成离不开读者的参与，是作家、故事与读者互动的结果。阿尔弗雷德·希区柯克指出：“观众（读者）的介入乃是制造悬念的基础。”[②]但“故事发展”与“人物命运”本身也是故事设计的一部分。无论是来自故事内还是来自故事外，悬念都属于技巧。“从总体而言，悬念的设置都是作者故意为之。”[③]

悬念是吸引人们去阅读故事的重要因素。即使在故事技巧不发达的过去，许多作品也自觉或不自觉地使用了悬念技巧。比如，《孟子·离娄下》中“齐人有一妻一妾”的故事说：丈夫向妻妾夸口自己每天出入豪门大吃大喝。妻子久而生疑，于是暗中侦察，发现丈夫原来是去人家坟地讨吃祭余食物。“设悬”与“释悬”结构，就让这个故事充满了波折。但是，悬念技巧更多地与通俗故事紧密连接，在侦探、悬疑、惊悚等类型的故事中运用得最普遍，使用最充分，经营最着力，而这些故事的趣味也主要来自悬念。[④] 悬念由于最常见于通俗故事，因此经常被当代纯文学作家所轻视与贬低，被认为是一种文学无能、缺乏深度的标志。但实际上，悬念作为一种故事技巧，跟小说的通俗或高雅等性质并无必然联系。任何故事中都会有悬念。通俗故事往往过多地依靠悬念来吸引读者。非通俗故事则提供了更多的趣味性内容，比如见识、思维、思想、风格、文笔等，让故事的审美内涵

---

① 路特．论悬念．世界电影，1982（3）.

② 王心语．希区柯克与悬念．北京：中国广播电视出版社，1999：88.

③ 曹布拉．金庸小说技巧．杭州：杭州出版社，2006：82.

④ 林雪萍．悬念与审美视角．合肥工业大学学报（社会科学版），2010（6）.

更丰富而复杂。

悬念的类别

根据悬念在故事中的位置和作用，我们可以将其分为总体悬念和层叠悬念。总体悬念贯穿于作品始终，用于作品的总体构思，旨在揭示作品的主题。其表现形式是，在故事的开端或者情节展开之前，迅速地抛出总体悬念，但是不急于揭开这个悬念的谜底，一直延续到作品结尾处才出人意料地揭开。层叠悬念是在总体悬念抛出之后，在情节的发展中不断涌现的一个个小悬念，处于情节的各个层次之间，隶属于总体悬念。①

根据悬念在文中所处的位置，我们可以把悬念分为位于局部的悬念和横跨全篇的悬念；根据悬念与作品主题的关系，可以把悬念分为主题性悬念和非主题性悬念；根据悬念的叙述顺序，可以把悬念分为顺时性悬念和逆时性悬念；根据悬念中所提出的问题最终是否得到解答，可以把悬念分为封闭性悬念和开放性悬念；根据悬念所提出的问题的答案与作品呈现的已知情境的关系，可以把悬念分为顺应性悬念和逆变性悬念；根据悬念中所提出的问题的答案是否处于一定的判断范围之内，可以把悬念分为规定性悬念和不定性悬念。②

根据悬念在故事中的层面，分为情节层面的悬念、人物性格和命运层面的悬念、社会生活层面的悬念、主题层面的悬念。而在叙事层面，又可以分为预叙式悬念、顺叙式悬念。③

根据悬念的价值大小，分成事先设置的核心悬念、构成情节线索的重要悬念与随机设置的一般悬念三大类。事先设置的悬念，一般是

---

① 周健，王培铎．论悬念的焦点．大连教育学院学报，2000（2）．

② 黄晓红．叙事中悬念的类型．湘潭师范学院学报（社会科学版），2004（6）．

③ 李鹏飞．中国古代小说悬念的类型及其设置技巧．云南大学学报（社会科学版），2014（3）．

构成作品基本框架的核心悬念，作者动笔前就已设计好。随机设置的一般悬念，大多是随着故事的进展，作者根据情节的需要而安排。它可能是作者在写作前就已构思成熟的，更多的情况是在写作过程中随机地在作者头脑中产生的。处于核心悬念与随机一般悬念之间的，是那种构成小说中重要情节线索的重要悬念。一般来说，每条相对独立的情节线中都有重要悬念在统摄着情节的产生和发展。它的重要性次于核心悬念，又高于随机一般悬念。三者就其功能价值而言，重要性呈现如下递减：

> 核心悬念（主要与作品总体故事有关）——→重要悬念（主要与情节主副线有关）——→随机一般悬念（主要与情节的节奏和速度有关）①

这些分类有自己的针对性和合理性，为我们解读故事提供了便利，许多概念也具有相当的概括能力和认识能力。比如，故事总是需要一个“总体悬念”“横跨全篇悬念”“核心悬念”统摄全篇，集中读者的注意力；“主题性悬念”也有助于我们了解作者如何将主题寓于故事之中，引导读者思考作者通过故事到底要告诉我们什么，参与互动；而“局部悬念”“层叠悬念”则引导故事逐步推进，持续引发兴趣，让读者的阅读顺利进行。但是，上述分类建立在故事静态描述的基础上，虽有助于故事的理解，但对悬念的产生以及设置技巧揭示不够；而对写作实践来说，这些理论又过于烦琐。从创作角度来说，悬念一是来自故事内部，一是来自故事外部，即作者在故事讲述过程中对事件诸因素的着意安排。

故事内部悬念

戴维·洛奇在《小说的艺术》中说：“小说就是讲故事，讲故事无论使用什么手段，总是通过提出问题、延缓提供答案来吸引读者的

① 曹布拉．金庸小说技巧．杭州：杭州出版社，2006：83－84.

兴趣。问题不外乎两类：一类涉及因果关系；一类涉及时间。”① 因此，悬念大致可以分为两类：一类跟因果关系有关，比如事情是谁干的；一类跟时间顺序有关，比如下一步会发生什么。戴维·洛奇悬念二分法简洁而具有真知灼见。但是，故事的因果关系，比如“事情是谁干的”，仅仅是悬念的一部分而不是全部；从事件角度说，它属于事件的一部分。只有当人物处于信息不足的状态或者叙述者有意对信息控制时，悬念才会产生。

真正属于故事内部的悬念与行动和时间直接有关，即由于人物的行动或与人物的行动相关所产生或引起的一系列悬而未决的状态，构成故事内部悬念。它们包括：

人物的命运（会有好转吗？好的状态会不会遭到破坏？）；

行动导致的两种或两种以上的结局（后来怎么样？）；

行动时所遭遇的反常状态（为什么？）；

关键信息的缺失（发生了什么？怎么发生的？为什么发生？等等）；

不可预测的前景（该怎么办？）；

险境（有办法吗？）；

…………

许多通俗故事的悬念建立在线性叙事、行动的连锁反应基础之上，比如武侠故事等。而舞台剧、影视剧等故事，由于故事永远处于“现在进行时”状态，因此它们的悬念设置方式更多地来自故事内部。

故事外部悬念

所谓“故事外部悬念”，就是通过对事件的重新安排、架构，对故事信息的次第告知以及故事视角的选择等叙事技巧，使故事在自身

---

① 洛奇．小说的艺术．卢丽安，译．上海：上海译文出版社，2010：16.

事件之外获取新的阅读悬念。故事外部悬念实质是叙事的技巧，主要是对事件发生顺序的错置、对事件信息的截留、对事件视角的限制等，从而形成故事信息与阅读需要的不对等。从行动的角度来说，围绕行动“事情是谁干的”所连接的因素，除了“何人”（who）所为之外，还有“为何”（why）、“何事”（what）、“何时”（when）、“何地”（where）、“如何”（how），甚至“何价”（how much）等变量，而这些处于待填充、回答的状态。因此，悬念主要由“后来怎么样”这样顺向的疑问，和“为什么会这样”以及“怎样”等逆向或横向的追问构成。

悬念的作用

悬念是故事讲述的一个重要因素。对于故事而言，它具有双重作用：一方面，悬念的设置与释悬，契合了读者的心理需求和期待，形成了独特吸引力，充分调动读者的欣赏兴趣和激情，让读者在体验和破解悬念的过程中获得心理满足和审美愉悦；另一方面，悬念又是一种便利的故事结构，对故事的发展起到了独特的指向作用，引领故事前进。

提供阅读的吸引力

悬念一方面引导读者的想象活动朝一个既定方向循序渐进，另一方面又为读者的审美思维提供了自由驰骋的广阔天地。[①] 毛宗岗说：“读书之乐，不大惊则不大喜，不大疑则不大快，不大急则不大慰。”而悬念手法能造成“大惊”“大疑”“大急”之情势以“引人”，释念带来“大喜”“大快”“大慰”之情境以“入胜”。

---

① 李庆西．小说悬念的审美心理机制和若干基本模式——小说家的艺术思考之四．北京：人民文学出版社，1988：77.

提供故事推进的引导力

悬念同样具有结构功能。实际上，悬念的“设悬”与“释悬”是一种天然的“提出问题—展开问题—解决问题”结构，问题不仅提给读者去猜测，而且提给作者自己去解决。许多通俗文学依靠悬念来支撑结构。在侦探故事、悬疑故事、推理故事、公案故事等中间，悬念的提出即是故事的开始；悬念的追踪与解析，即是故事的展开；悬念的解决，也就是故事的结束。比如格非的小说《青黄》，整个故事就是在探究“什么是青黄”，其展开的线索是多个“青黄不是什么”的否定性回答，但“什么是青黄”依旧是未得到回答的问题；李洱的《花腔》则是锲而不舍地追究“葛任是怎么死的”，其故事的展开则是多个“葛任是这样死的”的肯定性回答，然而这些回答又相互抵牾，导致悬念一直悬而未决。

第二节　设置悬念

悬念的形成，与故事中人物自身的命运、行动、选择、境况诸因素相关，它们的不确定性构成了故事悬而未决的状态。同时，悬念也是叙事的结果，通过“无疑而问”“故弄玄虚”“捂盖子”等叙事的掌控，也会造成故事信息的空白与行动的延宕，形成故事结构上的悬念。但是，悬念最终的形成，离不开读者的参与。上述一切建立在读者对故事，包括人物（尤其是主人公）命运、生活境况、文化等要素的自觉相关基础之上。只有当读者认同人物、移情故事的时候，即人物的性格、行动能引发观众在感情上的爱憎，故事的悬念才会真正形成。这里面又涉及故事的逻辑、真实性及认同、移情等现象，我们在以后的章节会谈到，本节只探讨在故事内部与叙事层面对悬念的设置。

悬念的内部设置

欲望

“我要钱！”崔钧毅对老人说。

老人给了他一个嘴巴：“滚！”

是啊。崔钧毅要什么呢？在江北的一个小镇上，他又能要什么呢？崔钧毅说：“我要过得富贵！”可是，富贵是崔钧毅这样的人能要的吗？崔钧毅抹了一下嘴角的血，又重复了一遍：“我要过得富贵!”这时候，他的脑子里只有恨，歉疚全没了。

——葛红兵：《财道·富人向天堂》

若是崔钧毅的欲望正当，发自肺腑，而他又是我们认同的那一种人，那么他的任何念头我们都会支持，并为之牵肠挂肚。现在，崔钧毅的渴望“我要钱”“我要过得富贵”是否能实现，就成为这个故事的整体悬念。与之相对应的是对立人物（不一定是坏人）的相反渴望，甚至不可知的因素（比如命运）也会成为悬念，因为我们不知道它们会对主人公的行动造成多大影响。

欲望不一定要说出来，但是它必须让我们感知到。它有可能是人物坚守的一种生活方式、一个固执的念头，或者浸淫其中的平静。它透露出的信息是“我不愿意改变”，其强度与上述“我要改变”对等，带来的悬念是：“还能坚持多久?”“谁来破坏它?”

行动期待结果

人物有欲望但不行动，读者会想：什么时候行动呢？还要延宕/忍受到什么时候？这种状况也会产生悬念，但如果完全不行动，读者就会抛弃这个故事。许多新手在创作时，经常忽略这个规律。为了追求所谓的“真实性”，比如，他们会因为设想的主人公不行动或不善于行动就在故事里放任他们不行动；或者因为是在纪念一段往事，比如暗恋，因为自己在现实生活中的确没有行动，也决定在故事里不行动。人物“不行动”也没有什么不好，如果有无限的悔恨、反思、庆幸等这样的情绪，或者这个“不行动”也引发许多后发的解释、深刻的见识，那么可以把它写进诗歌、散文或其他文学作品。但归根结底，悬念是关于预期的。它与某些我们期待之外的东西、某件还没有发生的事情有关。悬念是观看事件展开的过程。一旦事件结束，或者事件完全没有展开，就不会有悬念。

什么算作“行动”呢？“想”本身算不算？在许多意识流故事家

那里，“想”本身就是一种行动。“传达这变化万端的，这尚欠认识尚欠探讨的根本精神，不管它的表现会多么脱离常轨、错综复杂，而且如实传达，尽可能不羼入它本身之外的、非其固有的东西，难道不正是小说家的任务吗?”[①] 在他们看来，相对于过于“偏向物质”的传统小说，意识流才是呈现真实内心，也就是揭示更真实的生活的途径。也就是说，“想”本身就是生活。

> 大约是在今年一月中旬，我抬起头来，第一次看见了墙上的那个斑点。为了确定是在哪一天，就得回忆当时我看见了些什么。现在，我记起了炉子里的火，一片黄色的火光一动不动地照射在我的书页上；壁炉上圆形玻璃缸里插着三朵菊花。对啦，一定是冬天，我们刚喝完茶，因为我记得当时我正在吸烟，我抬起头来，第一次看见了墙上那个斑点。我透过香烟的烟雾望过去，眼光在火红的炭块上停留了一下，过去关于在城堡塔楼上飘扬着一面鲜红的旗帜的幻觉又浮现在我脑际，我想到无数红色骑士潮水般地骑马跃上黑色岩壁的侧坡。这个斑点打断了这个幻觉，使我觉得松了一口气，因为这是过去的幻觉，是一种无意识的幻觉，可能是在孩童时期产生的。墙上的斑点是一块圆形的小印迹，在雪白的墙壁上呈暗黑色，在壁炉上方六七英寸的地方。
>
> ——弗吉尼亚·伍尔芙：《墙上的斑点》

从头到尾，我们也没有看到主人公挪动一下屁股，但是主人公的意识（不是无意识）一刻也没有停歇，他一直在思考这个问题：“墙上的那个斑点是什么?”开始，他以为是一个“钉子留下的痕迹”，后来以为是“暗黑色的圆形物体”“一片玫瑰花瓣”“木块上的裂纹”，直到后来有人告诉他，那是“一只蜗牛趴在墙壁上”。对于那个躺在床上的主人公，“想”就是他的行动，但是他的“想”并非真的“思

① 伍尔芙．现代小说．外国文艺，1981（3）.

绪一哄而上”、漫无目的，而是一直围绕着“墙上的那个斑点是什么”定向展开。既然他这么能“想”，这么想知道答案，又不起身去看一看、摸一摸，那么“想”既是他的欲望，又是他的行动。他拟了好几个答案，结果都不是。故事于是形成这样的结构：“是”——“不是”——“是”——“不是”。每一次的否定与肯定，都引来新一轮的“想”和“联想”。这个时候，我们除了想知道“墙上的那个斑点是什么”外，还想知道“这次主人公又该想到什么了”。

但是，更多的悬念来自人物实实在在的行动、物质的行动。在前面我们讲过，有效的行动总是围绕人物的“欲望”展开，是对“欲望”的展开，然而，“欲望”的展开势必引起相反的行为，于是障碍就出现了，故事切入行动/反行动的冲突模式。这个时候，人物一旦行动，势必引起连锁反应，我们自然会想到：“对手会有什么样的反应?”“结果会怎么样?”“接下来会发生什么?”悬念就这样产生了。对于那些对悬念设置信心不足的人来说，我们不妨以一个电影故事的台词来激励他：

> 老七：黄四郎四百人，我们四个人，怎么赢?
>
> 张麻子：打！打就能赢！
>
> ——姜文：《让子弹飞》

悬念产生于行动。只要行动，就有可能产生悬念。没有行动，就没有悬念。艾莎与生便有控制冰雪的能力，这给姐妹俩日常的游戏带来无穷乐趣，但她的一个严冬咒语却令王国陷入冰天雪地。安娜和山民克里斯托夫以及他的驯鹿搭档组队出发，为寻找姐姐、拯救王国展开冒险。能做到吗?悬念就产生了（《冰雪奇缘》）。

建立在行动之上的悬念多见于下面这样的故事：

比赛

这类故事的结构是：定下赌约——接受挑战——准备比赛——比

赛——出现结果，所有行动为“比赛”的结果做准备。比如，浮士德与魔鬼打赌，愿意出卖灵魂，换取人生的重新开始，品尝过去因为追求知识而放弃的人生体验。他断言，永远不会满足于快乐，若在某一瞬间说“我满足了，请时间停下”时，就宣布输掉赌注。他与魔鬼立下契约之后，我们就会想谁能赢得比赛、知识是否能战胜一切、人性能否战胜魔性（《浮士德》）。

在中国故事里，“打赌”“比赛”是常见的行动方式，有时候成为整个故事的结构。比如，刘三姐与莫怀仁对歌，输者永不唱山歌，或者不收茶税（《刘三姐》）；吕洞宾与汉钟离为打赌而布下天门阵（《杨家将演义》）；阐教与截教的斗法（《封神演义》）；三盗九龙杯（《彭公案》）等。还有近年来数不清的民族英雄与外国大力士打擂的故事（《叶问》《霍元甲》《神州擂》等）。

为一个职位而明争暗斗，其实也属于竞争故事，有职场竞争（《杜拉拉升职记》等）、官场竞争（《党校同学》等）。在目标已知的情况下，“过程”与“结果”就是最大的悬念。严格地说，战争类故事也属于比赛，因为它们关乎“输赢”，只不过以生命为代价。

旅行

这类故事的行动就是“走”，不在同一个地方停留，移步换景，带来新的生活场景与经验，让我们惊奇。因为对上一个场景感到惊奇的缘故，我们不停地期待下一个惊奇。如《格列佛游记》《二十年目睹之怪现状》《老残游记》等，随着主人公不停地旅行，空间背景不断地转换，故事情节也随之发生变化，读者总是无法猜测下一步将会发生什么。这里的悬念既是结构上的，也是细节上的。

公案

这类故事包括侦探故事、悬疑故事等。在案件发生、出现谜题后，侦查行动就开始了，故事直奔凶手和谜底，但不断遭到对手的迷惑与阻挠，出现多次的反复、挫折，山重水复，柳暗花明，最大的悬念“谁是凶手?”“谜底是什么?”一直保持到底。谜底揭开，案件破了，故事也就差不多结束了。

行动存在局限

规定时间

行动要在规定时间内完成，否则将有最坏的结果发生，“滴答作响的时钟”让故事更加紧张。[①] 常见的模式有：谜底在规定时间内揭开，任务在规定时间内完成，危险在规定时间内排除，而这规定时间相对于要完成的任务是远远不够的，等等。它的原理是，将故事目标直接转化为主人公的行动目标，从而加大对主人公的压迫，考验他的能力、性格、品行等。

力不能及

如果主人公的目标低于他的能力值或正好在他的能力范围之内，那么他的行动就没有什么好担心的。常见的悬念是，一个人去做力所不能及但又非做不可的事情，结果就会令人牵肠挂肚。比如，幼儿园毕业之前的某日，五个小朋友拿着自己画的地图一起溜出幼儿园，上了从新宿开往高尾的中央列车。他们没有跟家长说，打算用自己的力量去完全陌生的地方（《再见啦我们的幼儿园》）。先天智障的阿甘一直在不停地奔跑，争取达成自己的目标（《阿甘正传》）。

如果一个人有足够的能力，我们或许想看到的是，他完成任务的最低条件是什么。在能力不变的前提下，我们给他更多的条件限制，这就引出了下文要讨论的“优势丧失殆尽”。

优势丧失殆尽

让一个人在条件不成熟的状况下行动，看看他如何表现。在多数

① 卢克曼．情节！情节！——通过人物、悬念与冲突赋予故事生命力．唐奇，李永强，译．北京：中国人民大学出版社，2012：93.

故事里，主人公的行动条件都不充分。往往是这样：进攻提前开始；武功还未到最高层次，仇敌就已经上门；盟友还未到达；装备不齐全；等等。

但若一切准备充分，又该剥夺、限制人物的优势了，让他重新处于不利的境况之中。《国际大营救》中，参与营救的小分队人数众多，武器充足，但是很快就中了埋伏，陷入绝境，只得依靠原始的武器与劫后余生的几个队员去完成任务。《滚拉拉的枪》中，15 岁的苗族少年离开村子去外地寻找生父，祖母给了他一个月的米粮，但是他在河边看到一个躲债的猎人，想也没想，就把粮食全部送给了这个饥饿的人——他自己又没有粮食了。下面该怎么办？悬念就产生了。

“猪一样的队友”

帮不了忙，或者帮倒忙，这就是典型的猪队友。团队故事总能让我们产生“不怕狼一样的对手，就怕猪一样的队友”的感慨。人物本来不要助手，或者需要一个真正的助手，这个时候我们就给他一个，但绝不是他要的那一个，就像余则成绝对想不到组织派来的是翠平一样（《潜伏》）。在恐怖故事里，我们就给主人公配置一个愚蠢而莽撞的助手，他反复惹祸，明知山有虎偏向虎山行，执拗，最终捅下娄子。在侦探、悬疑故事里，聪明的主人公总是与一个愚笨的助手为伴。探险故事里，团队中不妨配置女人。在许多行动中，团队里总要安排进来几个女人；任务越是艰巨，越是离不开女人。而有些女人能成为行动的累赘，产生麻烦，或无事生非，种下祸根。为什么许多故事里总是有专门制造麻烦的女人？道理很简单：对主人公的行动形成限制。

犯下错误

犯下错误，包括善意的误会，等于增加了行动的难度。错误一般在行动顺利的情况下犯下，其功能是保证行动的曲折性和任务的难度，但要保证这个错误不是毁灭性的，人物有足够的能力将其弥补，并在弥补错误的过程中获取新的认知和帮助。

对于能力或行动力越强的人物，我们不妨让他犯下更大的错误。一些错误，包括过失产生的后果往往是喜剧性的，有些是悲剧性的。比如，一个人的努力如果超越了他的时代，就会产生历史的进步性与历史实现之不可能的悲怆，展现出车尔尼雪夫斯基意义上的“人的伟大痛苦”和“伟大人物的灭亡”结果，这样的故事就是悲剧性的了。

性格缺陷

性格缺陷一般配置在英雄人物身上，当他足够强大甚至无可战胜的时候，设置他性格的缺陷，给他的行动埋下一颗地雷，增加英雄人物“自我毁灭”的危险。这样的一个英雄人物去执行特别的任务时，悬念就会产生，比如，关羽骄傲、偏执，我们知道他迟早要“大意失荆州”，败走麦城，只是不知道是什么时候（《三国演义》）。实际上，任何性格都有自己的缺陷，一旦遇到“相克”的境遇，性格的软弱一面就会暴露。一旦莽撞者或疾恶如仇的人步入陌生的环境，读者就会操起心来。

一个性格特别的人物来到特别的场合，也会产生悬念。

意识到危险

人物处于危险之中，悬念就会产生。危险有多种：一是真实存在的危险，人物与读者均能发觉和感知，读者与人物感同身受，悬念就是“能否脱离险境”。二是英雄人物和具有特异功能的人物能发觉其他人物不能发觉的危险，虽然不知道危险在哪里，但危险信息已经传递给他人和读者。相较于能轻易感知的危险，这种危险更令人恐怖。三是特殊的主人公因为某种缘故感受到某种并不存在的危险，但出于视角的缘故，我们同样能感知得到。比如《狂人日记》中的“我”，其实是一个真正的疯子、受迫害狂，他把身边的人对他的帮助都当作迫害，从而产生了强烈的恐惧。但由于视角的缘故，我们从他的视野里感知到了危险，时刻担忧他被大哥他们“吃”掉。

“身后的眼睛”

“身后的眼睛”在影视中指观众知道人物所不知道的秘密现象。在故事中，“身后的眼睛”可以人格化，作为人物关系而存在。即是说，一个人（主人公）的行动处于被暗中监视的状况，他能感觉到危险，却不知道危险来自哪里。

在森村诚一的《野性的证明》中，自卫队队员史泽提前退役，路过一个偏僻的小山村风道屯时，闻到了一股圆白菜腐烂的恶臭。原来是一种叫作埃尔维尼亚的病菌感染了这种植物，并继续蔓延。史泽不知道自己也被感染了。他走进死寂的村子，发现十三个村民全部被砍死，现场还有一柄斧头。在一个山脚拐角，史泽发现了唯一的幸存者——小女孩长井。长井的父母和姐姐都遇害了，由于极度的惊恐，她失去了记忆。史泽带她离开了风道屯，回到自己的小镇。

警士厅介入了这宗凶杀案，但似乎另有隐情，案件眼见不了了之。史泽是自卫队队员，是国家培养的杀人机器，又提前退役，他在现场，自然是最大的犯罪嫌疑人。为了替长井报仇，也为了洗刷自己的嫌疑，他决定与长井的二姐静子一起，独自展开调查。在这个过程中，史泽与静子逐渐产生了感情，相依为命、同病相怜。

作为案发时唯一的目击者，史泽和警方都想从长井那里得到线索，希望她能够恢复记忆。史泽发现，长井看人的时候，目光迷茫而深邃，总是越过人的眼睛，看到很远的地方，原来，长井受惊后具有了特异功能。然而，警方对长井的叙述并不相信，认为她只是大脑受了严重刺激后胡言乱语。但正是长井的特异功能，总能使她在危险到来时感到特别的烦躁与痛苦，这就使史泽和静子躲过了几次致命的危险。案件调查迅速涉及黑势力大厂一成以及他的儿子诚明，然而危险正在加倍增加。史泽知道，除了大厂势力，还有一股隐蔽的力量也要置他们于死地。他每每在调查时候，总能感觉到身后有两双冰冷的眼睛在盯着他，让他不寒而栗……

艰难的选择

两难的选择考验人物。这种情况总是出现在故事的高潮，决定故事的走向和价值观。它无关“好”与“更好”，甚至也不是“坏”与“更坏”，而是非此即彼、不留余地的“二选一”。常见的选择有“生”与“死”、“亲情”与“爱情”、“义”与“利”、“留下”还是“离开”等，这些选项并非天然对立，但在故事高潮部分，它们自然对立起来了：“生”还是“死”？要“亲情”还是要“爱情”？是为了理想、原则，还是为了实现世俗利益？这类退无可退的选择将逼迫人物（主要是主人公）展示出内心最真实的部分，当然这也是我们最期待的部分。

“to be or not to be”

蹩脚的选择其实没有形成真正的选择。比如，歹徒劫持了人质，人质被勒令交出赎金，要命还是要钱？两情相悦，但是得不到父母的祝福，是坚持还是放弃？路上捡到一笔财富，上交还是留下？等等。这些可以构成艰难的选择，但是不能构成真正的选择。真正的选择是无可选择，选项都不可让渡，每一次选择都惊心动魄。因此，这样的选择每一次都会产生悬念。

师傅带天狗打井，待徒弟如子；天狗跟师傅打井，待师傅如父，敬师母如神。有一天，师傅打井被砸断了腰骨，从此卧床不起。天狗自然承担起了照顾师傅和师傅一家的重任。然而，师母年轻，有自己的生活；天狗年轻，也有自己的前途。师傅命令天狗娶师母为妻，否则就不接受天狗的供养。天狗娶不娶师母？to be or not to be？当天狗与师母真正走到一起的时候，师傅也面临更大的选择：他还有必要在这个特殊家庭存在吗？to be or not to be？他在可以更好地活下去的时候选择了死。师傅死了，扫除了天狗与师母的障碍，但是天狗还能走出师傅的阴影，更好地生活下去吗？（《天狗》）类似的故事还有《春桃》《三个人的冬天》等。

反常的事物

在《聊斋志异》中，我们经常看到反常的事情发生，最后我们知道是因为有狐鬼花妖的存在。在现代故事中，也有许多反常的现象，但一般是因为有特别的原因。我们也特别想知道，为什么会这样。

> 四月初的天气按说该微热起来了，街头却到处是穿毛衣和厚外套的人。不是很正常。不正常的感觉已经有一阵了。
>
> 从车站离开后，保平做了如下几件事：买一套驴友出行装备、一款3G手机、一台两万毫安的大功率移动电源；然后把裹在破衣服堆里的两万元钱取出，装进女人用的长筒丝袜，扎好，绑在腰间。事情不多，但有点费时。之前他没有手机，他扔掉手机已经五年零三个月，那玩艺好是好，但如果不需要，就是废品。现在又需要了，所以他重新买。开卡已经实名制，这个他懂，所以他不是一个人上街的，而是拉上强生。强生很诧异的样子，一路问为什么为什么。强生的意思是为什么要买？这东西强生不费吹灰之力就能弄回一部，以前给保平，保平不要，现在突然又要了，要还不简单，为什么要买？何况买就买普通的，能接打就行，何必要3G的？保平不解释，甚至不搭理，只管急急走，急急进店，挑下一款，用强生身份证开了卡，付了现钱。
>
> 第二天他本来就可以动身了，计划上就是这样，这个计划保平放在肚子里打转了一个多月，他觉得像在腹中埋了一粒种子，看着它从土里拱出来，然后一点点往上长，枝叶蔓开，花又冒出来，最后结出果，果大得惊人，肚子已经装不下了，所以他必须动身。
>
> 可是第二天他没走成，除了腰间那捆钱，手机和塞满驴友出行装备的草绿色大登山包都丢了。
>
> ——林那北：《前面是五凤派出所》

王保平为何扔掉手机？现在又为何买回来？装备为何丢了？谁偷

的？“情境的‘反常’状态已经决定了悬念的前提和基本条件”[①]，一系列悬念由此产生。

势均力敌

故事冲突双方在初始状态时，悬念来自故事目标或主题目标，读者担心的是故事目标如何能实现。但在行动完全展开的时候，冲突双方多能势均力敌，至少主人公有获取胜利、达成目标的可能性。若完全无可能性，悬念不会形成。

真正的势均力敌在于双方同样拥有为自己辩护的理由，行动发自内心的原则。当然，这种设置关乎视点，是否愿意给“敌人”表述的机会。如果这样，我们就会发现，“敌人”的狡黠其实也是智慧，“敌人”的凶残也是勇敢的一种。同样，我们相信，“敌人”的行动也出自自己的信念。在这种情况下，主人公才与自己的“敌人”形成真正的对抗。余则成与吴敬中在一起，我们从来不担心，虽然吴敬中是天津站最大的特务头子，生杀予夺在乎他一念之间，因为他没有自己的信念（作者也没有给他表述自己信念的机会）。但当李涯出现时，余则成才遇到了真正的对手，因为敌人跟自己一样，同样是“为组织生活者”，同样强大（《潜伏》）。

美好的事物

平静的生活、完美的人物如同精美的瓷器，正因为珍贵，所以才担心被打碎。对坏的、恶的事物就没有这种担忧。从功能上讲，美好的事物就是用于被破坏，平静的生活就是用于被打破，然后在最后得到恢复——但读者每次都要上当，屡试不爽。这样的情境一般出现在故事开始，阅读经验越是丰富，越是能预感到危险。

---

① 李庆西．小说悬念的审美心理机制和若干基本模式——小说家的艺术思考之四．北京：人民文学出版社，1988：88.

悬念的外部设置

预示

预示即有限“剧透”，提前透露故事的结局或者后面要发生的重要情节，从而引发读者对过程或原因的强烈好奇心。但前提是，初始状态与结束状态之间存在太大的鸿沟，在正常情况下几乎是“不可能”，因此我们才想知道，到底发生了什么，才会这样。

> 那天早晨，俺公爹赵甲做梦也想不到再过七天他就要死在俺的手里；死得胜过一条忠于职守的老狗。俺也想不到，俺一个女流之辈竟然能够手持利刃杀了自己的公爹。俺更想不到，这个半年前仿佛从天而降的公爹，竟然真是一个杀人不眨眼的刽子手。俺公爹头戴着红缨子瓜皮小帽、穿着长袍马褂、手捻着佛珠在院子里晃来晃去时，八成似一个告老还乡的员外郎，九成似一个子孙满堂的老太爷。但他不是老太爷，更不是员外郎，他是京城刑部大堂里的首席刽子手，是大清朝的第一快刀、砍人头的高手，是精通历代酷刑，并且有所发明、有所创造的专家。他在刑部当差四十年，砍下的人头，用他自己的话说，比高密县一年出产的西瓜还要多。
>
> ——莫言：《檀香刑》

神启

神启通过“神”“梦”或“定数”告知结局，形成“人与神（命运）”的冲突结构。一般来说，预言耸人听闻，绝无实现可能，但对主人公造成心理障碍，其或处于恐惧之中，要竭尽全力逃避；或出于骄傲，与预言者竞赛。但最终结果都没有逃脱预言。越是努力，越是加速结果到来。从事后来看，所有的行动都取得了相反的结果。

俄狄浦斯出生时，父亲忒拜王得到神谕，说他要杀父娶母，于是把他的脚踵刺穿，丢到荒山野岭。仆人可怜这个刚刚出生的孩子，就把他送给科林斯的一个牧羊人，然而他却成了国王波吕波斯的养子。他长大后知道了自己将杀父娶母的神谕，为了逃避这杀人逆伦的可怕命运，他离开了自己的“父母”，向忒拜走去。在一个三岔路口，他与一个老人争执而误杀了他，而那位老人就是微服出访的忒拜王——他的生父拉伊俄斯。然后，他凭自己出众的才智铲除了危害忒拜的狮身人面女妖斯芬克斯，被忒拜人民拥为国王，并娶了前王的王后伊俄卡斯忒——他的生母。他成了杀父娶母的人，自己却毫无所知。悲剧开始时，瘟疫笼罩忒拜城。根据神示，必须找出杀害前王的凶手，否则全城人民将死于瘟疫。这时，受到人民爱戴的俄狄浦斯登上王位已经 16 年。他千方百计追查凶手，结果发现他要找的凶手正是他自己。伊俄卡斯忒自尽。俄狄浦斯刺瞎自己的双眼，离开忒拜。神谕是否能实现以及命运是否能够反抗，是这个故事的两大主要悬念（《俄狄浦斯王》）。

故事从中间说起

现代小说多打破“有头有尾”“从头讲起”的习惯，故事一般从精彩处、紧要或困境处讲起，迅速吸引读者注意力，将读者带入故事情境。其实质是，故事展示了行动，或揭示了行动的某一个方面，但是对事件的其他重要信息做了控制，留下空白。

> 本来王保平要坐大巴走的，他去车站买票，后来又不买了。
>
> ——林那北：《前面是五凤派出所》

王保平为什么要走？为什么又不买票了？故事若从头讲起，补齐信息，就不会有这些缺失，但也就失去了悬念。

> “胡一刀，曲池，天枢!”
>
> “苗人凤，地仓，合谷!”
>
> 一个嘶哑的嗓子低沉地叫着。叫声中充满着怨毒和愤怒，语

声从牙齿缝中迸出来，似是千年万年、永恒的诅咒，每一个字音上涂着血和仇恨。

突突突突四声响，四道金光闪动，四支金镖连珠发出，射向两块木牌。

每块木牌的正面反面都绘着一个全身人形。一块上绘的是个浓髯粗豪的大汉，旁注“胡一刀”三字；另一块上绘的是个瘦长汉子，旁注“苗人凤”三字。人形上书明人体周身穴道。木牌下面接有一柄，两个身手矫捷的壮汉各持一牌，在练武厅中满厅游走。

——金庸：《飞狐外传》

这个人是谁？为何对胡一刀、苗人凤有如此深仇大恨？胡一刀、苗人凤又是谁？

限制视角

使用限制视角进行故事讲述的主要目的还是为了合理遮藏某些重要细节，形成信息缺失。第三人称限制视角最为作家所青睐，成为最适合掩藏某些故事细节的叙事技巧。我们以姚鄂梅的长篇小说《西门坡》故事为例。

耶市妇联干部、《第二性》杂志编辑安旭在长期与妇女打交道的过程中以及自己的婚姻变故中，萌生了女性全然独立于男性、过一种“姐妹互助”“简单生活”的念头。白老师自小家庭关系复杂，有父亲、母亲，还有一个“妈咪”。父亲是一个混球，背叛婚姻且极度自私。母亲是一位技艺高超的裁缝，在与丈夫的关系处于低谷的时候，收留了受到男性伤害、有严重心理创伤的“妈咪”，二人相濡以沫，将生意做得红红火火。但这样的家庭关系不被女儿（白老师）的男朋友及其家庭接受，女儿也深以为耻，直至逼死“妈咪”，母女关系破裂。“妈咪”的死并没有改变男朋友家庭的态度，转瞬间他们有了新的女友/未来儿媳。为报复母亲，女儿跳楼将自己“摔成三截”。母亲给女儿装了假肢，女儿也“看穿”了男人，明白了母亲告诫的“女人要对女人好”的道理，决心以自己在殡仪馆为遗体按摩的收入和母亲的财产开办不幸女人收留所。庄奶奶原名曹凤霞，年轻时丈夫在外有了女人。她跟踪到偷情场所后，用汽油将二人烧死，自己化名浪迹耶市。三个有思想、有财力、有执行力的不幸女人一拍即合，创办了“西门坡”，分别担任精神导师、财务支持和日常管理职务，收留了二十多位走投无路的女人。辛格是一位经常为《第二性》杂志写稿的女作家，在工作过程中结识了编辑安旭。新《婚姻法》颁布后，辛格发现有不利于女性的屈辱性条款，就与丈夫探讨，结果二人从模拟财产分割的游戏走向了正式协议离婚。辛格带着十万元生活费投奔安旭。安旭精心设计，安排庄奶奶接近辛格，一步步导引她走进西门坡。在接受“考察”的一年期限里，辛格为生存计，以当年曹凤霞事件为基础，想象、虚构完成了《春妮》这部书，没料到其想象与虚构误打误撞，完全符合事实，引起了庄奶奶的惊恐，她四处搜购这本书，不想让它流传。辛格惊疑之下实地采访了事件当事人杨俭和他的情人，庄奶奶也尾随而至，在看到二人惨状后决心离开西门坡，留下服侍他们，一心赎罪。西门坡有个叫阿玲的女人，入西门坡的时候私藏了一栋房产，儿子皮皮懂事后决心要收回属于自己的财产。未果，他求助于黑社会，试图赶走居住其中的辛格母女。辛格报警，警方介入后，西门坡暴露，被警方认定为非法组织，予以取缔。在成员被强行驱逐的前夕，做饭的西门坡妇女在饭菜中下了砒霜，集体死亡，安旭和白老师也因此遭到审讯，辛格在西门坡的经历到此结束，一切又从头开始：找房子，找工作，给女儿找学校……

经历、知晓和能够串联起这些事件的主要有辛格、安旭、白老师和庄奶奶四个人。小优（辛格的女儿）太小，还难以理解发生在她身上的事情。理论上，她们都可以作为故事的讲述者，或者将这些故事转化成关于她们的各自不同的故事。但是，一旦选择安旭或者白老师、庄奶奶作为故事的讲述者，《西门坡》现有的悬念立即不复存在（当然，一定会有其他的悬念），因为主人公辛格遭遇的种种，实际上都来自安旭设置的一个圈套，白老师、庄奶奶自然也参与其中，毫无秘密可言。她们之于现有故事，无异于全知全能的上帝之于亲手创造的世界，势必索然寡味。且叙述者与视角紧密相连，视角又潜在关乎作者的情感态度、立场、价值观，进而甚至关乎作者到底关心谁、移情谁的问题。因此，选择辛格作为叙述者、经历者来讲述西门坡故事是合适的，这种限制视角、探寻结构让这个故事的设悬与释疑有了着落。

叙事延宕

"好的作家知道如何制造悬念，最好的作家知道如何延长它。"①制造悬念与延长悬念难以分开。任何局部的悬念、层叠性悬念的制造，都是为了延长"主题性悬念""根本性悬念"的存在。所谓延长悬念，其实指的是延长"主题性悬念""根本性悬念"。最常见的方法是叙事延宕，包括以下几种方法：

"花开两朵，各表一枝"

一件事情没有结束，另一件事情开始，两件事情交替进行，用以延长叙事时间，保持悬念长度。在许多故事里，表现为主线和副线的交织，或几条线索的相互作用。故事线索交替的目的不是为了发展多条线索，而是为了多条线索的逐渐消除，线索消除的实质是故事可能性的消除，最终交织形成主线。下面以《一九四二》电影故事为例。

老东家逃荒是故事的主要线索、主要行动。与之并行的还有日军进攻、政府救济、军队抗战、战地法庭、儿子几条线，但它们都是为了老东家逃荒做准备。首先的一条线是由于儿子的莽撞，激怒灾民，

① 卢克曼．情节！情节！——通过人物、悬念与冲突赋予故事生命力．唐奇，李永强，译．北京：中国人民大学出版社，2012：103.

导致家财尽失、粮食烧光；战地法庭剥夺了他最后的随身财产；政府救济失败；日军进攻河南是其逃荒的主要原因；还有军队的腐败；等等。几条线逐渐展开，又逐一消失，作用是消除阻止老东家逃荒的一切因素，造成老东家逃荒的行动。

“欲知后事如何，请看下回分解”

这是中国古代章回故事的标志性结构，也是最常见的故事分割法、悬念制造方法。在一个事件进行的高潮处强行中断，留下未知因素，比如人物的安危、秘密、结果等，留待下一个行动单元去揭晓。

“最后一分钟救人”

这有两层意思：一是故事在问题解决、谜底揭晓时戛然而止，保持故事的节奏；二是保持包括主题性悬念在内的各种悬念的张力，让悬念保留到最后一刻。

工坊活动

一、设计通过增加筹码的方式让你的主人公行动。

二、列举你故事中悬念的类型。

三、重新思考故事悬念的设置点、设置方法。

第五章

讲故事的人

同一个故事，由不同的人来讲，会呈现不同的面貌，比如施耐庵、俞万春之于“水浒故事”，其结果一是《水浒传》，一是《荡寇志》，二者几近水火，针锋相对。同一个人，在人生不同的时期来讲，故事也会有所不同，比如“故乡过往”之于“鲁迅”和“迅哥儿”，前者是“鲁镇故事”或“S城故事”，后者则是“平桥故事”，前后面貌大相径庭。[①] 我们不妨大踏步前进至故事内部。奥德修斯的故事天下流传，英雄事迹众人称颂，但这个故事换一个视点来看，还会一样吗？“我们会明确地对英雄们表示同情，并对求婚者们表示轻蔑。不用说，要是另一位诗人从求婚者的角度来处理这一系列情节，他也许会轻易地引导我们带着截然不同的期待与担心进入这些历险。”[②] 对于这种现象，茨维坦·托多罗夫这样解释：“对同一事物的两种不同的视角便产生两个不同的事实。事物的各个方面都由使之呈现于我们面前的视角所决定。”[③] 故事由谁来讲、站在哪个立场来讲以及从哪个角度来讲，结果大有不同，以至于主题、价值取向等都会发生改变。

但与此同时，我们亦可直面故事“被讲述”的事实，化局限为“聪明的被动”，达成特别的审美效果或思想目标。实际上，经典的故事都深谙此道，正是利用了上述因素在讲述故事时固有的“便利”和“不便”，达成故事最优化的效果。

---

① 许道军．论“鲁镇”隐含的价值判断与情感取向的矛盾．华南农业大学学报（社会科学版），2005（1）.

② 布斯．小说修辞学．华明，等译．北京：北京大学出版社，1987：8.

③ 托多罗夫．文学作品分析//王泰来，等．叙事美学．重庆：重庆出版社，1987：27.

第一节　声音、眼睛与位置

《遁斋闲览》中说："李廷彦献百韵诗于一达官，其间有句云：'舍弟江南殁，家兄塞北亡。'达官恻然伤之曰：'不意君家凶祸，重并如是！'廷彦遽起自解云：'实无此事，但图对属亲切。'"这个故事被当作笑话流传，但它引出"真实作者"与"隐含作者"的问题。

作者

真实作者

讲故事或创作作品的人，真实存在，他生活在现实里，从动机形成、构思到最后完成（文本），全权负责，可称"故事之父"。在创意写作语境里，作者是"writer"，无所谓是有社会地位、身份标示的"作家"，还是"专门写作"的人。在写作的人就是作者，人人都能写作，在现实中写作的人就是真实作者。[①]

隐含作者

这是韦恩·布斯提出的概念。与"真实作者"不同，它只是作者的"第二个自我"。当真实作者创造作品的时候，也创造了一种自己的优越的替身——一个"第二自我"，这个自我通常比真实的人更文

---

① 许道军，葛红兵．创意写作：基础理论与训练．桂林：广西师范大学出版社，2012：107.

雅、更明智、更智慧、更富有情感。“隐含作者”置于场景之后，作为“舞台监督”“木偶操作人”或者“默不作声修整指甲而无动于衷的上帝”隐身。[①] 罗杰·福勒虽然不认同布斯完全隔断“真实作者”与作品的联系，但是慨然证实“隐含作者”的存在：“在创作中，这种真实作者为隐含作者取而代之，在语言学意义上是可以理解的。”[②] 在散文体小说创作中，是他在控制语言。但米克·巴尔认为“隐含作者”并不是一个实体，只是“由作品构筑并由读者感觉到的作者形象”，“是了解文本意义的结果，而不是它的来源”[③]。施洛米斯·里蒙-凯南进一步指出：“如果要始终坚持把隐含的作者和真实作者、叙述者分开，就必须把隐含的作者概念非人格化，最好是把隐含的作者看作一整套隐含于作品中的规范，而不是讲话人或声音（主体）”[④]，“是读者从本文的全部成分中综合推断出来的综合物”[⑤]，不同于“真实作者”，也不同于叙述者。

韦恩·布斯在“真实作者”之外提出另一个虚无缥缈的“隐含作者”，其目的在米克·巴尔看来，“是想讨论与分析叙述文本的意识形态与道德立场而不必直接提到传记意义上的作者的情况”[⑥]。但“隐含作者”是否真的在创作过程或创作心理中存在，而不仅仅是出于分析、解读作品而虚拟出的一个角度？如存在，他对故事创作有何意义？

“舍弟江南殁，家兄塞北亡”的例子证明，“隐含作者”的确存在，而且在虚拟创作中更有必要存在。他将“真实作者”从现实身份的拘泥中解放出来，进入自由想象的境界，以“本我”或“超我”或

① 布斯．小说修辞学．华明，等译．北京：北京大学出版社，1987：169.

② 福勒．语言学与小说．于宁，等译．重庆：重庆出版社，1991：88.

③ 巴尔．叙述学：叙事理论导论．2版．谭君强，译．北京：中国社会科学出版社，2003：19.

④ 里蒙-凯南．叙事虚构作品．姚锦清，等译．北京：生活·读书·新知三联书店，1989：158-159.

⑤ 同④168.

⑥ 同③18.

者其他需要的身份进行创作，写出自己的本然，或者自己的理想，而不必受现实各种规则的束缚，这无疑解放了想象和创意的生产力，使得写作更加真诚、更加便利。有时候，不借助“隐含作者”身份，我们几乎难以下笔。与此同时，在“隐含作者”的引导和保护下，写作更容易达成“发现自我”“反思自我”“成为自我”和“超越自我”，实现创意写作的根本目标。需要补充的是，李廷彦的故事的确可笑，可笑之处不在于有无或者是否应该有一个“隐含作者”，而在于在自传体、回忆录等散文类故事中，“隐含作者”、叙述者与“真实作者”一般情况下是统一的，达官对他的质疑合情合理。

叙述者

“叙述者”是叙事学的核心概念之一。茨维坦·托多罗夫称之为“陈述行为主体”，施洛米斯·里蒙-凯南称之为文本中的“声音”或“讲话人”，故事通过叙述者被讲述出来。叙述者或是故事中的人物，或是故事外（但又在文本中）的故事讲述者，我们只能听到他的“声音”，看不到他的形象。有时候，其隐藏得更深，几乎完全不显形，只是一个引导我们看的视野，人物自己行动，似乎自己在完成自己，故事就像自然长出来一样。热拉尔·热奈特这样描述：“从描写角度看，我认为无叙述者叙事只能十分夸张地表示（如在乔伊斯、海明威的作品中）叙述者相对的沉默，他尽量闪在一旁，注意绝不自称。”[①]“无叙述者叙述”也称为“非介入叙述”，主要是在描述、传达或展示戏剧性情境里的动作和行为，而不是添加自己的评论或判断，甚至放弃进入人物内心情绪和动机的特权。海明威的许多短篇小说都有这样的例子，譬如《杀人者》和《一个干净明亮的地方》。[②] 与“非介入的

① 热奈特．叙事话语 新叙事话语．王文融，译．北京：中国社会科学出版社，1990：249.

② 艾布拉姆斯．文学术语词典（中英对照）．吴松江，等译．北京：北京大学出版社，2009：465.

叙述者”相对的概念是“介入的叙述者”，他们不但描述而且任意评论人物，评价他们的行为和动机，并且也表达自己对人生的一般看法。但如韦恩·布斯认为的那样，任何叙述都有作者或叙述者以不同方式的介入，区分在于直接或间接、明显或隐蔽。施洛米斯·里蒙-凯南认为，叙述者是叙事文交流中的构成因素，任何表达或对表达的记录都包含着一个讲述它的人，“总有一个讲故事的人”[①]，不存在“存在的叙述者”和“不存在的叙述者”之分，区分只在于他们在文中的感知力的不同形式和程度。

叙述者承担着陈述事件和行动，进而传达作者见解与感受的任务。但从信息传达的准确性和真实性角度来说，叙述者往往存在如下情况：或实事求是，知无不言、言无不尽；或力有不逮，想求实而不能，挂一漏万，比如一个疯子的话怎能相信（《狂人日记》）、一个傻瓜的话怎能相信（《喧嚣与骚动》）；或心存私念，混淆视听，比如“武士之死”众说纷纭（《罗生门》）。韦恩·布斯把能够如实描述所发生的故事事件、正确传达故事思想并不会混淆读者判断、引起读者错误联想的故事讲述者，称为“可靠的叙述者”，反之则称为“不可靠的叙述者”。

但到底“可靠”或“不可靠”到什么程度，我们才可以说他们是可靠或不可靠的叙述者呢？施洛米斯·里蒙-凯南从叙述者与读者的关系方面予以区分和规定：“可靠的叙述者的标志是对故事所做的描述总是被读者视为对虚构的真实所做的权威描写。不可靠的叙述者的标志则与此相反，是他对故事所做的描述/评论使读者有理由怀疑”，不可靠的主要根源是叙述者的“知识有限”“亲身卷入了事件”以及他的“价值体系有问题”，如《押沙龙，押沙龙！》中的罗莎、《麦田里的守望者》中的小伙子、《狗油》中的包佛·宾斯等。施洛米斯·

① 里蒙-凯南．叙事虚构作品．姚锦清，等译．北京：生活·读书·新知三联书店，1989：159.

里蒙-凯南承认："许多文本都使人很难确定其叙述者究竟可靠还是不可靠。如果是可靠的，也难确定究竟可靠到什么程度。有些文本——可以称之为模棱两可的叙事——则使人根本不可能做出这样的判断，它们使读者始终在两个互相排斥的选择之间来回摇摆。"① 施洛米斯·里蒙-凯南的发现极富启发意义。实际上，许多故事的叙述者正是处于"可靠"与"不可靠"之间，才使故事获得了一种不确定性的效果。

综上所述，可归结为两点：

第一，故事不可能自我呈现，需要安排叙述者将其讲出来。叙述者的选择、安排是"隐含作者"作品整体构思的一个部分，服从故事的意义体系。但"隐含作者"不会也无法独立于"真实作者"，他或是"真实作者"的完美虚拟，或是"真实作者"的一部分，虽然有时候不被现实中的读者发现、认可，甚至也不被作者自己发现、认可。他的形象是读者在阅读过程中根据文本建立起来的，他是文本中作者的形象，他没有任何与读者交流的方式，他通过作品的整体构思、通过各种叙事策略、通过文本的意识形态和价值标准来显示自己的存在。

第二，叙述者不同于作者。作者是现实中的人，而叙述者只有"纸上的生命"。叙述者也不同于"隐含作者"。"隐含作者"是作品整体的隐喻，他不会直接呈现、直接发声，只是故事的整体设计指向对象。叙述者我们有时能"看得见"，而"隐含作者"我们只能感觉到。

视点

"视点"又称作"观察点""叙述观点"或"观点"，M. H. 艾布拉姆斯将之定义为："叙述故事的方法——作者所采用的表现方式或

① 里蒙-凯南．叙事虚构作品．姚锦清，等译．北京：生活·读书·新知三联书店，1989：185.

观点，读者由此得知构成一部虚构作品的叙述中的人物、行动、情境和事件。”① 较早明确“视点”这一术语的是珀·卢伯克，他认为小说技巧的首要问题是对“视点”的选择：“小说技巧中整个错综复杂的方法问题，我认为都要受视点问题——叙述者所站位置对故事的关系问题——调节。”② 罗杰·福勒解释说：“这个词有两层含义，原初意义指审美感知，更重要的意义则是指观念形态。”③ 即视点既包含观察事物的角度，也包含对待事物的态度。

茨维坦·托多罗夫认为，视点“即人们赖以观察事物的角度和观察的质量（比如正确的或错误的、片面的或全面的）”，因为“组成虚构世界的事件永远不可能靠‘自身’，而总是通过某种角度，凭借某种观点呈现在我们面前”④。托多罗夫所强调的“质量”其实是表现故事的结果，从不同的视点切入，故事就呈现不同的面貌，有时候甚至截然相反。华莱士·马丁进一步强调：“视点不是作为一种传递情节给读者的附属物加上去的，相反，在绝大多数现代叙事作品中，正是视点创造了兴趣、冲突、悬念，乃至情节本身”，它因此“构成一个人对待世界之方式的一组态度、见解和个人关注”⑤。

热拉尔·热奈特对传统的视点分类提出了批评：“混淆了以下两个完全不同的问题：叙述视角是由哪个人物的视点引导的？以及谁是叙述者？简洁些说，即谁看和谁说的问题。”他根据上述标准将视点分作三类：“第一类相当于盎格鲁-撒克逊批评所称的‘无所不知的叙述者的叙述’，普荣所说的‘从后部来的视点’，托多罗夫则用‘叙述

---

① 王先霈，王又平．文学理论批评术语汇释．北京：高等教育出版社，2006：371-372.

② 卢伯克．小说技巧//卢伯克，福斯特，缪尔．小说美学经典三种．方土人，罗婉华，译．上海：上海文艺出版社，1990：180.

③ 福勒．语言与小说．于宁，等译．重庆：重庆出版社，1991：81.

④ 托多罗夫．文学作品分析//王泰来，等．叙事美学．重庆：重庆出版社，1987：27.

⑤ 马丁．当代叙事学（英文影印版）．北京：北京大学出版社，1990：130-131.

者＞人物’的公式来表示（叙述者比人物知道得多，更确切地说，叙述者说的比任何人物知道的都多）；在第二类中，‘叙述者＝人物’（叙述者只说出某个人物所知道的）即卢伯克的‘视点’叙事，或布兰所说的‘有限视野’、普荣所说的‘共同视点’；在第三类中，‘叙述者＜人物’（叙述者说的少于人物所知道的），这便是‘客观的’或‘行为主义的’叙事，普荣称之为‘从外部来的观点’。”[1] 热拉尔自己则采用“聚焦”一词来取代视点、视角等“过于专门的视觉艺术”。热拉尔·热奈特对视点的三种划分也可以用“全知视点”和“局限视点”概括。

“全知视点”相当于他自己所列举的第一类视点，或者他自己发明的术语“全聚焦”，叙述者通晓所有需要被认知的人物和事件，他可以随心所欲地超越时空，从一个人物转到另一个人物，按照他的选择，传达（或掩饰）人物的言语行动。他不仅能够得知人物的公开言行，而且也对人物的思想、情绪和动机了如指掌。“叙述者熟悉人物内心的思想和感情活动；了解过去、现在和将来；可以亲临本应是人物独自停留的地方（如一个人散步或在关着门的屋内谈情说爱的场面）；还能同时了解发生在不同地方的几件事情。”[2] “全知视点”通常采用第三人称叙述方式。

“局限视点”相当于弗兰茨·斯坦泽尔的“形象叙述”、珀·卢伯克的“视点叙述”和“客观叙述”、热拉尔·热奈特的“内聚焦”和“外聚焦”、韦恩·布斯的“受限制的叙述”、茨维坦·托多罗夫的“外视点”等，即故事从某个人物角度出发讲述，该人物视野、感受与理解皆受其位置、立场局限，或故事只描写可见的行为而不加解释，或不介入他人内心活动，或只提供某个人物的视野与立场，造成

---

① 热奈特．叙事话语 新叙事话语．王文融，译．北京：中国社会科学出版社，1990：129.

② 里蒙-凯南．叙事虚构作品．姚锦清，等译．北京：生活·读书·新知三联书店，1989：171.

无人叙述、故事直接呈现的印象。

视角

叙述视角也称“叙述聚集”，是叙述语言中对故事内容进行观察和讲述的特定角度，又称作“视域”“观察角度”“透视点”“投影”等，是与“视点”含义相似，经常与之混用的术语。[①] 热拉尔·热奈特指出：视角（“投影”）“是指选择（或不选择）某个受限制的视点”[②]，即视角是由某个人物或某个视点引导的。华莱士·马丁进一步强调：“视点……它可以被视角和焦点这两个词更精确地指明：谁看见的？从什么位置上？”[③] 由于“视点”一词也相当于“观点”，因此西方批评家也常用这一术语指称叙述中关于对象的看法和态度；而使用“视角”这一术语时，则专指观察的位置和角度。

茨维坦·托多罗夫把叙述视角分为以下三种形态。

全知视角

全知视角也称“零视角”，用公式表示为“叙述者＞人物”，也就是说叙述者比任何人物知道的都多，他全知全觉，而且可以不向读者解释这一切他是如何知道的。正如韦勒克和沃伦所说：“他可以用第三人称写作，做一个‘全知全能’的作家。这无疑是传统的和‘自然的’叙述模式。作者出现在他的作品的旁边，就像一个演讲者伴随着幻灯片或纪录片进行讲解一样。”[④] 这种“讲解”可以超越一切，历史、现在、未来全在他的视野之内，任何地方发生的任何事，甚至是同

---

① 王先霈，王又平．文学理论批评术语汇释．北京：高等教育出版社，2006：374.

② 热奈特．叙事话语 新叙事话语．王文融，译．北京：中国社会科学出版社，1990：126.

③ 马丁．当代叙事学（英文影印版）．北京：北京大学出版社，1990：132.

④ 韦勒克，沃伦．文学理论（修订版）．刘象愚，等译．南京：江苏教育出版社，2005：262.

时发生的几件事，他全都知晓。在这种情况下，读者只是被动地接受故事和讲述。“全知全能”的叙述视角常被古典小说中的说书人采用，他外在于故事，又可以随时进出故事，包括人物的内心世界，通晓一切。

内视角

用公式表示为“叙述者＝人物”。叙述者所知道的同人物知道的一样多，他只借助某个人物的感觉和意识，从他的视觉、听觉及感受的角度去传达一切，不能像“全知全能”叙述者那样，提供人物自己尚未知晓的东西，也不能进行这样或那样的解说。由于叙述者进入故事和场景，一身二任，或讲述亲历或转叙见闻，其话语的可信性、亲切性自然超过全知视角叙事。内视角多为现代小说所采用的原因也恰恰在这里。这种类型被热拉尔·热奈特取名为“内焦点叙事”。这种内视角包括主人公视角和见证人视角两种，前者由主人公讲述自己的故事，后者则由一个处于合适位置的人讲述中心人物的故事。

外视角

用公式表示为“叙述者＜人物”。这种叙述视角是对“全知全能”视角的根本反拨，因为叙述者对其所叙述的一切不仅不全知，反而比所有人物知道的都要少，他像是一个对内情毫无所知的人，仅仅在人物的后面向读者叙述人物的行为和语言，无法解释和说明人物任何隐蔽的和不隐蔽的一切。但很显然，这是一种佯谬技巧，目的是造成一种与生活同构、“客观”的效果。

不同视角各有其优越性与局限性：

全知视角

全知视角视野开阔，适合表现场面大、人物多、矛盾复杂、具有历史纵深的故事，多为史诗故事、宏大叙事故事采用。它无视野限制，可以根据需要灵活转变角度，切换时空，同时又可以多方法、多角度表现人物与事件，使对象具有立体感，富有表现力。又由于处于全知视角的叙述者先知先觉、无所不知，故事的前因后果皆知，因此其叙述线条流畅、清晰，让阅读变得轻松。但他的无所不知也带来叙述声音的专断，叙述者的意志大于人物的意志，“无所不知的作者不断地插入故事当中，向读者讲述他们需要知道的东西。这种步骤有些牵强，它容易破坏故事的幻觉，除非作者本人是个极为有趣的人，否则这种插入是不受欢迎的。”① 导致的结果是故事真实性受损。同时，由于读者的参与性降低，也难以做到与人物尤其是主人公感同身受、发生移情。

内视角

内视角分主人公视角和见证人视角。

主人公视角的优越性在于人物讲述自己的事情亲切自然，由于天然具有发声的机会，便于展露内心，揭露内心世界，得到读者理解，产生移情。缺陷在于受到叙述身份的限制，难以了解他人内心，也难以反观自身，形象零碎。同时，由于视野狭小，叙述难以控制全局。

见证人视角对于塑造主要人物的完整形象更客观、更有效，可以对所叙人物和事件做出感情反应和道德评价，为作者间接介入提供了方便，也给作品带来一定的评论色彩和抒情气息。而通过叙述者倾听别人的转述，灵活地暂时改变叙事角度，也可以突破他本人在见闻方面的限制。由于叙述者可以进入故事场景，往往形成见证人与中心人物之间的映衬、矛盾、对话关系，无疑会加强作品表现人物和主题的力度，有时则可借以推动情节的发展。比如《见龙卸甲》中，英雄“常山赵子龙”的故事通过小兵“常山罗平安”讲述出来，更具立体感。但见证人视角同样受叙述者见闻、性格、智力等的局限，有些事情的真相以及主要人物内心深处的东西，只有靠上面提到的主人公自己的话语来揭示，如果这样的话语写得过长，就可能冲淡基本情节，并造成叙事呆板等弊病。

---

① 阿米斯．小说美学．傅志强，译．北京：燕山出版社，1987：182.

外视角

外视角最为突出的特点和优点是极富戏剧性和客观演示性。同时，它的“不知性”又带来另外两个优点：一是让故事神秘莫测，富有悬念，耐人寻味。如海明威的《杀人者》为人称道：两个酒店“顾客”的真实身份及其来酒店的目的，在开篇伊始除他们本人外谁也不知道，这必然造成悬念和期待。至于杀人的内幕，在小说中只有那个要被谋杀的人晓得，可他又闭口不言。结尾的对话好像做了些许暗示，其实仍无明确的回答，叙述者只是让尼克觉得“太可怕”并决定离开此地，从而激起有思想的读者对我们生存的这个世间的恐惧感——这也许正是作品的旨归。由于这一长处，它常为侦探小说所采用。二是读者面临许多空白和未定点，阅读时不得不多动脑筋，故而他们的期待视野、参与意识和审美再创造力得到最大限度的调动。但这种叙述视角的局限太大，很难进入人物内心，顶多做些暗示，因而不利于全面刻画人物形象，也就为一般心理小说所不取。又因为作者的“替身”言而不尽，作者直接明显的介入就十分困难，即使巧妙介入也不易察觉，这样用于日常题材的写作往往就缺乏力度。

人称

人称是故事讲述人与故事事件所形成的名词/代词与动词之间的语法关系，也称“叙述人称”。叙述视点或叙述视角设置所预期的效果通常由叙述人称实现，叙述人称反过来也决定视点或视角，二者关系密切。人们习惯于从人称的角度对叙事作品进行分类，一般分为第一人称、第三人称两种叙事类型。叙述文本以“我”“我们”充当陈述主体的，就是第一人称叙事；以“他”“她”“它”及其复数形式，或者由这些代词所指代的人物直接出现，充当陈述主体的，就是第三人称叙事。[①]

第一人称

“叙述者采用‘我’的口吻来讲故事，‘我’通常也是故事里的一个人物。”[②] 这类故事的叙述视角因此而移入作品内部，形成内在式焦点叙述。叙述者身兼人物和讲述故事的人双重身份，不仅可以参与事件过程，还可以离开故事环境而向读者进行描述和评价。双重身份使他不同于作品中的其他角色，比其他故事中的人物更“透明”、更易于理解。与此同时，他作为叙述者又受到角色身份的限制，不能叙述本角色所不知道的内容，造成了叙述的局限性。但也正是局限性的存在和对局限性的如实陈述，在某种程度上营造了逼真的效果。这种叙述方法在近现代侧重于主观心理描写的叙事作品中经常采用。

第一人称叙述在空间上的视野限制可以在时间上得以弥补。叙述者可以利用回忆者的身份补充当时所不知道的情形，补足必要的信息，比如《伤逝》；或者利用同一个人身份的转变，重新审视以前的叙述，使故事变得更加客观，比如《狂人日记》中的两个叙述者——“余”和“我”两个叙述人的并置。

第三人称

M. H. 艾布拉姆斯称之为：“叙述者在故事之外谈及故事里的所有人物，称呼他们的名字，我称他们为‘他’‘她’‘他们’。”[③] 第三人称叙述是从与故事无关的旁观者立场进行的叙述。由于叙述者通常是身份不确定的旁观者，因而造成这类叙述的传统特点是无视角限制。由于无视角限制而使作者获得了充分的自由。由于叙述视点可以

---

① 王文华．叙述人称界说．文艺报，2009－07－12.

② 王先霈，王又平．文学理论批评术语汇释．北京：高等教育出版社，2006：385.

③ 同②.

游移，这种叙述也可称作“无焦点叙述”。但由于作者获得了充分的叙述自由，这种叙述方式容易产生的一种倾向便是叙述者对作品中的人物及其命运、对所有事件的可完全预知和任意摆布。读者在阅读过程中也会有意无意地意识到，叙述者早已洞悉故事中还未发生的一切，而且终将讲述出读者所需要知道的一切，因此读者在阅读中只能被动地等待叙述者将自己还未知悉的一切讲述出来，这样就剥夺了接受者的大部分探索、解释作品的权利。因而到了现代，这种无所不知的叙述方式受到许多小说批评家的非难。

无人称

无人称又称“形象叙述”。弗兰茨·斯坦泽尔在《叙事理论》中说，这种叙述方式是小说中的某一人物在感受和思索他置身的世界，但这一人物却又不像第一人称叙述者那样说话，于是造成了一种无人“叙述”、故事直接呈现的印象。[①] 原本属于一人的“看”和“讲”被一分为二了：“看”者不讲，于是似乎无人在讲述（叙述）。

综上所述可知：

第一，视角由视点引导，一个特定的视点必有一个特定的视角。但视点除了包含“位置”和“角度”之外，还有“立场”“利益”“态度”等含义。即是说，视点不仅包含从哪个角度看，还包含从什么立场去思考、代表什么利益、持什么样的态度等。

第二，人称是行动者与事件/行动的语法关系，选择了人称也就选择了视点与视角。在通常情况下，叙述人称决定了视点与视角，也实现了故事视点与视角设置的表达效果。

第三，不同的视角在表现不同的题材对象上有各自的优越性，但局限性也如影随形。

① 马丁．当代叙事学（英文影印版）．北京：北京大学出版社，1990：132.

第二节 “聪明的被动”

每个故事都要有自己的视角，每个故事都有自己的视角，没有视角的故事是不可能的。问题是，你能不能找到你故事独特的视角。有些故事，如果改变了写作视角，这个故事就不可思议，比如用第一人称来讲述卡夫卡的小说《变形记》的故事。陀思妥耶夫斯基在写《罪与罚》初稿时，采用的是第一人称，写了几百页之后，他突然意识到这样不行，又回到原点，以第三人称重写了一遍。

任何视角都有自己的叙述便利和不便利、优越性与局限性。如何正确选择自己的视角，发挥视角的便利与优越性，更好地讲述故事呢？有人认为：“作者是根据两方面的考虑来确定叙述者的：趣味和可信性。通常，收获是在可信性方面。”① 但是，我们也想补充的是，视角的选择取决于你的世界观，复杂的世界观只能用复杂的视角去表现。视觉的选择不仅是趣味的一部分，也是世界观的一部分，因此，视角的选择总是与视点分不开。视点的选择不仅是从某个人物角度/视野去看、去想、去感受，更重要的是从他的世界去看、去想、去感受。

压低你的视点

二嬷嬷压根儿也没见过退斯妥也夫斯基。/春天她只叫着一

---

① 盖利肖．小说写作技巧二十讲．梁森，译．北京：北京十月文艺出版社，1987：99.

句话：盐呀，盐呀，给我一把盐呀！/天使们就在榆树上歌唱。/那年豌豆差不多完全没有开花。/

盐务大臣的驼队在七百里以外的海湄走着。/二嬷嬷的盲瞳里一束藻草也没有过。/她只叫着一句话：盐呀，盐呀，给我一把盐呀！/天使们嬉笑着把雪摇给她。

一九一一年党人们到了武昌。/而二嬷嬷却从吊在榆树上的裹脚带上，/走进了野狗的呼吸中，秃鹫的翅膀里；/且很多声音伤逝在风中，/盐呀，盐呀，给我一把盐呀！/那年豌豆差不多完全开了白花。退斯妥也夫斯基压根儿也没见过二嬷嬷。

——痖弦：《盐》（1958 年 1 月 14 日）

"被侮辱与被损害"的妇女、弱势群体因"退斯妥也夫斯基"而得到世界的关注。"二嬷嬷"也是一个"被侮辱与被损害"的女性。二嬷嬷的命运，显然比陀思妥耶夫斯基笔下，历史上俄罗斯的底层妇女更加不幸，但是因为没有进入著名作家的文学世界"被表现"，因而更加不幸。她需要的只是"一把盐"，这种要求，已经到了低无可低的程度。或许因为陀思妥耶夫斯基的缘故，中国的知识分子转而去关心俄国遥远的生命，反而无视一位中国妇女默默地生、默默地死。另一种荒诞是，在二嬷嬷身边，历史正轰轰烈烈地上演中国现代史上最惊心动魄的一幕，而且以二嬷嬷们的名义。但是，实际情况是，以二嬷嬷的名义策动的历史事件，却完全与二嬷嬷无关。这或许是中国现代革命、现代知识分子最荒诞的写照，也是中国底层群体——二嬷嬷们最真实的写照。

从神话传说、英雄传奇再到日常生活，故事的表现内容基本上呈现"下移"的趋势，而故事的主人公也一再"屈尊"，从宙斯到恺撒到梁山好汉到刘姥姥再到祥林嫂，以至到了"二嬷嬷"，其间变化的不仅是故事趣味，更是人的观念。这个变化过程是漫长、复杂的，螺旋式演进。比如，我们很早就学会在神的身上配置人性，让其更像人一些。比如，奥林匹斯山诸神也争风吃醋；又如，截教与阐教各路神仙好勇斗狠。在英雄的身上，我们也配置了致命的缺陷，让他时时骄傲、冲动、茫然，最后陷入悲剧的境地。但是到了平凡的时代和平凡的世界，我们又在这些“细民”“市井”身上发掘神性和勇敢的心。整体上，我们在将神的高度拉低、将自己的高度拔高的缓慢下降过程中设置主人公。我们的视点在下移，一直在自觉或不自觉地向“二嬷嬷”靠近，努力下蹲，从她的角度去看，从她的心灵去想，去感受她的愤怒与屈辱。

写出你的对立面

我们身边充斥着对立者：爱好体育的学生对“书呆子”学生，恐怖分子对受害者，性情至上者对拘谨之士，淫乱之人对禁欲之人，暴力分子对和平人士，支持丰富的语言对支持简化的语言，暴躁的性格对温和的性格。你处在哪一方？

放眼世界，许多伟大故事中的主人公是作者的对立者，例如，强大的偏执狂捕鲸队长亚哈（《白鲸》）、年轻的杀人犯拉斯柯尔尼科夫（《罪与罚》）、逃亡者哈克贝利·费恩（《哈克贝利·费恩历险记》），以及许多其他的例子。这些对立者，在现实生活中或许与作家有着不同的道德、生活方式、行为或者是社会背景，但是他们却有值得正面书写的价值、吸引读者注意力的魅力。

为反对者而创作

反对者一直存在，我们为他们而创作。我们想要做的事情是，改变他们对世界、对人生、对事物的原初认识。但他们的疑虑、成见、反对，是我们创意的前提。理解你的对立者，赋予他们与你一样多的观、看、想、说的权利，这牵涉到两个方面的问题。

首先是理解世界的能力。要提高自己的心灵境界，这就要求我们首先放弃自己的偏执、成见，扩大自己内心的创意空间，允许自己的心灵开放，各种新的东西才会被接纳进来，否则我们的创意会像大多数人那样，永远停留在故步自封的层次。二流的故事构思是容易的，从自己的视角出发，不给你的反对者任何争议、抗辩的权利，仅仅从外部取笑他们：东方嘲笑西方，农民嘲笑地主，穷人嘲笑富人，等等。这样的创意其实在加深我们对世界的偏见。像这样的例子太多了，我们简直就是在阅读这样的故事中长大。但是，最好的故事不是这样的，比如我们在宣扬革命、赞美暴力的时候，有没有像雨果一样想到："在绝对正确的革命之上，还有一个绝对正确的人道主义？"(《九三年》)。

其次才是表达这个世界的能力。从对立者的角度去看待这个世界，这个世界或许出乎我们的意料，依然正确。当然，我们更会发现，在自己的世界之外，还有一个精彩的空间，这个世界对于自己、对于更多的人来说，更具吸引力。

《我的名字叫红》叙述了一宗谋杀案，但是这宗谋杀案的过程却有多个相关者分别去描述，其中有受害者，有凶手，有审判者，还有见证者。马的视角、"红"的视角、"黑"的视角、姨夫的视角、凶手的视角等，都是平等的，一切都充满历史的同情。这样的创意是人道主义的、和平协商的。世界不像我们想象的那样简单：西方反对东方，第一世界反对第三世界。这固然是歧视，强加给世界一个等级。假如我们号召第三世界、弱势文明去反抗第一世界、强势文明，不也是在制造新的等级和隔阂吗？《好奇害死猫》给每一个当事者都公平地配置了自己的视角，每个人的秘密和痛苦都是平等的，不可忽视也不可蔑视。与《疯狂的石头》一样，电影不厌其烦地将每个故事的细节反复交代得清清楚楚，每个人的故事都不寄居在别人的故事中，都有自己的开头。故事开始的权利是平等的。相同的故事从每个人的视野中展现出来，就呈现出不同的生活理解方式、不同的人性、不同的痛苦。正如保安对千羽说，在你眼里，我就那么简单吗？《上海地王》的主人公是一群地产商，他们在当代中国的语境里身份是可疑的，甚至在某种意义上成了阻碍中国经济发展和国民生活改善的公敌。然而从地产商角度看，他们的工作同样具有建设性，一个国际大都会的大建筑不是出自他们的理想吗？作为商人，他们也愿意合法地赚取属于自己的那一份报酬，事情弄到今天这个样子，责任在他们吗？

从对立者角度去看待这个世界牵扯到叙事伦理。选择何种形式、何种视角，绝不是简单的技巧问题，它与认识我们的人生、世界相关，也关涉我们创意的品位。实际上，优秀的文学创意不是提供一种关于人生和世界的结论；相反，它提供的是一种途径、一个启发。

高级文化多元主义

高级文化多元主义（high cultural pluralism）这一概念由美国学者马克·麦克格尔率先提出，是二战后尤其是 80 年代以来美国创意写作发展的核心特征之一。美国是众所周知的移民国家，其二战后蓬勃发展的经济、文化对诸多持有移民倾向的别国人产生了极大的吸引力；特别是高度发展的高校教育体制，更为美国在争取高层次海外移民的博弈中增加了吸引力。多元现代性强调对个体生命的充分关注，因而文化多元主义既是由这种复杂的民族构成、社会结构必然催生的产物，反过来，在弥合不同阶层间罅隙方面也发挥了显著作用。这也使得文化多元主义在美国文化中得到了相对一致的认可。“作为当代技术型现代主义审美的配对者，同时也是下层中产阶级型现代主义审美的反向补充，高级文化多元主义支配了战后美国小说中的许多作品。”①

创意写作的根本理念，在于承认每个人都有进行创意写作的能力，反对“作家写作能力与生俱来”的“天才论”，提倡“写作能力可通过后天学习而获得”的“养成论”。因而在美国，在创意写作推广过程中，淡化了写作技巧对写作者严格的准入要求，一定程度上摆脱了“技术型现代主义”对科班技巧的偏执强调，尊重各个社会群体和阶层的话语权，并为其代言，使之发声。但，更深入地说，每个人都能写作、发出自己的声音，这不仅是能力，更是权利。

有意味的故事讲述者

家庭女教师

侯门深似海，正因为一般人进不去，所以格外引人好奇，大家都想听贵族豪门的故事，但由谁来披露、由谁来讲呢？上流贵族社会的成员，没有动机暴露他们的秘密，而且他们视自己的生活为理所当然，也缺乏选择故事的好奇角度。因此，再没有比家庭女教师更具“故事优势”的了。她们从外面进入那原本对外封闭的系统，地位不内不外、不上不下；还有，她们随时可能被卷入故事中，成为故事的一部分，甚至一转身发现自己成了故事辐轴关系的中心。因而她们诉说故事，既切身又陌生，既亲密又新奇，是最能吸引听众与读者的。这个说故事的人，不能一开始就对内幕、秘密了若指掌，那样就失去了故事的悬疑性；这个说故事的人，也不能纯粹冷静客观、事不关己，她必须引领听故事的人一步步走进充满陌生现象的环境里，然后一步步弄清楚其间的道理，却也在这个过程中，让自己跟故事越来越分不开，

---

① 麦克格尔．创意写作的兴起：战后美国的“系统时代”．葛红兵，郑周明，朱喆，译．桂林：广西师范大学出版社，2012：33.

换句话说，让听故事的人跟故事越来越分不开，于是，本来是豪门巨室里的秘密故事，变成了大家都想知道、非知道不可的共同渴望了。

“疯子”与“傻子”

《喧嚣与骚动》的叙述者是“白痴”，《尘埃落定》的叙述者是“傻子”，《狂人日记》的叙述者是“疯子”。这样的故事还有很多。

《狂人日记》的“日记本文”采用白话文体，却又精心设计了一个文言体的“小序”，从而形成了两个对立的叙述者（“我”与“余”），两重叙述，两重视点。白话语言载体里表现的是一个“狂人”（非正常）的世界，主人公却表现出疯狂中的清醒，处处显示了对旧有秩序的反抗；文言载体却表现了一个“正常人”的世界，主人公最后成为候补官员。这样，小说文本就具有了一种分裂性，对立的因素相互嘲弄与颠覆、消解，形成反讽与反思的结构。启蒙以及对启蒙的内审，革命以及对革命的反思，让《狂人日记》以及鲁迅的绝大部分作品与同时代的作品区分开来，具有忧愤、冷峻的品格。

猫

《我是猫》中，“猫”是动物，相对于人类，它的眼光是陌生化的，可以在习以为常、平淡无奇的地方看出触目惊心、光怪陆离；它又是宠物，生活在人类社会之中，可以近距离观察人类特别是主人生活的隐秘世界，发现主人公不为人知的秘密，看透一个人物、一种生活的真实面貌；它又身手敏捷，出没于多个家庭，游走不定，串联起更多的场景，串联起更多的人物、生活，同时，它的游走、它的发现可以作为线索、作为悬念使用。

儿童

《小城三月》小说采用一个不谙世事、充满稚气、生活在温暖环境中的女中学生的视角，讲述小城和发生在小城里的爱情故事，这就使一切显得明朗、欢欣、美好和温暖；同时，它也避免了从成人角度、知识分子角度看待问题所必需的理性和是非判断。这是萧红的最后一部有关家园和家庭的小说。在生命的最后关头，她原谅了令她不快的一切，只想在精神上回到小城和童年，重温或得到久违的快乐。她不再剖析、批判小城的国民劣根性和憎恨小城的落后、残忍与丑陋，而是在精神上皈依故土。

真实性与真实性的较量

历史故事的真实性体现在故事材料的客观上。为维护其真实感、权威性，它们自觉回避主观视角、第一人称叙述。然而，第一人称叙述的“亲历”“亲为”“亲见”也带来另一种真实，“一种故事，两种说法”[①]，形成“真实性”与“真实性”的较量。

革命历史故事的叙述者是“我们”，后革命历史故事的叙述者却不再充当历史或“我们”的代言人：他只知道自己知道的那部分，讲述“我”的或“我”所知道的历史，以第一人称或第三人称限制视角取代全知视角，从而使被叙事的“事件”带有强烈的主观性与私人性。如乔良的《灵旗》同样以湘江之战为书写对象，却通过事件的亲历者青果老爹个人的晚年回忆来主观呈现，使这段“既定”的历史呈现出“非既定”的面貌；莫言的《红高粱》通过“我父亲”的视角来讲述“我爷爷”“我奶奶”的故事（历史），历史变得具体，却不再庄严。在这些故事中，“我”的虚拟亲历性和体验性，去争夺历史的真实性，起因是，很多年轻读者已经对“我们”的历史不再相信了。

后浪推前浪，对历史真实性的质疑与发掘，到了网络历史小说那里，人物已经不是历史人物（或是虚拟历史人物、代言人），而是当下的“我”（大学生）直接“回到”历史现场，去检验和展示“最真实的”真实性。

---

① 徐英春．一种故事两种说法——革命历史小说与新历史小说比较研究．学习与探索，2004（4）．

工坊活动

一、重述《圣经》①

把一个《圣经》故事或者其他传统故事作为你的故事中的故事重新阐释，使用它表达你的一种观点，或是给出建议，改善或影响一个读者。这类故事选材对象如：该隐和亚伯，亚伯拉罕和以撒，莎拉和阿加尔，约瑟夫和他的兄弟们，摩西（几个摩西的故事），约书亚，丹尼尔和狮子，大卫和巨人歌利亚，大卫与所罗门王，等等。

让一个对立者作为故事中的故事的叙述者，或者是让一个对立者做故事中的故事的听众。

用一种和你对立的语言来讲述（其中）一个故事。

讲一个布道者所说的故事，或者是其他公开演讲中的故事。

用其他的形式来写故事中的故事：报告、备忘录或是信件等。

想想以上任何一个建议的给出原因。

二、给自己的"敌人"写封信

与你处处作对的人是谁？利益冲突、观点冲突、生活习惯不一

① SCHULTZ J. Writing from start to finish：the"story workshop"basic forms rhetoric-reader. Chicago：Columbia College Boynton/Cook Publishers，INC，1990：179.

致，还是其他？现在给他写一封信，劝说他放弃自己的那一份利益，转变自己的观点，改变自己的生活习惯。要求：

用对方能接受的方式；

详细说明原因；

描述你们和解的前景。

现在转换角度，假设你就是你的“敌人”，设身处地、换位思考，对你刚才的去信一一作答，说出“敌人”——现在的“我”——的正当性，并且反向提出要求，说明理由。

三、作品改写

以鲁迅先生的《故乡》中的闰土、《阿 Q 正传》中的阿 Q 为例。作家的叙述力量太强大了，以至于长期以来，我们认为闰土是愚昧的，被生活压抑得失去了思想与感知能力，而那个埋藏在稻草灰里的烛台，就成为他迷信、麻木的最好证据。但是，我们想过没有，在闰土的眼里，鲁迅的故乡又是什么样的？他的伤感又如何理解？或许，在闰土这些人眼里，那些高高在上的知识分子、那些将中国农村当作政治试验田的革命党人，是真的不理解农民，而不是农民不理解他们。在阿 Q 的眼里，他的生活方式有错吗？他在未庄这个地方，又该怎样生活呢？不做阿 Q，就做王胡、小 D，或者其他。那么，王胡、小 D 呢，又该如何？换一个角度阅读，对不同的人物持同情性理解，会打开一个完全不同的作品世界，看到一个个完全不同的人生。正如我们在前文中说过的那样，要理解我们的对立者。现在，我们中断讲述，请你和小伙伴分角色讨论：如果你是阿 Q，你会怎么想？如果你是闰土，又该怎么想？

现在，请你和小伙伴分别以闰土或阿 Q 的身份，改写《故乡》或《阿 Q 正传》，重新讲述故事。

第六章

故事逻辑

“想象力像小孩，逻辑力才是成人。”一个故事若缺乏足够的逻辑力制约，想象力会走向胡编乱造。“以通俗的话来说，艺术想象是一种‘合理想象’，而‘胡编乱造’则是一种‘无理想象’。两者的基点不同，品质也不同。”[①] 我们珍爱自己的孩子，对于别人的孩子却不会有同样持久的耐心。“读者身居要津，在任何时候他都可以放下书，不再读它。有两种原因可以促使他这样做：一是他发现小说没有意思，再就是他发现小说不合情理。”[②] “不合情理”让故事不可信，完全失去价值。巴尔扎克说：“当我们在看书的时候，每碰到一个不正确的细节，真实感就向我们叫着：‘这是不能相信的！’如果这种感觉叫得次数太多并且向大家叫，那么这本书现在与将来都不会有任何价值了。”[③]

好的故事各要素——人物、事件与见解等——之间，必定有着这样那样的逻辑关系。人物产生行动，行动构成事件，事件反过来改变人物状态，产生价值观与情感的变化。人物的外部生活与内心生活以及二者之间的一致性与不一致性，人物之间的势能关系以及人物与外部世界的错位等，构成故事冲突，形成悬念，产生趣味。与此同时，故事的发生又与它的时空背景——时代与文化——保持着密切的关联。

打造坚实的故事逻辑链条，让我们的故事更紧密；检查故事的逻辑链条，让故事更可信。

---

① 曹布拉．金庸小说技巧．杭州：杭州出版社，2006：156.

② 盖利肖．小说写作技巧二十讲．梁森，译．北京：北京十月文艺出版社，1987：88.

③ 王先霈．小说技巧探赏．成都：四川文艺出版社，1986：76.

第一节　情理、可然律/必然律及故事逻辑

故事创作就是虚拟一个故事世界，设置一个或几个人物，通过他们的形象与行动、事迹与命运，虚拟地解决作家提出的问题，间接地表达自己对生活与现实世界的感受、见解和观点，从这个意义上说，创意写作也是一种“证明自己”/“说服他人”与“表现自己”/“影响他人”的过程。在这个过程中，形象与事件承担着故事表达见解、抒发感情的“论证”功能，故事逻辑则是“运算法则”。逻辑是抽象的，故事是具象的。认知叙事学者戴维·赫尔曼说：“我所使用的‘故事逻辑’，既指故事本身所具有的逻辑，又指故事以逻辑的形式而存在。”[①] 虽然戴维·赫尔曼关注的是人的心理是如何建构和理解“世界”的，也没有揭示“故事逻辑”和“故事的逻辑”是什么，但他认为故事存在逻辑，而且本身以逻辑的形式存在。在日常的阅读或观看中，我们虽然不会留意一个故事正确的逻辑是什么，却能敏锐地发现，一个不遵守逻辑的故事将会是什么样。有人指出，《王的盛宴》在故事上存在巨大的逻辑漏洞：“又是一个因为食物引发的血案。看来，不必逻辑，是这部电影最大的逻辑。”[②] “因为食物引发的血案”指的是《一个馒头引发的血案》，该视频以佯谬、反讽的形式“攻击”

---

① 张万敏．戴维·赫尔曼的认知叙事学思想．长春师范学院学报（人文社会科学版），2012（5）．

② 李婷．情怀不能解决故事逻辑问题．文汇报，2012－11－30．

了《无极》电影故事的逻辑漏洞，引起《无极》导演的极大不满。“不必逻辑”，肯定是正话反说了。如果说《王的盛宴》是失败的作品，那么“不讲逻辑”则是其最大的伤，正如《无极》一样。

纵使最为荒诞不经的幻想故事，其推进也应建立在给定的前提基础上，步步为营。多数情况下，要是你所写的一连串事件不合逻辑，由此造成的纰漏，没有几个读者会视而不见的，而编辑就更不用说了。重读自己的作品时，要把这个问题牢记在心：“每个事件是否合乎情节的逻辑？”[①]

情理

“意料之外，情理之中，是一切叙事性文学作品在情节构思上的基本要求。反过来，‘意料之中，情理之外’，看到开头，知道结尾，胡编乱造，不合情理，则是文学的大忌。”[②] 与“逻辑”相近，使用更广泛的概念是“情理”，而“情理”又与“常识”“真实”“逼真”相关。

南宋刘辰翁评《世说新语》，谓其“语本不足道，而神情自近，愈见其真”。容与堂本《李卓吾先生批评忠义水浒传》中说：“《水浒传》事件都是假的，说来却似逼真，所以为妙”（第一回评语）。芥子园本《水浒传》指出：小说之妙，正在“极尽人情世故，此文心细而真，文笔曲而绕处，诸小说必不能及”（第二十四回）。这些评论都赞扬了“真”。怎样才能做到“真”？关键是作者要写出“人情物理”。容与堂本《李卓吾先生批评忠义水浒传》第九十回评点认为：“《水浒传》文字不好处只在说梦、说怪、说阵处。其妙处都在人情物理上”。写出“人情物理”要求作家注重在情节发展中展示出可信的人物性

---

① 厄克特．短篇小说的二十五种常见病．格桑花，2014（2）.

② 袁昌文．微型小说写作技巧．北京：学苑出版社，1988：83.

格，相反，可信的情节发展也能衬托出人物性格："基于人物的性格逻辑就产生了情节的发展逻辑。情节的发展逻辑又会反过来表现人物的性格逻辑。二者相辅相成。而只有充分表现人物的性格逻辑和情感逻辑，才能增强现实主义小说的真实感和可信性。"①

"人情物理"来自哪里？毫无疑问，首先来自生活，来自常识，来自人本身。钱谷融先生说"文学是人学"，并提醒我们"千万要把文学中的人物当人看"，这是朴素的真理。故事的世界也是生活的世界，作为现实世界的镜像比照存在，同样遵循现实生活的逻辑。理解了现实世界的生活逻辑，方可在故事世界建立真实的故事逻辑，所谓"世事洞明皆学问，人情练达即文章"。但，比照生活又不必拘泥生活的真实，"应该把'虚构句子'看成指代作家'创造'的一个特殊世界，这个特殊世界近似于现实世界，但它有自己的背景、人物及其衔接模式"②。正因为故事有着"自己的背景、人物及其衔接模式"，因此其"真实性"应建立在它自己独特的"故事逻辑"上，尤其是那些幻想故事、英雄故事、独特人物故事以及哲学故事，其"不可能"又以"可能"为基础。如金圣叹评点《水浒传》所言："皆未必然之文，又比定然之事，奇绝妙绝"（《第五才子书施耐庵水浒传》第二十二回夹批）。

可然律/必然律

亚里士多德在《诗学》中指出："诗人的职责不在于描述已经发生的事，而在于描述可能发生的事，即根据可然或必然的原则可能发生的事。"（"可然或必然的原则"更多时候叫作"可然律或必然律"，本书随俗也称为"可然律"或"必然律"）《诗学》认为艺术是模仿现

① 吴功正．小说情节谈．北京：文化艺术出版社，1985：46.

② 艾布拉姆斯．文学术语词典（中英对照）．吴松江，等译．北京：北京大学出版社，2009：191.

实，但在模仿的时候，可以按照现实本来面目，也可以进行艺术加工，将其表现得更美或更丑。艺术模仿的对象从存在形态上说有三种：一种是过去有的或现在有的事情，一种是传说中或人们相信的事，再一种是现实未有但应当有的事。悲剧就是按照“应有”的样子去表现更好或更坏的现实，模仿具有普遍意义的典型人物和事件。在这个意义上，悲剧优于史诗。

亚里士多德在《诗学》中有十五处明确提到“可然律”或“必然律”，主要落实在悲剧的“形式”上，形式的主要成分是“情节”和“性格”。要使艺术符合“形式”（“必然律”），首先要使情节和性格符合“可然律”和“必然律”。所以，他在《诗学》中反复强调：某种“性格”的人物说某一句话、做某一桩事，须合乎“必然律”或“可然律”；一桩事件随另一桩而发生的须合乎“必然律”或“可然律”。①

情节如何符合“可然律”和“必然律”呢？亚里士多德认为，情节是一个有机的整体，完整而一致，“事件的结合要严密到这样一种程度，以至若是挪动或删减其中的任何一部分就会使整体松裂和脱节。如果一个事物在整体中的出现与否都不会引起显著的差异，那么，它就不是这个整体的一部分”②。另，一个完整情节的三个最重要成分“突转”“发现”和“苦难”，可以构成一个“复杂行动”，而“复杂行动”的情节也必须遵守“可然律”或“必然律”：“这些应出自情节本身的构合，如此方能表明它们是前事的必然或可然的结果。这些事件与那些事件之间的关系，是前因后果，还是仅为此先彼后，大有区别。”③

在《诗学》中，亚里士多德对性格的设置提出了四点要求。“第

① 许建明．亚里士多德“可然律”与“必然律”之我见．南京师大学报（社会科学版），1998（3）．

② 亚里士多德．诗学．陈中梅，译注．北京：商务印书馆，1996：78．

③ 同②88．

一，也是最重要的一点是，性格应该好。我们说过，言论或行动若能显示人的抉择（无论何种），即能表现性格。所以，如果抉择是好的，也就表明性格亦是好的。每一类人中都有自己的好人，妇人中有，奴隶中也有，虽然前者可能较为低劣，后者则更是十足的下贱。”“第二，性格应该适宜。人物可以有具男子汉气概的性格，但让女人表现男子般的勇敢或机敏却是不合适的。”“第三，性格应该相似。这一点与上文提及的性格应该好和适宜不同。”“第四，性格应该一致。即使被模仿的人物本身性格不一致，而诗人又想表现这种性格，他仍应做到寓一致于不一致之中。”① 人物的性格刻画也同样必须遵守“可然律”或“必然律”，“刻画性格，就像组合事件一样，必须始终求其符合必然或可然的原则。这样才能使某一类人按必然或可然的原则说某一类话或做某一类事，才能使事件的承继符合必然或可然的原则”②。

亚里士多德在谈及“情节”与“性格”设置时，始终有一个“悲剧”体裁前提，他是在体裁规定性下谈“可然律”与“必然律”，下文将进一步谈到。

故事逻辑

我们综合亚里士多德及“情理”观点，倾向于这样认为，故事逻辑就是故事中情节、人物性格、时空背景与主题等诸要素之间的因果联系与一致性。它“主要由三个层面构成：(1）表层逻辑，即外在故事情节发展的事理逻辑，亦即故事中事件与事件之间客观性、现实性的因果关系；(2）中层逻辑，即故事中的人物心理逻辑，亦即人物言行背后的心理动机；(3）深层逻辑，即故事深层的文化逻辑和精神逻

①② 亚里士多德．诗学．陈中梅，译注．北京：商务印书馆，1996：112.

辑，它为故事情节发展和人物言行提供深层的文化合理性和精神合理性”①。

实际上，我们也可以这么理解：表层逻辑即事理逻辑，是“人情物理”，是显而易见的“可然律”或“必然律”；心理逻辑则包括意识到的心理动机和很难或不曾意识到的深层意识，是下意识，这种深层逻辑更多地体现在故事设计、故事讲述层面作者的安排上，体现作者自己的意图。

事理逻辑

这主要体现在一般性的事件与事件、人物与人物、人物与事件之间的前后、联动、因果等联系方面，遵循一般性的“人情物理”，即“人之常情”“世之常理”，比如人物的行动、选择跟他自己的经历、外貌、具体情境之间的关系。类似这样的细节：在鸿门宴上，“项庄舞剑，意在沛公”的主角之一项庄的剑从哪儿来？扭转僵局的关键人物樊哙如何冲破 300 人的阻拦进入宴会？更大的问题是，坐拥 72 城的韩信为何还要投奔刘邦？这些，故事都没有给出答案，引起吐槽（《王的盛宴》）。再比如，一个被叶倾城啃掉一口的馒头，为何多年后又完好如初了呢？唯一的解释是：一个叫“导演”的人如此安排的（《一个馒头引发的血案》）。网友的吐槽刻薄了些，但的确打在了这些电影故事的“要害”上。

注定的取经人

唐僧师徒四人去西天取经，面对的困难有：路途遥远；妖孽横行；核心人物没有任何异能；（唐僧肉）招妖怪。取经队伍貌合神离，除了唐僧，其他成员（包括白龙马）的西行出自被迫、赎罪或者报恩。结果是：他们随时可以停下来（实际上他们也多次撂挑子）。西

① 邓集田．张艺谋电影《英雄》的故事逻辑问题——《英雄》误读现象分析之二．淮南师范学院学报，2008（1）.

游之所以得以成行，完全在于唐僧百折不挠的坚持。为什么这样？原因就在于唐僧的坚持，唐僧非取经不可，他为取经而生。第一，他是如来佛祖第二弟子金蝉长老转世，又经十世修行，现在到了正位成佛的时候；第二，他是唐朝皇帝李世民的御弟，在世俗层面，他是文化使节，接受了国家任务，代表着国家行为；第三，他是如来佛祖与观音菩萨选定的取经人（《西游记》）。

拉斯蒂涅单挑巴黎

拉斯蒂涅决心成为“上流社会最美丽的女人旁边的那一位”。在故事结尾，我们看到他欲火炎炎的眼睛盯住巴黎城最繁华的上流社会的区域，恨不能一口把其中的甘蜜吸尽。他气概非凡地说了句：“现在咱们俩来拼一拼吧！”一个人单挑一个城市，他的底气来自哪里？

贵妇鲍赛昂夫人和野心家伏脱冷是他的助手，帮助他看清楚了巴黎上层社会虚伪堕落、道德败坏、肮脏丑陋、道貌岸然、尔虞我诈的真相，又在具体的行动计划上提供得力的帮助。前者给了他步入上流社会、贵族圈子的通行证，后者则以更凶残的方式为他积累资本，两种方式：一种见血，一种不见血。高老头则成为拉斯蒂涅的一面镜子，让他看清楚，良知、爱心、亲情等一切高尚的东西在巴黎的上流社会一文不值，毫无用处，甚至成为埋葬自己的灰土。高老头的死，让拉斯蒂涅流干了最后一滴含有良知成分的眼泪，关闭了最后一扇通向道德的门，他已经完全从一个幼稚、懵懂、热情的青年变成老谋深算、心狠手辣、破釜沉舟的野心家，成为彻头彻尾的坏人，完成了一次彻底的堕落、逆向的成长。他的故事开始了。鲍赛昂夫人、伏脱冷以及高老头是拉斯蒂涅成长的“先行装备”（《高老头》）。

不平凡的人生

高加林若没有在军队任职的高级军官叔叔，就没有机会经历人生的大起大落（《人生》）。孙少平有一个身为农民企业家的哥哥，有一个地主出身的姑娘的初恋，有副县长（后来还有更大进步）背景的姑娘的友情和爱情，同时又通过这个渠道触及县级、地区级乃至省级的官场，自己还有一个 1975 年“高中生”的身份，这在农村是少见的（《平凡的世界》）。能够成为故事主人公的，他一定是一个例外、一个传奇，绝不是一个普通的凡人，他的人生也绝不是一个平凡的人生。“一地鸡毛”“一件小事”“一介书生”真的成就不了故事，故事是奇观，是例外！

幸福不会从天而降

简·爱是个孤儿、家庭教师，在桑菲尔德庄园罗切斯特家做家庭教师之前，在里德舅母家、劳渥德孤儿院生活过；在与罗切斯特的婚礼上出走后，一度在北方乡村行乞，最后被圣·约翰先生收留。但，简·爱最后的“成功”并非没有任何“取胜”的机会：（1）罗切斯特有一段失败的甚至有害的婚姻。阁楼上的那个疯女人的沉默、攻击性，足以解除他道义上的愧疚和法律上的责任。（2）简·爱有从一个阶层“上升”到另一个阶层的通道：因为她可以继承叔父约翰·爱两万英镑的遗产，也就是说，她是有财产的人，与自己所爱的人“门当户对”（《简·爱》）。

心理逻辑

外在条件是促使人物这样行动的“充分条件”“诱因”，不是人物行动的“必要条件”。人物的行动、选择除了受到外部环境要求他如此影响之外，个人的独特心理反应是关键因素。同一个外部环境，不同人物的感知与刺激反应不尽相同，从而会做出不同的选择，这就与简单的“欲望—行动”关系有所不同。包括三种情况：（1）特殊的性格或心理，例如英雄、怪癖人物、特殊心理人物等，其行动只能从其自身得以解释。比如，在华容道放走曹操，这件事只能是关云长才能做得出来（《三国演义》）。这就是特殊性格的逻辑。（2）人物心理的更深层次，比如潜意识，其行动只是“症候”的反应，多与“力比多”有关。（3）强叙述故事中的人物。某些观念性强的故事，人物只是符号，引导他们行动的是作者强行赋予他们的心理活动。

哪些行为可以构成“症候”？精神分析学认为，梦、不自觉地说谎、移情、艺术升华、窥视、掩饰等，都是具有精神创伤的（病）人的症候特征。许多研究者感觉到，《菉竹山房》故事中，二姑姑和兰花在暴雨之夜对“我”和阿圆夫妻生活的窥视，绣蝶的“艺术创作”，她们一口咬定“姑爹”“三朝两天来托梦”，“公子帽，宝蓝衫，常在这园里走”，给山房里的小生物以“福公公”“虎爷爷”“青姑娘”这些带有强烈性别意识的命名，安排“我”和阿圆住宿在“姑爹”“最喜欢”的避月楼房间，等等，均可看作二姑姑“力比多”的转移宣泄和精神创伤的补偿。在言谈中，“我”和阿圆间接了解到，二姑姑对姑爹一往情深，忠贞不贰。他们的人鬼之恋超越生死，感人至深。但二姑姑真对自己的荒唐行为无怨无悔吗？她的自缢真是出于殉情吗？未必。我们不能忽略菉竹山房里的一个细节：钟馗捉鬼图。在姑爹最喜欢的避月楼里（也是二姑姑和兰花所说的姑爹常回来的地方），“西墙上挂着一幅彩色的‘钟馗捉鬼图’”，“钟馗手下按着的那个鬼，披着发，张开血盆大口，露出两只大獠牙，栩栩欲活”。熟悉中国传统文化的读者不难知道，钟馗的工作是专职杀鬼的，而姑爹无论怎么讲，都是一个鬼。小说进一步提示道：“这时觉得那钟馗，那恶鬼，姑姑和兰花，连同我们自己俩，都成了鬼故事中的人物了。”这无疑揭示了二姑姑的“杀夫情结”。巨大的生理折磨和心理压力使二姑姑的人格扭曲变态，“钟馗捉鬼”已经显示了她隐秘的杀夫欲望；而对丫头兰花的人生操控，完全出自她发泄仇恨、转嫁痛苦、报复他人的阴毒心理。[①]

哪里有压迫，哪里就有压抑；哪里有压抑，哪里就有“症候”。

---

① 许道军．“最毒妇人心”：对《菉竹山房》精神分析的分析．名作欣赏，2008（4）．

石秀寄居义兄杨雄家，发现杨雄妻子潘巧云与和尚海黎偷情，他告知了杨雄，杨雄准备惩罚妻子然而有所犹豫。这个时候，石秀的表现比当事者更激烈，他抢先一步杀死了潘巧云和丫鬟迎儿，在死者的血肉淋漓中感受到了极大的欢乐。其反常表现，除了透露梁山好汉的“正义感”外，更多的是与石秀的性心理相关。原来，杨雄公务繁忙，怠慢了年轻妻子，饥渴之下她欲亲近石秀，然而遭石秀慨然拒绝。当石秀以为潘巧云觊觎自己的健壮身体、渴慕自己的英雄人格，进而压抑本性、沉浸于自我崇高时，他发现了奸情。他终于明白，潘巧云要的只是一个男人而已，哪怕是一个和尚（一个健壮的和尚）。在潘巧云的身体面前，他与和尚没有什么区别。他愤怒，屈辱，或许有些许后悔……尖刀比他的意识（代他）更快进入潘巧云裸露的身体……（《石秀》）施蛰存的另外一些小说故事，比如《梅雨之夕》《鸠摩罗什》《将军地头》，也都是从性心理角度解释人物莫名其妙的行动。而这些行动，用表面的“人情世故”是说不通的。

文化逻辑

我们看下文两个年轻作者的作品：

当清晨的第一缕阳光还未洒向神圣的土地时，人们早已走在转经的路上。走出家门的多是老人，念珠和转经筒从不离手。远远望去，拉萨这座城市依稀可见，桑烟袅绕不绝。

奶奶牵着我的小手，嘴里念着经文，走在朝圣的人群中。太阳渐渐升起，中午时分，拉萨有名的帕廓街热闹非凡。我们绕着帕廓顺时针转了一圈，开始逛街。身边是五花八门的小商品，首饰、唐卡、民族服装、佛像、古董什么的应有尽有，这也是拉萨最繁华的商业街。帕廓是最著名的转经路，因为它最接近大昭寺里的释迦牟尼（觉阿）大佛的神圣位置。人们都说，帕廓街不仅仅是提供转经礼佛的环形之街，还是整个西藏社会全貌的一个缩影。

转经回来后，我依偎在奶奶的藏袍里，看着夜幕降临，用懵懂的眼神告诉奶奶还想继续听她讲故事，奶奶抚摸着我的头发讲起了关于聂赤赞普的来历。

——德庆卓嘎：《聂赤赞普的故事》

（上海大学第一届创意写作夏令营作品）

虽然他们母子吃不饱、睡不暖，每日每夜被伯父和姑母虐待着，但是生性刚烈的母亲在心里并没有屈服于命运，只想着快点报仇。于是，她敦促小男孩寻访咒师，习练巫术。在母亲的一再催促下，小男孩开始了寻师习术。

小男孩先后拜了几个师傅，他心里想着伯父跟姑母的无情，母亲与妹妹的无奈，专心学习巫术。因他勤奋肯受苦，很快学有所成。他咒杀了同村三十五人，还召唤过冰雹，尽毁全村一年的收成。虽然他报仇了，但同时致使年轻的他由此造下黑业。

——拉姆次仁：《苦行者》

（上海大学第一届创意写作夏令营作品）

两个故事，一个具有民族风格，另一个却是民族叙事。《苦行者》是一个宗教故事，宣扬了大罪之人弃恶从善、苦修得救、立地成佛的佛教经义，但也是一个民族故事，故事事件与叙事态度、叙事立场透露了一个民族独特的生活景象与观念，具有可贵的民族志价值。故事主人公“噶举派三大祖师之一的苦修者米拉热巴或尊者米拉热巴”及其母亲“寻访咒师，习练巫术”并“咒杀了同村三十五人”“尽毁全村一年的收成”的行为及其冷峻的叙事腔调，也让许多不了解故事背景的读者吃惊。

相同的人生境遇和时代背景，人们却有不同的行动选择，这种既是个人又具有群体性的行动，或许只能用文化来解释了。文化有多种解释。格尔兹在《文化的解释》一书中，引用克莱德·克拉克洪的《人类之镜》对文化的逐层定义：

（1）“一个民族的全部生活方式”；（2）“个人从他的群体获

得的社会遗产”；（3）“思维、感觉和信仰方式”；（4）“来源于行为的抽象”；（5）“人类学家关于一个人类群体的真正行为方式的理论”；（6）“集中的知识库”；（7）“对多发问题的一套标准化适应方式”；（8）“习得行为”；（9）“调节和规范行为的机制”；（10）“适应外部环境和其他人的一套技能”；（11）“历史的沉淀”。①

在这个意义上，我们会理解《马桥词典》《阿Q正传》中人物各种“反常”的行动，他们这么说、这么做，是因为他们遵循的是自己的文化逻辑，表现的是一种地方性的典型反应模式。作者“如实”记录他们的故事，出于对文化的不同理解，只不过前者是想永久地保存，为即将被“现代性”荡平一切的世界保留地方一脉；后者是出于永久地消除，荡涤这个民族身上的污垢，迎接更美好的文明生活。

在“新文化”“启蒙主义”视角下，阿Q的麻木、看客心理以及刽子手的凶残都是传统文化的糟粕、被批判对象，但是在莫言这里，却有了另外的意义。

《檀香刑》全书弥漫着一种难以言状的血腥暴力感，然而这种暴力和血腥又是那样“美”，以至于当代文学理论界对此束手无策。如何解释这种特殊情况的“美”？我们需要一种该地方性知识的内部逻辑。清末，刽子手作为一种职业，是一种拥有特殊文化含义的符号，顶级的刽子手被奉若神明，不是因为他行刑的能力，而是这种文化符号的力量所致。《檀香刑》中的行刑不再是一种杀人的简单“行为”，而是一场具有超越诉求的文化仪式。对于这样的“刑罚”，如果我们不能找出其地方性知识的含义，那么我们如何解释？那几乎是不可能的。②

---

① 格尔兹．文化的解释．韩莉，译．南京：译林出版社，1999：4.

② 葛红兵．小说类型学的基本理论问题．上海：上海大学出版社，2012.

哲学

“文化逻辑”与“哲理因果”相类似，都是人物行动、事件推进，用常见的“人情事理”难以解释。但是，它在许多故事中的确存在，因为它们是“图解或是某些观念和概念的象征”[①]。

情节只是某个哲理的印证。人物行动有时候“不可理喻”，然而这“不可理喻”的部分正是故事的见解。在《等待戈多》故事中，两个流浪汉戈戈与狄狄漫无目的地谈话、等待，却什么也没有发生，但是“漫无目的”的谈话和等待行动本身就是故事的见解。故事要传达的就是存在主义关于生活、世界与人生的看法：漫无目的、毫无意义。

① 李森．托多罗夫叙事理论研究．乌鲁木齐：新疆大学，2003：19.

第二节　检验故事逻辑

每个故事都是作家创造的世界，这些世界因人而异：“《加普的世界》其实是欧文自己奇妙的世界。对奥康纳而言，则存在着另外一个世界。福克纳和海明威有他们自己的世界。对奇佛、厄普代克、辛格、埃尔金、贝蒂、奥齐克、巴塞尔姆、罗宾森，基特里奇、汉纳和勒奎恩来说，都存在着一个与他人完全不同的世界。每一个伟大的作家，甚至每一个还可以的作家，都在根据自己的规则来构造世界。”[①] 故事世界，从人物与事件的关系上说，其实就是一个“谁对谁（或与谁）/在什么时间/什么地点/以什么方式/为什么/做了什么”的过程与结果（当然，对读者来说也是一个“心理模型”）。[②] 但是，所有这些世界要获得读者的认可，就一定得经得起读者的检验：“为了获得趣味，你就必须获得可信性。因而，你一定要使小说中的任何事物对读者来说都是一清二楚的。”[③] 若要使读者对你的故事“一清二楚”，你首先得清楚地了解自己的故事人物与故事世界。检验故事逻辑，不妨从以下几个方面着手。

重新认识自己的人物

你了解自己的人物吗？他们是否有自己独特的经历、丰富完整的

---

① 卡佛．三乘五寸的卡片——论写作．常州日报，2009－04－25．

② 张万敏．戴维·赫尔曼的认知叙事学思想．长春师范学院学报（人文社会科学版），2012（5）．

③ 盖利肖．小说写作技巧二十讲．梁森，译．北京：北京十月文艺出版社，1987：152．

前史？他们的外貌、内心生活如何？他们的行动是源自自己的意志、性格还是你的一厢情愿？如果你的人物是丰富自足的，那么他们还有哪些故事是你不知道的？如果按照他们的意愿，在你的故事里他们会怎么行动？下面，我们参照诺亚·卢克曼的设计方案，重新认识自己的人物。

表面生活

请从如下角度描述自己人物的表面生活：

（1）从警察的角度考察人物的外貌（像画师描绘犯罪嫌疑人那样）：他/她长相如何？有无特别的地方（比如“双手过膝，两耳垂肩”、“刀疤脸”、嘴角有一颗痣等）？你能否凭外貌，一眼就从千万人当中将他/她认出来？

（2）从媒人的角度勾勒人物的行为习惯（比如介绍一个陌生人去一个陌生地方与你的人物相亲）：他/她的形体及行为习惯如何，有无标志性动作，比如“穿长衫站着喝酒”（《孔乙己》），或者他/她与众不同的地方，比如浓重口音、气味、口头禅，比如“兄弟在英国的时候”（《围城》），能否一眼从一群人当中被分辨出来？

（3）从医生的角度考察人物的生理健康状况：他/她是否有病，留下什么后遗症？他/她在食物及起居上有何禁忌？

（4）从心理医生的角度考察人物的心理状况：他/她心理正常吗，是否心理阴暗，有抑郁症，有怪癖/洁癖？他/她的心理阴影是来自童年还是成年后的某次特殊经历？他/她有恋父/恋母情结吗？他/她养有宠物吗？

（5）从领养人的角度考察人物社会关系：他/她出自什么样的家庭，有无重要的远房/远方亲戚，有无被抛弃/失散/失联的亲人，是否曾是某个大人物的恩人（在许多故事中，他们会在主人公山穷水尽的时刻出场）等等，有无敌人、阴魂不散的仇人？

（6）从雇主的角度考察人物的经历：他/她受过什么样的教育，

有何工作经历，工作态度如何，有无特殊的训练、特别的技能？比如兰博的越战经历直接影响了他的心理，也让他具有成为“杀人机器”的技能（《第一滴血》）。他/她有无犯罪记录，或与某个重大事件相关？

（7）从银行家的角度考察人物的经济状况：他/她出身什么样的家庭，贫穷还是富裕？他/她有钱吗，靠什么挣钱，在乎钱吗？他/她甘于贫穷还是发誓“我要有钱”？家里有哪些贵重物品，祖传的还是自己挣来的？

（8）从婚姻中介的角度考察人物的罗曼史：他/她结婚了吗？他/她如何看待婚姻、家庭？他/她对婚姻现状满意吗？初恋什么时候，初恋对象是谁，结婚后还有来往吗？

（9）从房屋中介的角度考察人物的成长环境：他/她住在农村还是城市？城中村、一般小区还是富人区？邻居都是什么人，古风犹存还是纸醉金迷，友善还是充满敌意？居住环境如何，风景秀丽还是垃圾遍地？

内心生活

内心生活是人物的隐私。隐私不会轻易让人发觉，然而读者恰恰喜欢打探人物的隐私。而作为创作者，也必须深入了解人物的内心生活，深知他们的隐私。要考察的项目有：

（1）天赋/缺陷：是否有特殊才能或特别的生理缺陷？

（2）宗教：是否有宗教背景，或者没有入教却有宗教意识？是否有宗教禁忌？

（3）灵性：如何看待宇宙、自然、生命？

（4）身份：一直扮演什么角色？以为自己是什么人？

（5）信仰：相信/反对/怀疑什么？从什么时候开始的？

（6）道德：是否作假，具有双重人格？是否是个伪君子？若背叛，筹码是多少？

（7）性：性取向正常吗？是否有过婚前性行为，次数频繁吗？曾经接受过什么样的性教育？性观念如何？第一次性行为在什么时候？

（8）动机：有什么样非凡的志向、愿望？最想实现的事情是什么？最害怕什么？

（9）友谊：平日跟哪些人交往？都是些什么层次的人？这些人对他/她有什么影响？最相信谁？

（10）谈话焦点：平常聊天重复的话题是什么？女人、钱、地位、艺术、远方，还是其他？

（11）自我认知：如何看待自己？了解自己吗？知道别人怎么评价自己吗？

（12）价值观：认为什么最重要？又会为什么放弃其他？

（13）时间分配：如何安排时间？有紧迫感吗？

（14）艺术创作冲动：有某种艺术才能或艺术爱好吗？

（15）英雄：最崇拜的英雄是谁，以谁为榜样？有牺牲精神吗？还是愤世嫉俗、怀疑一切？

（16）政治和意识形态：加入了什么党派？信仰什么理论？政治上激进还是保守？

（17）与权威的关系：见官就跪，还是铮铮铁骨，抑或咄咄逼人？

（18）恶习：有无不良的嗜好、劣迹？

（19）时间线：如何看待时间，喜欢回忆过去还是展望未来？是安于现状、从不思考、活在当下，还是永不满足？

（20）与食物的关系：喜欢吃什么，是素食主义者还是肉食主义者？是"吃货"吗？

（21）习惯：经常重复做什么？

（22）怪癖：有无特别的癖好？

（23）爱好：正常爱好是什么？

（24）慈善：是个志愿者吗？爱打抱不平吗？曾经捐过款还是一

毛不拔？

表面生活与内心生活的一致性与不一致性

以上对人物的考察结果，人物自己会认同吗？[①]

情节与细节

内部生活与外部生活的信息构成了人物的全部身份细节，是人物如此行动的基础和证据，它们将在情节的不同部分被展示出来，或者作为基石发展出情节线。“情节不是架空的，它是由无数的艺术细胞——细节构成的，细节构成和丰富了情节的表现内容，并且催动着情节的发展。”[②] 关于人物内部生活与外部生活的细节是无穷无尽的，但是我们不必展示出所有的细节，我们只需要给出必要的信息，如布伦德尔所说，要尽量减少叙述。如果有人问时间，我们肯定没有必要告诉他手表的制作工艺。在进行叙述时，你可以先退一步，厘清头绪，自问：“读者真的需要这些信息，才能理解故事吗？”如果答案是否定的，那就终止叙述。根据细节在故事情节中的重要性，我们把细节分为充分的细节、必要的细节和核心的细节。

所谓“充分的细节”，就是故事所提供的有助于把握人物形象、加深对人物行动的理解进而了解整个故事情节的信息；“必要的细节”是那种若缺乏交代，我们就无法得知故事为何发生以及为何如此发生的关键信息，它们多与情节点或“拐点”有关，也可以促成情节的突转；“核心的细节”是建立在上述信息基础之上，既能生发出故事情节点又能生发出情节线的信息，在功能上，它们既充分又必要。比如，一个人物的健康信息，对于人物形象塑造来说，是充分细节；若

① 以上考核目录参见：卢克曼．情节！情节！——通过人物、悬念与冲突赋予故事生命力．唐奇，李永强，译．北京：中国人民大学出版社，2012：1-36. 这里有部分丰富或改进。

② 吴功正．小说情节谈．北京：文艺艺术出版社，1985：51.

故事情节的发展与这些健康信息息息相关，特别是与某个情节点相关，那么我们说这些信息就不是可有可无的细节，而是必不可少的必要细节；反过来，如果整个故事的情节全部建立在这个人物（尤其是主人公）的健康状况基础之上，比如《沙床》中主人公肝纤维硬化这一“家族病”导致他对恋人、爱人们的情感决绝，那么这些细节就是核心的细节。

故事与时代

> 巫忠说：“依姐儿这么说，非但‘女权’二字，没有懂得，竟是生就的‘奴隶性质’了。”叶氏道：“甚的‘女权’？甚的‘奴隶性质’？这是甚么话，我都不懂呀！”巫忠呵呵大笑道：“你不懂得么？也难怪你。你可知还有甚么‘男女平权’‘女子世界’呢！你再过去七百三十多年，就知道了。”
>
> ——吴趼人：《痛史》第二回
>
> “闻警报度宗染微恙 施巧计巫忠媚权奸”

吴趼人在《痛史》中写道，巫忠为巴结贾似道，欲骗出宫女叶氏送与他。巫忠问叶氏如能出宫是否愿意嫁一富人家，叶氏回答说，自己进宫，生就奴才命，派在宫里当值，是皇上天恩。巫忠于是说出了上面的话。从主题角度说，巫忠劝说叶氏出宫自然是“黄鼠狼给鸡拜年”——没安好心；从历史事件发生的“必然律”或“或然律”来说，也是不可能发生的事情，完全不符合历史小说所要求的“历史真实”，几乎可以当作“败笔”来处理，如《吴趼人小说四种》中就把这段对话删去了。将小说当作启蒙和“群治”的工具，实施“新民”的救国理想，是新小说惯有的手法，但是如此肆无忌惮的时空穿越，搬运“七百三十多年”后的观念对古人进行人权启蒙，参与小说情节的进展，却是中国历史小说头一遭的事情。从历史小说类型的演变来看，它开启了历史架空叙事的先河。这种历史叙事得到大规模的呼应，并成为一种类型历史小说，却是将近一百年之后的事情。[①]

《痛史》是个例外，但故事是否与时间（年代/历史）信息一致，这是故事逻辑重要的一环。在历史故事中，我们不能出现这样的常识性错误：一个南北战争时的大兵用口琴吹着一支半个世纪后才有的曲子，一个 1820 年的边民手持一把 1835 年才发明的左轮手枪。实际上，任何一个故事都是时代故事（当然也是空间/地方性故事，包括架空故事，它们也有自己的时代与空间设定）。

故事与现实生活

厄克特说："只要你想象得出的东西，几乎都有参考书把它们描述得一清二楚。因此不要偷懒，不要胡猜瞎编想当然。你瞒得过一些人，但只消几处败笔，整篇故事在许多人眼里就变得一钱不值了。"[②]厄克特所说的，更多的是指专业知识。故事与现实生活的联系，还包括与常识的联系。常识是普通大众所周知的知识，它与生俱来，无须特别学习，无须解释，加以论证；对于一个理性的人来说，就是一种合理的知识，即"日常知识"。读者深谙常识，是货真价实的"专家"。挑战常识，就是挑战读者。钱谷融先生说，千万要把故事里的人当人看，其实指的是创作与阅读要尊重常识。

与体裁的关联

在现代"动作"故事，比如警匪、枪战、西部等故事中，我们认为一个英雄人物凭借自己先天的体质、后天的特别训练、危急时刻的潜能激发等因素，其"能量"可以达到十分惊人的地步，但无论如

① 许道军，张永禄．论网络历史小说的架空叙事．当代文坛，2011（1）.

② 厄克特．短篇小说的二十五种常见病．格桑花，2014（2）.

何，都不会像中国武侠故事人物那样有着飞檐走壁、开山裂石的“功力”。后者“贬低宝剑，突出内功，目的是强化侠客作为打斗主体的主观能力。而这，跟作家要弘扬的东方哲学精神，以及现代人所追求的自由境界，不能说毫无联系”①。但进一步说，武功再高的大侠也不可能呼风唤雨、撒豆成兵，因为那是神话故事里的人物，故事类型不同。故事能否成立，产生“现实主义幻觉”，也跟体裁/故事类型有关。在《诗学：什么是结构主义》中，茨维坦·托多罗夫认为，人们判定逼真性的首要标准是体裁标准，即故事要有逼真效果，必须首先符合体裁标准。

有些故事让我们感到不真实，有时候并非事件本身不可能发生，而是它不应该这样发生、在这里发生。比如，在一个喜剧故事里，主人公死了，会让我们很难接受，虽然我们知道主人公不是不可以死去。

① 陈平原．千古文人侠客梦：武侠小说类型研究．北京：新世界出版社，2002：103.

工坊活动

一、“采访”自己的人物

对照人物“表面生活”与“内心生活”项目，逐一采访自己故事中的人物，包括主人公、对立人物及其他人物。

二、检查上述细节如何体现在情节点和情节线之中

1. 故事中的人物表面生活信息：外貌/相貌、行为习惯、体质/心理健康、社会关系、工作经历、经济状况、罗曼史、居住条件/环境等，如何影响了情节？

2. 故事中人物的内部生活信息：天赋、宗教、灵性、身份、信仰、定式、道德、性、动机、友谊、谈话焦点、自我认知、与权威的关系、恶习、时间线、与食物的关系、习惯、怪癖、爱好、慈善和人格等，如何影响情节？

三、列举利用人物表面生活与内部生活的信息细节而“生长”出来的故事

例如：

外表的故事：《金瓶梅》《漂亮朋友》《三国演义》《乱世佳人》《暖》《西游记》《简·爱》《高处的木头》《爬满青藤的小屋》

《第二人》等。

年龄的故事：《洛丽塔》《小鬼当家》《老人与海》《爱丽丝梦游仙境》等。

健康的故事：《沙床》（家族肝病肝纤维硬化）、《日光流年》（人活不过四十岁）、《恩宠与勇气》、《美丽心灵》、《查泰莱夫人的情人》、《搏击俱乐部》（失眠）、《搜索》（淋巴癌）、《叫我第一名》（先天性疾病大脑损伤，时不时控制不了自己的身体，找不到工作，自己去小学教书，战胜疾病）、《国王的演讲》（国王口吃，训练师帮助克服）、《梅花烙》（鬼丈夫）、《生命最轻的重量》等。

家庭的故事：《教父》《激流三部曲》《雷雨》《玩偶之家》《金锁记》《白鹿原》《妻妾成群》《大宅门》《乔家大院》《红楼梦》等。

教育的故事：《战国纵横：鬼谷子的局》《偷拳》等。

职业的故事：《骆驼祥子》《心理医生》《黄金三杀手》《古惑仔》《警察故事》《赌王系列》《福尔摩斯》等。

嗅觉的故事：《香水——一个谋杀者的故事》等。

感觉的故事：《暧昧》《色醉》等。

…………

将上述每项增加十个案例。

四、写人物小传

给自己的故事人物（主人公和对立人物）写一个人物传记。

范例①：

（1）伍挺举：男一，25～35，甬商大佬，沪上金融实业家，逐步成长为上海商会会长。出身书香门第，儒雅，深受儒家王道

① 寒川子《第一商会》电视连续剧剧本，未刊稿。经授权使用。

思想影响。家庭遭灾，科举不成，至沪创业。始终恪守中正和合的为人处世哲学，在十里洋场纵横捭阖，取财有道，同时在污泥浊水中保持自尊，艰难但却踏实地为实现其实业救国、达济天下的大我理想而努力不已。商会初期尔虞我诈的内部争斗及你死我活的利益倾轧，让他深为痛惜，亦使其痛下决心，努力使商会成为一个团结和合、利国济民、救亡兴邦的纯净商业组织。伍挺举的成长过程，堪为大多数清末民初有宏大抱负的实业家的成长楷模。特点：追求目标明确，正气中带些书卷气，话少但有力，有足够的智慧，属于行动派，温文尔雅，爆发则吓人。

（2）甫顺安：男二，24～34，又名傅晓迪，甬商大佬，沪上金融实业家，一心欲做上海商会会长，将商会变成牟利工具。出身梨园世家，父吃喝嫖赌抽五毒俱全，母早年曾为歌妓。是挺举好友，因理念不同而成对手。为改变自己的低贱社会地位，易名傅晓迪，放弃自尊，走上一条利己损人的实用处世之道，处处钻营，时时投机，为达目的不择手段，利用女人上位，先投清朝遗老，后又投向北洋军阀。个性复杂，处事有底线，但受章胜控制，底线被一步步打破。人生悲剧：欲超越挺举，但始终未超越；欲摆脱章胜，但始终脱不开。个性特色：工于心计，见不得“戏”字，不近舞台，却有表演天赋，生活中不时引入戏文及戏中道具，做出表演动作。

（3）陈迥：男三，27～37，男一的朋友，同盟会员，理想主义革命志士，孙中山得力臂膀，利用清洪帮势力在上海滩从事推翻清朝活动，辛亥革命中在总商会支持下光复上海，成立军政府，为首任都督。后又反袁，剧终时被袁暗杀。特色：干脆利落，有诗人气质，有牺牲精神，心肠硬，关键时刻毫不手软。人物原型：陈其美。

（4）章虎：男四，26～36，又名章啸林，男二朋友，心狠手辣，既重江湖义气，又有一身匪气，善搞阴谋，逐步控制顺安，欲将其变为手中利器，渐渐成长为上海滩流氓大亨。

（5）葛荔：女一，17～27，聪明活泼，秀外慧中，刚柔兼济，为东方文化熏陶下的完美女性。有三副面孔：一是青帮大小姐，二是老阿公跟前的撒娇女，三是男一号跟前的捣蛋鬼。始终如一爱男一号。面对章胜追求，既不为所动，又善于利用，以保持对挺举的吸引力，并在魏老爷子帮助下，助挺举成就人生理想。特色定位：上得厅堂，下得厨房，百变适应，刚柔并济，爱情坚定，把握分寸。

（6）鲁碧瑶：女二，16～26，钱业巨头鲁俊逸的掌上明珠，对生意不感兴趣，在娇生惯养中长大，过分沉溺于自我，不爱交际，追求感觉，颇有诗才，自比江南才女吴藻，但决心跳出吴藻宿命，寻到一个真正爱她、知她的知音王子，结果却落入根本不懂诗情的顺安圈套，先恋其父，后恋顺安，在二者皆失后，无奈地嫁给男一号，却不知真正追求的人竟然天天躺在自己身边。

——寒川子：《第一商会》

第七章 故事类型

第一节　成规与价值
第二节　类型化写作
工坊活动

“文学作品以族群也就是以类型的方式而生存，乃是文学史的一个客观事实。”① 这个发现的确让那些认为“文学全然是独创”的人沮丧，因为文学“类型化”不仅不是个别现象，而且是基本的存在方式。“古今中外，小说向来多以类型形态存在。即使所谓‘纯文学’的小说，一般它们也可以纳入某种小说类型之中；如果创新到极端一点的，也难以摆脱为某一类型小说‘开先河’或‘领军’成为代表作的结果。”② 但是，如果我们足够诚实，直面并接受这个事实，也会让我们受益：“优秀的作家在一定程度上遵守已有的类型，而在一定程度上又扩张它。总的说来，伟大的作家很少是类型的发明者，比如莎士比亚和拉辛、莫里哀和本·琼生、狄更斯和陀思妥耶夫斯基等，他们都是在别人创立的类型里创作出自己的作品。”③ 为何能这样？巴赫金指出：“体裁中保留的陈旧成分，并非是僵死的而永远是鲜活的；换言之，陈旧成分善于更新。”④ 看不到这一点，我们的创作会盲目“创新”，或为创新所累，而批评也会面对“类型创新”现象不知所措。一方面，他们因为已有故事的类型化而沮丧（或许因看出类型化的“把戏”而沾沾自喜？）：“好莱坞电影经过几十年的发展已经形成固定的叙事结构”“好莱坞电影不管是科幻片、爱情片还是动画片等基本都遵循着这一叙事套路，《星际穿越》也不例外”。另一方面，他们又不得不承认，“而诺兰的聪明之处便在于善于将老套的故事置于时空交错的非线性叙事框架中”“依然是好莱坞经典的个人英雄式的叙事，不过是给时间与空间相互交错的非线性叙事结构披上或科幻或

① 石昌渝．明代公案小说：类型与源流．文学遗产，2006（3）.

② 马相武．把握类型小说的发生脉络与发展趋势．文化艺术报，2008-07-15.

③ 韦勒克，沃伦．文学理论（修订版）．刘象愚，等译．南京：江苏教育出版社，2005：279.

④ 巴赫金．诗学与访谈．白春仁，顾亚铃，等译．石家庄：河北教育出版社，1998：140.

动作的外衣，使故事更加津津有味。这是诺兰的独特之处，这也让他在众星云集的好莱坞中脱颖而出”[1]。

将自己的故事放置于同类故事的历史长河中，可以检验它的创新程度。尊重已有故事的类型成规，让我们的故事更容易被人接受，创作也更便利。实际上，没有成规，我们连创作都无法开始；不了解成规，我们无法真正创新。如什克洛夫斯基所说，任何一般的艺术作品都是作为与某个样板相似或相反的东西创造出来的，也就是说，创新是对它之前的包括创作模式、创作框架在内的成规的陌生化，新形式的出现不是为了表达新的内容，而是为了取代已失去自身的艺术性的旧形式。因此，故事创新应从故事类型成规上路，有的放矢。反类型、兼类型、混类型或超类型创作，是我们故事创新的基本途径。

① 李书娜．《星际穿越》：经典叙事模式的再度成功．中国产经新闻报，2014-11-28.

第一节　成规与价值

如何找到自己故事的“同类”，用于检验创新点、创新程度或者用于创作借鉴？

根据故事发生的空间，我们可以把故事分为“中国故事”和“外国故事”。根据故事发生的时间，故事可以分为“现代故事”“历史故事”以及纯幻想性质的“未来故事”。根据其他非穷尽的标准，故事可以进一步分为“民间故事”（社会生活标准）、“革命故事”（政治意识形态性质标准）、“滑稽故事”（内容与风格标准）、“法制故事”（题材标准）、“灰姑娘故事”（人物与情节标准）、“爱情故事”（题材与主题标准）、“影视故事”（载体标准）等。芬兰学者阿尔奈将民间故事分为“动物故事”“常规民间故事”和“幽默故事”三大基本类型，每一个类型又可以继续细分。但这些分类有些是有效的；有些则只是选取一个权宜角度，比如“影视故事”；有些存在理解歧义并在逐渐历史化，比如“革命故事”；有些过于泛化，比如“外国故事”。根本原因在于我们没有找到同类故事真正的相似性，即故事内部的一致性，进而与其他故事区分开来，或者说它们不是真正的“类型”，我们在分类上已经出现偏差。

类型

“genre”（类型）又译作“文类”，批评中表示文学作品分类的一个术语。

艾布拉姆斯认为，类型“在文学批评中指文学的种类、范型以及现在常说的‘文学形式’”。在这里，“类型”更多的是普通的标准：“文学作品的划分向来为数众多，划分的标准也各自悬殊。”但在罗兰·巴特这样的结构主义批评家看来，“类型就是一套基本的成规和法则，随着时代的变化而变化，但总被作家和读者通过默契而共同遵守”①。罗兰·巴特认为，“类型”是事物内部的“成规”和“法则”。竹内敏雄则认为，“类型”是不同事物之间和同类事物的不同层次之间的差别，这种差别对外表现为“相异性”，对内则表现为“相似性”，“约而言之，这个概念包含了对于自己的共同性和对于他物的相异性两个方面的含义”②。从这个角度回头来检验上述故事分类，我们说“中国故事”“影视故事”之所以难以成立或者只在某些特定的时空成立，主要原因在于它们内部难以找到有效的“共同性”和“一套基本的成规和法则”。

竹内敏雄对于艺术类型做了进一步补充：第一，类型是具象的，“可以作为具象的统一，直接诉诸形象直觉地予以把握”，是“通过一定的‘形’呈现出来的类的‘型’”，“一切类型都是作为一定的可以直观的存在形态的整体形象而成立的”③。第二，类型是相对的。类型是在相互比较中产生的，但类型与类型之间“仍然无法像种类和种属那样加以区分”，“个别事物的所属关系不一定都很明确，也有不少时候说不清是属于某一类型还是不属于它”，因此，各种类型区分仅具有相对意义。④ 与此同时，“一定的类型在个别现象上的具象化由极其明显到极不明显之间有无数渐变性的差异”⑤，也就是说，类型并非

① 陈平原．小说史：理论与实践．北京：北京大学出版社，2005：125.
② 竹内敏雄．艺术理论．卞崇道，等译．北京：中国人民大学出版社，1990：81.
③ 同②80－81.
④ 同②81－82.
⑤ 同②82－83.

“纯粹”的。在一种类型内部，从中心到边缘、从典型形态到边缘作品，其类型特征逐渐减弱。

拉尔夫·科恩对类型的认识更接近故事本身，他认为类型大致可以分为两类：“一类列出长串共同特征、态度、人物、范围、场所等等，即强调组成类型的语义因素；另一类则强调未确定的或可变因素之间的关系，这些关系可称为类型的基本句法。不难看出，语义方式强调类型的建构材料，而句法方式则关注这些材料安排在一起的结构。”① 类型既包括内部的材料，也包括对这些材料的组织方法，也就是说，类型是结合内容与形式的。

故事类型与类型故事

根据上述类型概念的启发，参照“内容和形式相结合的原则”“可变性和稳定性相结合的原则”“规律性和相对性相结合的原则”“分类标准的统一性和唯一性相结合的原则”“逻辑性与自然性相结合的原则”②，并借鉴“小说类型”概念思路，我们倾向于这样认为：所谓“故事类型”，是指具有一定历史，形成一定规模，通常呈现出较为独特的审美风貌并能够产生某种相对稳定的阅读期待和审美反应的故事集合体。所谓“一定历史”，是指这个故事类型的存在有一定的时间长度，足够从容地发展、成熟，并形成自己的个性。昙花一现的故事群要么很快被历史化，不再被人记起；要么其材料与形式被其他故事类型所汲取、消化，进而以新的面目出现。所谓“一定规模”，是指故事类型是一个族群、集合体，一个故事成为不了一个类型；在典型作品的感召下，涌现出一大批相仿、追随的作品。所谓“独特的审美风貌”，是指类型有区别于其他故事的题材、主题、情节模式、

① 科恩．类型理论、文学史与历史变化．天津社会科学，1996（5）.

② 葛红兵．小说类型学基本理论问题．上海：上海大学出版社，2012.

价值取向等，它可以集中体现在某一个代表性故事（这个代表性故事就是类型的“型”）上，也可以分散在许多同类故事之中，不约而同地呈现出集体相似性。而“某种相对稳定的阅读期待和审美反应”则指类型与某种价值和审美趣味相关，承担着某种社会或群体的集体愿望实现的使命，即“一是存在一部代表作，足以造成广泛而持久的影响；二是同一或相似题材的作品呈现一定的数量，具有相当的规模”①。

故事是关于生活世界的模拟与想象。生活世界大致可分为历史世界、现实世界和幻想世界。根据对幻想世界的想象与模拟，发展出“幻想故事”类型。幻想故事虚拟人类面向未知事物、异己力量和可能世界，探讨人类如何发掘自己的潜能，利用自己的智慧，凭借自己的人性去揭开谜团、克服困难、战胜恐怖，开始可能的、新的生活。这样的故事无论是在过去，还是在今天，只要存在未知事物、异己力量和生活的可能性，人类对它们的探讨就不会结束，这样的故事也将继续讲下去。但是，“未知”“异己”和“可能”的因素总是在变化，过去的“未知”现在“已知”了，过去的“异己”要么被消灭、要么已经与人类和谐共处，过去的“不可能”在今天是“可能”了，但新的“未知”“异己”和“可能”仍在涌现，于是新的幻想故事出现了。过去只有“神怪故事”，现在则有了“科幻故事”。随着网络的普及，“网游故事”“奇幻故事”“玄幻故事”“穿越故事”“修真故事”又成为表现幻想故事的生力军。② 它们都具有幻想故事的类型特征，但是又以时代的新形式出现。

我们把某个故事类型中那些具备相当的历史时段、具有稳定的形

① 叶天山．明代英雄传奇小说类型的文化成因．文教资料，2007（7），下旬刊．

② 在 2005、2006 年中国图书市场上，奇幻小说的影响力和销售量仅次于“青春文学”。奇幻世界、幻剑书盟、龙的天空、爬爬 E 站等是奇幻小说创作的主要阵地，起点中文网有“奇幻小说”专门板块，专门杂志有《科幻世界奇幻版》《魔幻》《魔界》《奇幻》等。2009 年公布的网络文学十年评点最后入围作品中，奇幻小说也占有相当比重。

式或者内涵样貌、带有一系列典范性，同时又能在读者心目中引发比较固定的阅读期待的故事样式，称为“类型故事”。上述幻想故事中的时代新形式就是幻想故事中的类型幻想故事，它们是幻想故事的子类型，或者说类似于艾布拉姆斯所说的“亚类型”①。从纵向上看，一个有生命力的故事类型在发展过程中，总是在不断成长，并滋生出更多的“亚类型”或子类型（也就是类型故事）。从横向上看，故事类型更具抽象性，类型故事则更具象，故事类型总是以类型故事的形式存在。比如西方“言情故事”类型，它在发展过程中先后滋生“引诱言情”“蜜糖言情”“肉欲言情”“哥特言情”“色情暴露”“医生护士言情”“历史言情”“家世言情”等类型言情故事。我们说“言情故事”，可能在不同的时代指称不同的具体形式。其中某些言情类型故事已经历史化了，比如“哥特言情”，但是许多依旧呈现出强大的生命力。

故事成规

类型能够成为自己，保持稳定性与独立性，在于它们具有属于自己的类型成规。故事类型同样具有专属自己的故事类型成规，或者说故事成规。所谓“故事成规”，指的是故事类型在具体的创作中历史地形成的人物、事件、世界观、主题、表现方法、创作原则等方面的一致性。它超越了形式、内容的二分，又充分体现在结合形式和内容的叙事模式上，并表现在同一类型内部的一致性和与其他类型的相异性上。它既是引入的外部标准，又从故事内部材料和材料的组织方法中得出。它不仅仅体现在文本或文体的表面，还隐藏在千变万化的形式之下，以“母题”“原型”“模式”等方式存在，潜在而深刻地对叙事语法、故事结构、人物设置、价值取向、意义生成等形成影响。

① 艾布拉姆斯．文学术语词典（中英对照）．吴松江，等译．北京：北京大学出版社，2009：217.

"历史小说故事"是一个非常古老，也是非常庞大（也许可以说是最为庞大）的故事类型，它在题材上的共性是过去的事情，不仅"叙述多有来历"[①]，而且都是"大人物""大事件"："要么不写历史小说，要写，不可避免地会写帝王将相"[②]。在情节模式上，它们都在讲述"人物/事件如何成为他/她自己"；在价值取向上，借古讽今，以史为鉴，放眼过去，立足当下，却指向未来。"大人物""大事件""真实性""思考中国向何处去"及解释"历史人物/事件何以成为他/她自己"是历史故事的成规。[③] 作为成规，它保证了历史故事成为历史故事的可能性。但成规是生成而非僵化的，它只是一套法则而不是具体的规定，是指向而不是结果，它没有也不会扼杀历史故事创作的生产力。就上述"历史故事"而言，"真实性""大人物""大事件"等是不变的，但什么是"真实"，怎样的历史才是"真实"，什么样的人物、什么样的事件才是"大人物""大事件"，却在不同的历史时期有不同的理解，因此历史故事在不同的时代可以不同地讲下去，常讲常新。

类型与价值

类型表面是形式，但深层却是特定时代、文化与社会等的审美趣味、价值取向的反应。人物选定、配置，冲突类型、内容，情节发展，事件结局，人物命运等等，在特定类型中的相似性或一致性，反映了故事创作者与接受者一致的要求。"就审美上来讲，它们有着自己的艺术规范和魅力；就认识论上讲，它们有认识世界的特定视角和模式；就价值论而言，它们有着相应的精神诉求，审美地承当了人类

---

① 鲁迅．中国小说史略．上海：上海古籍出版社，2006：84.

② 金东方．历史小说创作诸问题//吴秀明．中国历史文学的世纪之旅——中国现当代历史题材创作国际研讨会论文集．沈阳：春风文艺出版社，2004：46.

③ 许道军．千秋家国梦：中国现代历史小说类型研究．上海：上海大学出版社，2012：39.

价值域的某一隅”[①]。比如武侠小说故事，“根本观念在于‘拯救’。‘写梦’与‘圆梦’只是武侠小说的表面形式，内在精神是祈求他人拯救以获得新生和在拯救他人中超越生命的有限性”[②]。在职场故事中，纵有反面角色想不付出艰辛努力轻松成功，如靠出卖色相（黛西、琳达等）风光一时，但作为主人公的，往往是那些自尊的菜鸟（杜拉拉、乔莉、杨小杨、丁约翰等），他们依靠自己的勤奋、苦练，最终获得现代职场的能力要素和心智，以喜获大订单、升职加薪等形式实现目标，体现“天道酬勤”的文化智慧。[③]

同样的故事类型，中西方也表现出文化差异，我们以“才子佳人故事”和“言情小说故事”为例。“才子佳人故事”，即中国古代言情，其模式“私订终身后花园，落难公子中状元，奉旨成婚大团圆”，尽管在“五四”时期遭到严厉批评，但在相当长时期内，蕴含和代表了中国古代国民尤其是知识分子（士人）的爱情、婚姻、家庭、政治理想观念，因而广受欢迎，并以各种变体形式出现。而西方“言情故事”，则主要探讨男女之间的浪漫关系，“以恋爱开始，以婚姻结束”，它们主要点在“性”“道德”和“宗教理想”，在价值上与中国古代言情有重大区别，而这个价值上的区别也最终落实在故事情节上。不管其情节多么曲折变化，其核心点是强调恋爱和婚姻的结果，并且总是以女性价值为观察点和评判标准，具有强烈的女性意识。有的学者干脆把言情小说称为“女性的幻想读物”[④]。

类型与创新

某个或某些故事发展成为一个类型，甚至导致类型化潮流，这不

---

① 张永禄．现代小说类型批评实践检视与类型学建构．上海：上海大学，2009.

② 陈平原．千古文人侠客梦：武侠小说类型研究．北京：新世界出版社，2002：207.

③ 张永禄、许道军．职场小说：新的文学崛起．当代文坛，2011（6）.

④ 王晶．西方通俗小说：类型与价值．昆明：云南出版社，2002：46.

是故事的堕落，而是故事发展成熟的表现。但凡事都有两面性，具有正面和负面效应。

其正面效应主要是：（1）满足阅读期待，缓解社会情绪；（2）便于模仿，新手上路避免盲目写作；（3）为创新提供路标。

其负面效应主要是：（1）故事类型一旦形成类型化潮流，极容易导致故事的模式化，而模式化是创新的大忌；（2）满足而不是引导价值趣味，容易出现庸俗化、媚俗化现象；（3）集中讲述某个故事，过度消耗同一题材，会导致该故事类型的可能性迅速“消费殆尽”。

第二节　类型化写作

对故事类型进行细致的划分，目的是为了更加准确地描述和认识它："分类本身并不重要，重要的是你将某部作品置于某一类型背景而进行的解读。"① 相反，没有切合实际地分类，或者弄错一个故事在该类型中的层次，也会带来比较与解读的困难："尽管每一部小说都具有独特之处，反映着作者个人的思想、观点与创作手法，然而，如果我们搞错了一部小说的类别，那么也许在阅读和评价过程中就会导致某种误解。"② 如罗伯特·休斯所言，"在文学阅读和文学批评方面，大多数严重的误读和大多数错位的评价都与读者或批评家对样式的错误理解有关"③。然而，对故事进行准确类型定位以及细致研究，受益的并非只有阅读和批评。从故事研究到故事写作，类型是重要的环节，也是最重要的切入口。但我们特别要强调的是，类型化写作不是对某个类型的典范作品中的人物、事件、情节、主题等的简单仿写，而是在类型成规的基础上结合个人经历及时代、文化、地方性等要素，进行个性化的变量创新。类型化写作不等于模式化写作，更不是抄袭、剽窃。

从成规上路——类型化写作

许多年轻作家想以自己或类似自己的人物为主人公，写他们在人

---

① 陈平原．小说史：理论与实践．北京：北京大学出版社，2005：135－136.

② 霍索恩．小说研究．文艺理论研究，1990（6）.

③ 休斯．文学结构主义．刘豫，译．北京：生活·读书·新知三联书店，1988：205.

生关节处经历的一些事情，以及他们在经过这些事情之后体验深刻，获取了经验教训，人生也相应发生了重大变化，心生感慨。这样的题材该如何把握，最容易、最适合写成什么样的故事呢？其实，这既是一个普遍性的写作问题，也是一个普遍性的人生情境。有些作家不假思索地回答了它；有些作家却苦恼很久，尤其是新手。若从类型角度去考量，它们就是成长故事的题材，最适合写出成长故事。

抽取要素，总结成规

成长故事是世界性的故事类型。从中世纪时期的德国骑士史诗《帕尔齐伐尔》到维兰德《阿迦通的故事》再到《少年维特之烦恼》，成长故事开始成熟成型，影响深远，代表作有《威廉·迈斯特的学习时代》、《鲁滨逊漂流记》、“狄更斯成长三部曲”（《雾都孤儿》《大卫·科波菲尔》《远大前程》）、《傲慢与偏见》、《爱玛》、《简·爱》、《弗洛斯河上的磨坊》、《天路历程》、《儿子与情人》、《人生的枷锁》、《一个青年艺术家的肖像》、《蝇王》、《约翰·克利斯朵夫》、《年轻的古德曼·布朗》、《红字》、《汤姆·索亚历险记》、《哈克贝利·芬历险记》、《野性的呼唤》、《海狼》、《麦田守望者》、《嘉莉妹妹》、《珍妮姑娘》、《美国悲剧》等。近年来，韩国成长小说“十七岁的天空成长季”（包括《我是谁的阿凡达》《十七岁的头发》《如此灼热的蓝》《小子万得》《我心中的台风》《口袋里的鲸鱼》《小雀斑和豆饼脸》《十九岁》《獴哥组》《十七岁的人生论》等）引发新的“韩流”。这些故事有男性的成长，有女性的成长，有教徒的成长；有的成长成功，有的却是“逆成长”，走向虚无甚至毁灭。

这些故事有什么共同的要素？我们借用“成长小说”概念来说明。美国学者莫迪凯·马科斯在《什么是成长小说》中将“成长小说”界定为：“成长小说展示的是年轻主人公经历了某种切肤之痛的事件之后，或改变了原有的世界观，或改变了自己的性格，或两者兼有；这种改变使他摆脱了童年的天真，并最终把他引向一个真实而复杂的成人世界。”这个定义是成长故事的主导品格，概述了故事的主人公、行动模式、事件过程和结局以及主题模式。对于成长故事写作而言，它既是规范，也是引导。成长故事源远流长，在全世界范围内佳作频出，影响深远。它们并不因为是同一个类型而“公式化”“模式化”，也不存在因担心相互抄袭、剽窃而不敢下笔；相反，它们因自觉或不自觉地遵循了成长故事的成规，从而获得了特定的审美效果和感染力。

人物“经历事件”后，价值观、性格等发生“改变”——这是一般故事的成规，也是成长故事的组成要素。但“成长故事”之所以能确立自己的类型性，在于它对此基础性的要素有自己的特别强调、类型规定，与其他类型故事区别开来。首先，这里的“人物”指“年轻主人公”，在生理与心理上处于不成熟、待成长状态；其次，所经历的事件对于年轻主人公来说一定非常重要，往往有“切肤之痛”，但这些事件从功能上说，不是引发另一些事件的原因或是另一些事件的结果，而是作为对年轻主人公成长的考验，若顺利、妥当渡过，就标志着他们在人生观、价值观或性格等方面有了真正的改变；最后，年轻主人公的成长需要有人指导或陪伴，无论后者在场不在场，后者对主人公的成长作用都要超过一般性故事中的“助手”“帮手”。

变量创新

总结与归纳出故事类型的成规，目的在于根据成规要素进行变量创新。年轻主人公经历切肤之痛事件获得成长，这是不变的要素。但“年轻主人公”“考验事件”“领路人”以及更为普遍的故事元素的具体内容是变量，即：“谁在成长?”“考验事件是什么?”“谁引导他们成长?”我们继续以“成长故事”的“中国化”和“当代化”为例。

“新人”的成长

主人公在革命的大熔炉里，在革命领路人的引导下，克服种种困难，完成艰巨任务，最终实现思想和价值观的全面超越，成为社会主义新人。这类情节的代表作有《红旗谱》《青春之歌》《创业史》《欧阳海之歌》《闪闪的红星》《战斗里成长》等，其中《红旗谱》和《青春之歌》被称为“中国农民的成长史和中国知识分子的成长史”典型。[①] 在这些小说故事中，待成长的人物具备这样的要素：“出生于底层贫苦家庭、单一而明晰的信仰、高位格的道德境界和由‘被范导者’成为‘范导者’”[②]，而“领路人”均是“党”，考验事件是“党和人民交给的艰巨任务”，通过考验成长为革命战士，“这个仪式一般都是入党”[③]，最终表达无论是农民还是小资产阶级知识分子，都只有在共产党的领导下，才能更好地团结起来，战胜阶级敌人、解放自己这一主题。

“新生代”的成长

主人公多为1960年代出生的大学生，他们自觉以现代西方思想为内心准则，抗拒传统教育和世俗社会，立志成为新的市场环境下的独立个人。这类情节的代表作有《在细雨中呼喊》《英格力士》《成长如蜕》《私人生活》等。与“新人”成长故事中的主人公相比，引导他们成长的要么是尼采、萨特、弗洛伊德等现代生存哲学家，要么是个人的身体，他们除了自己和自己的身体，谁也不相信（当然，身体之所以值得信赖，背后仍旧有关于身体理论的支持，比如“女权主义”等）。最后成长的标志不是成为别人，像“新人”最终“被范导”成为新的“范导者”那样，而是成长为自己想要成为的那个“个人”。

“独一代”的成长，也就是80后、90后的成长故事

这些主人公主要的生活空间是校园，因此他们的成长跟校园、同

---

① 苏小星．论“十七年”革命历史小说的叙事模式．重庆：西南大学，2008.

② 樊国宾．主体的生成．北京：戏剧出版社，2003：7－24.

③ 张永禄．当代成长小说三种叙事模式．小说评论，2013（2）.

伴（同学）有着密切的关系。他们的成长没有新人成长小说浓重的历史感和方向感，也没有新生代成长小说浓厚的幻灭感和孤独感。他们既不可能按照传统的方式被引导成长（像“十七年”小说中找到精神父亲），又不能获得足够的力量自我引导（像“新生代”们从西方的现代物质和思想中获得力量自我引导）。他们只能凭依同龄人的伙伴情意在彼此安慰、彼此同情中摸索，因为他们的同伴跟他们自己一样，也是不成熟、未成长的。因此，这类小说主人公的成长是未完成和不可能完成的，这类故事属于未完成型的成长故事，代表作有《三重门》《梦里花落知多少》《逃之夭夭》《这些，那些》，等等。

置换变形

盛行于明清时期的“才子佳人”故事因其创作的模式化和主题思想的封建，在五四时期遭到了新文学阵营的严厉打击，一时烟消云散。鲁迅先生对它做了如此评价：“‘才子佳人’之遇合，就每以题诗为媒介。这似乎是很有悖于父母之命、媒妁之言的婚姻，对于旧习惯是有些反对的意思的，但到团圆的时节，又常是奉旨成婚，我们就知作者是寻到更大的帽子了。那些书也没有一部好……”①

然而，作为一种关乎理想“爱情”“婚姻”与“事业”的故事类型，怎么能轻易退出知识分子和普通民众的精神生活呢？实际上，它一刻也没有离开我们的文学作品，甚至在某些时候成为潮流，雅俗共赏，老少咸宜，成为“中国作风”“中国气派”的代表。这是如何做到的？其实，它只是使用了一个障眼法——置换变形，就达到了浴火重生的目的。

学者苏兴是这样描述“才子佳人”的模式的：“纵观才子佳人小说，必须具备下述几个条件的强半：一是男女双方家庭都是官僚或富家（包括上二者的没落阶段）；二是男女双方都是年轻美貌且有才

① 鲁迅．中国小说的历史的变迁．北京：人民文学出版社，1982：32.

（才的强半是诗作得敏捷而漂亮）；三是男女个人以某种机缘接触（不一定见到面），这接触往往与诗有关（题壁或考试）；四是小人拨乱其间（是小人，不是大恶之人），中间发生许多误会与意想不到的波折（偶然性起主导）；最后是男方及第，圆满成婚（多半是天子赐婚），富贵寿考。”① 从主体、人物设置及情节发展来看，才子佳人故事类型的确与现代生活、现代思想相去甚远，受到批判不足为奇，甚至也很有必要；但作为一种与价值相关的类型，只要类似的生活情境、价值需求、心理需求存在，它一定会“卷土重来”。实际上，它在“革命文学”和中华人民共和国成立前的文学中曾两次大行其道，而在随后的文学中仍旧进一步置换变形，广泛存在。

怀有对政治与性爱浪漫理解的左翼作家，普遍采用“革命加恋爱”模式，这种模式是“才子佳人”的变异。“才子”转换为“革命知识分子”，“佳人”是进步女性，政治行为是“革命”，爱情方式是“恋爱”。因为现实中的革命成功遥遥无期，使“才子”不可能在胜利的礼炮声中迎娶“佳人”，注定“才子”与“佳人”的恋爱与革命成为一种冲突，不能两全。可以这么说，“革命加恋爱”模式是“才子佳人”与“忠孝不能两全”二模式复合后的置换变形。这种改头换面、卷土重来的现象，是五四新文学始料未及的吧？但是，存在的一定有道理。在解放区“才子佳人”文艺里，“才子佳人”被置换成了“战斗英雄”“劳动模范”和“觉醒女性”，冲突变成了面对面的阶级搏杀。冲突的解决是革命成功了，爱情成熟了，革命和恋爱之间不再冲突，相反紧密联系在一起，“革命”“翻身”“恋爱”三位一体。没有“革命”，就没有“翻身”，不“翻身”就谈不上“恋爱”成功，“革命”是最关键的一环，如王贵与李香香、大春与喜儿、小二黑与小芹等。它巧妙地把解放区人民政治、经济上初步“翻身”的喜悦与

---

① 苏兴．天花藏主人及其才子佳人小说（二）//苏兴，等．才子佳人小说述林．沈阳：春风文艺出版社，1985：22.

报应观念、大团圆观念等传统审美心理、审美观念接轨，真正具有“中国作风”，读者“喜闻乐见”。

按照弗兰克·莫特对“畅销书”定下的标准：“一本书出版10年期间，其销量达到该国人口的1%。”[①]《小二黑结婚》在太行山解放前后销售近4万册，考虑到当时的识字人口，这个数量已经是天量了，称其为“超级畅销书”一点都不为过，其中的原因很大程度上在于对“才子佳人”故事成规的利用和置换变形。[②] 这里的“才子”是小二黑，他的才不是吟诗作赋，而是“特等射手”——打死两个敌人，“黑”是健康的标志（非白面书生），这就符合特定时代的审美与实用标准；“佳人”小芹是进步开放女性，漂亮专一。他们的相识不是在后花园，而是在自然而然的生活与工作中。他们的家庭在都市看来，无疑是装神弄鬼，然而在农村却是权威的象征。阻力来自小人，小人就是金旺与兴旺兄弟，阻止他们结婚。危急关头，是共产党领导的区政府——以区长为代表——认可了他们的恋爱合法性，给予结婚证，这下就踏实了，凡事还是需要权威的认可。金旺、兴旺被打倒后，小二黑的“青抗队长”实至名归，也算“中状元”了，只不过是“武状元”。

在上述所举的作品例子中，其中不乏“先锋”“探索”作品，说明类型写作与作品的雅俗、等级无关，它只是解读作品的一个角度、创作的一个通道。

类型的自我更新——反类型写作

当一种故事类型大行其道、形成压倒性潮流的时候，定会有作品以“叛逆者”“先锋”“探索者”的身份，对所谓的“类型化”现象给

---

① 蔡骐，孙有中．现代美国大众文化．北京：中国经济出版社，2000：112.

② 许道军．“文本的快乐”——谈《小二黑结婚》中的模式功能．克山师专学报，2002（2）.

予迎头痛击。我们总是不仅高估了后者的艺术价值，而且经常不恰当地赋予它道德意义，以为前者是陈词滥调、后者是全面创新。但实际上，这其实是故事类型在发展演变过程中的正常自我更新，仍旧是属于“类型化创作”的一种，完全不具备伦理上的意义。从技巧上讲，相对于长久形成的类型成规，它只是简单、讨巧的一种创新。我们把这种现象叫作“反类型创作”，它是在坚持该类型主导品格的基础上，根据时代主题、文化语境、审美趣味等变化，反向构造故事而已。

新历史小说兴起于“革命历史小说”方兴未艾之时，以“叛逆”“先锋”“探索”的姿态直接站到革命历史故事的对立面，但是其“叛逆”“先锋”“探索”却完全建立在革命历史小说类型以及传统历史故事类型的成规基础之上。我们将二者的要素做个比较。

传统历史小说故事

（1）主题模式：“家国指向”（王朝/新中国）；（2）人物模式：“大人物”（帝王将相/战斗英雄）；（3）事件模式：“大事件”（杀伐征战/官场战场）；（4）问题模式：“历史是怎样的?”/“中国向何处去?”（江山气数/新中国是怎样建立起来的）；（5）证据模式：“叙事有来历”（正史/党史）；（6）结论（历史规律）：“必然性/已然性”（历史有规律）。

代表作：《保卫延安》《红日》《红旗谱》《苦菜花》《创业史》《三家巷》《三国演义》《说岳全传》等。

新历史小说故事

（1）主题模式：“家族/个人指向”；（2）人物模式：“小人物”（草莽英雄/流氓地痞）；（3）事件模式：“小事件”（五行八作、三教九流/田间地头、乡镇市井）；（4）问题模式：“历史/中国就是这么（奇怪）来的”；（5）证据模式：“野史/地方志/家族回忆/传说/个人经历”；（6）结论：“偶然性”（历史无规律）。

代表作：《灵旗》《青黄》《花腔》《一九四二》《夜色狰狞》等。

自觉的革命历史小说故事总是试图以客观、拟史的形式，建构起革命历史的起源、过程及未来方向。在叙事方式上，作者总是要跳出个人的视野局限，以第三人称的全知全能来组织历史事件，给人一种事件自己发生发展的客观再现图景，试图达到一种“拟科学”和“拟史”的文本效果。[①] 而新历史小说故事却反其道而行之，在叙述过程中，作者与叙事者分离，不再充当历史或“我们”的代言人：他只知道自己知道的那部分，讲述“我”的或“我”所知道的历史，第一人称或第三人称限制视角取代全知视角，从而使被叙事的“事件”带有强烈的主观性与私人性。如乔良的《灵旗》同样以湘江之战为书写对象，却通过事件的亲历者青果老爹个人的晚年回忆来主观呈现，使这段“既定”的历史呈现出“非既定”的面貌；莫言的《红高粱》通过“我父亲”的视角来讲述“我爷爷”“我奶奶”的故事（历史），历史变得具体，却不再庄严。这些小说的“真实性”以自身（“我”）的亲历性和体验性为保证，但是主观的“历史”却在文体上失去了叙事的权威。

但是，“新”历史小说故事毕竟不是“反”历史小说故事，它只是“反类型”创作。“很大程度上，‘新历史小说’的‘再叙事’正是针对‘革命历史题材小说’这一‘前叙事’而展开的。”[②] 正是自觉作为“革命历史题材”小说的对立物，作为一种互文式写作，“新历史小说”才具有“新”的资格。“新历史小说”故事提供了一些新的材料、见解与认识，但仍旧坚持了历史小说故事的主导品格，没有改变这个故事类型的成规，比如：“小人物”撬动了历史，承担了“大人物”的功能，依旧是“小人物”；“小事件”引发历史转折，是历史的

① 孙先科．当代文学历史话语的意识形态特征．文艺理论研究，1995（5）．

② 孙先科．“新历史小说”的叙事特征及意识倾向．文艺争鸣，1999（1）．

导火索，成为“大事件”的前身；虽然是“野史”“地方志”，但人们相信，这更接近真实，“是‘红色经典’符合历史的真相呢，还是我们这批作家的作品更符合历史真相？我觉得是我们的作品更符合历史的真相”[①]。在他们看来，历史没有规律，充满偶然性，然而，历史无规律也是对历史规律认识与探究的结论的一种。

类型的综合——兼类型写作

单一故事类型大致沿着“类型倾向”——“初具模型”——“模型成熟”——“类型变体”（变量创新）——“反类型”的方向演进，自我更新。但不同类型之间也并非老死不相往来，相反，它们时时处于碰撞、学习与借鉴之中：“原有的主题和模式已经丧失再生能力，需要再一次深化和综合使它完成跨时代的转折”[②]，于是出现兼类型现象。所谓“兼类型”，是指一种类型在发展过程中主动汲取其他类型的故事材质、表现技巧后所形成的一种类型同时兼具几种类型审美内涵的类型。所谓“兼类型写作”，是指以一种类型品格为基础，兼收两种或几种类型材质，加强故事的表现力与综合审美效果。类型“兼并”之后，属于原类型，还是“变异”为新类型？有以下三种情况：

坚守原类型成规，汲取其他类型元素为自己服务

类型的个性要求它保持某种程度的“纯洁性”，在强化优势领域时自觉规避另外的生活内容。比如，“官场”和“战场”是历史故事类型的强势领域，以至于在一些学者眼里，许多历史小说就是军事小说[③]，而“让女人走开”则是它的潜规则。因此，“爱情”一旦进入历

① 莫言，王尧．从《红高粱》到《檀香刑》．当代作家评论，2002（1）.
② 孔庆东．超越雅俗——抗战时期的小说论．北京：北京大学出版社，1998：190.
③ 林凌．论20世纪中国军事文学的美学特征．南京政治学院学报，2005（4）.

史故事，会引起“类型纯洁者”的某种不适应：“这正如同在一曲雄浑动听的交响乐之中，突然杂入了几个刺耳的不和谐音，使人不禁感到一丝不快和遗憾。”[①] 但很快，“言情”甚至“情色”因素纳入进来，不仅仅是作为点缀，甚至上升到故事情节的行动元层面，让古老的类型焕发出新的光彩，如：《历史的天空》中的梁大牙参加革命阵营，就是因为东方闻音的承诺；《亮剑》中的李云龙攻打平安县城，有点“冲冠一怒为红颜”的意味；《父亲进城》中，石光荣的婚姻完全是因为褚琴的美貌，而他“进城”后的主要日常生活就是与褚琴的相处。但在这些故事中，虽然“言情”占据着越来越重要的地位，但是它们依旧为革命历史叙事服务，所以这样的兼类型依旧是革命历史故事。正如金庸的《鹿鼎记》《碧血剑》《书剑恩仇录》等和梁羽生的《萍踪侠影》等尽管如此“忠于历史”，以至于“不太像武侠小说，毋宁说是历史小说”“最多只能说是‘反历史’的‘历史小说’”[②]，但我们说，“历史”只是“仗剑行侠”的指定时间、“浪迹天涯”的指定空间，并没有改变“行侠仗义”“快意恩仇”“笑傲江湖”的主题取向和审美趣味，也就是说，“兼并”后的两个类型依旧指向“武侠”而不是“历史”，所以我们说它们依旧是武侠故事。但像诸如何大草的《衣冠似雪》、高阳的《荆轲》这样的故事，是用武侠的叙事模式讲述历史故事并指向家国梦想，呈现历史故事的武侠化色彩，我们说这样的故事则属于历史故事类型。凌力的《少年天子》、二月河的《康熙大帝》等故事在铺叙主人公一生的行状时，引入“成长小说”模式以表现他们的精神生活，将“历史事件”和“历史人物的成长”结合起来。

---

① 因为《红日》插入了沈振新与黎青、梁波与华静、杨军与阿菊、石东根与红姑等几条爱情线索，描写了日常生活，引起评论者的不快。冯牧．革命的战歌，英雄的颂歌．文艺报，1958-07-21.

② 陈平原．千古文人侠客梦：武侠小说类型研究．北京：新世界出版社，2002：75.

两种类型成规并存并相得益彰，呈现真正的兼类

凭借个人智慧和推理，依据法律法规，侦破疑难案件，揭开悬念谜底的故事，我们称之为“侦探故事”。它的基本要素是：（1）叙述犯罪情况；（2）调查；（3）破案；（4）解释案情；（5）结局（顺序可以变化但不可缺一）。基本行动格式是：（1）寻找证据；（2）独立观察；（3）运用推理（寻找凶手，破解谜案）。而人物组合一般是侦探与助手，二者往往呈现互补：聪明/愚蠢；不近人情/喜感；手无缚鸡之力/高手等。历史故事则是讲述“历史人物如何成为/不能成为他自己”的经历，“大人物”“大事件”“指向家国”等是其基本要素。两个故事成规的结合、兼类，就是《神探狄仁杰》这样的故事。

《神探狄仁杰》将历史故事与侦探故事元素完美结合，当然其吸引人之处还在于引入武侠、言情叙事语法。一般来说，侦探小说的叙事语法在于悬疑和推理，并不一定需要大事件、大人物做额外保证，比如福尔摩斯系列小说中，主人公其实就是个民间侦探，其貌不扬，“鬼鬼祟祟”，所接手的案件也多是民事小案件。但是，《神探狄仁杰》却将这些一般侦探小说的普通案件置换为事关朝廷、民族、历史的大事件，每一个看似很小的案件背后却隐藏着惊天的阴谋、无比的凶险，小说人物既是在执行一般的案件侦探，也是在暗中执行历史使命，换句话说，小说《神探狄仁杰》的语义要素是历史的人物、事件，而其句法要素是指向家国梦想的。“‘蛇灵’组织的这些妖人阴险毒辣，为达目的无所不用其极。数年前的幽州，他们联络突厥叛臣莫度，险些将吉利可汗置于死地，如不是我们及时勘破阴谋，两国战火已起，生灵必遭涂炭。而几年后在崇州，他们竟然又故技重演，险些引发北地的全面战争。如燕，‘蛇灵’一日不破，国家便无宁日啊！”①从侦探故事类型角度来看，《神探狄仁杰》是侦探故事，只不过发生

① 钱雁秋．神探狄仁杰Ⅱ．北京：中国社会科学版社，2009：15.

在真实历史上的著名政治人物身上。从历史故事角度来看，它又是历史故事，因为这类故事指向家国。与此同时，主人公在历史上并不以战场运筹帷幄、官场起落沉浮显名；相反，他以“神探”的面貌被记忆，其侦探故事至今流传。因此，“侦探”就成为“历史人物成为他自己”的手段，这类故事也成为历史故事。

几种类型兼并后，由于着力不同，则分属不同类型

作为一种想象动作，“穿越”可以穿越到过去、未来以及异度空间。“穿越”到未来，或者从未来“穿越”到现在，往往发展成科幻故事，比如《终结者》；“穿越”到（或者本身就在）异度空间，往往成为架空故事；而“穿越”到过去，也就是有明确记载的历史空间，则呈现出两种面貌，出现两种故事类型。具有一定现代知识、观念和抱负的年轻男性“穿越”到历史空间，由于他的巨大优势（科技、专业知识、大学培训、知晓历史大事和细节、现代生活经验等）和对历史发展、国家命运的忧思，促使他萌生“改变历史走向”的念头并付诸行动，终于在想象中“改变”了中国历史的走向、国运，实现了个人政治抱负，这样的故事发展成为“架空历史故事”，它属于历史故事的一种亚类型，代表作品有《新宋》《隋乱》《明》等。而具有现代知识的女性（女孩）穿越到历史现场后，普遍没有表现出类似男性那样的政治抱负，反而热衷于和历史大人物谈一场轰轰烈烈的恋爱，其全部行动指向情感。男人和女人之间呈现的是男女关系（而非政治关系），行动指向“爱情”和“婚姻”，相信“女人一定要有真爱”（未必要结婚），坚守女性主义的立场，交织“性”（爱与欲）、“感伤”及“道德”综合元素，这些都指向“言情故事”。我们与其说这类故事是“虚假的历史故事”（历史穿越），不如说它们是发生在虚拟历史中的言情故事。这类故事有《交错时光的爱恋》《梦回大清》《木槿花西月锦绣》《鸾》《迷途》《末世朱颜》等。

超类型写作

有人认为，超类型即是在某种既有的类型中，杂糅进其他类型元素，使其呈现出综合、复杂的审美面貌，因其陌生化效果导致一时难以归类的类型，如“影片采用了美式公路片的叙事范式，融合了爱情片、青春片等类型片元素和纪录片风格，坚持底层关注和女性关怀，对女性青春进行了一次超越类型的作者化书写”[①]。好莱坞的“大片”（blockbuster）就是超类型写作在电影里的运用，“其实就是将多种类型片种完美杂糅在一起产生新的混合娱乐片种”[②]。但上述实际上是兼类型的复杂现象，而一种成熟的类型本身就包括兼类型的复杂现象。与新技术以及其他类型元素结合，也是类型演进的总体趋势。一旦这种尝试获得成功，往往会引发后续作品的跟进、模仿，待其内部要素及机制稳定下来后，原有类型有可能嬗变为新的类型，或者衍生出亚类型，重新回到单一类型或兼类型状态。我们这里所说的超类型是指超越单一类型、普遍存在于所有类型中的要素及其稳定的机制，它主要以某种结构或模式的形式存在，类似于罗伯特·麦基所说的“情节”，而其写作方式，主要以“构思”“设计”的形式存在于写作活动的上游环节。

麦基将“情节”定义为“用以构建和设计故事的具有内在的连贯一致而且相互关联的、在时间中运行的事件模式”，“是作者对事件的选择以及事件在时间中的设计”[③]。根据情节特征，他将银幕剧故事分为“大情节”“小情节”和“反情节”三种。所谓“大情节”指“经

① 丁宁．《美国甜心》：女性青春的超类型、作者化书写．当代电影，2018（10）.

② 金聪．从反类型的“邪典”到超类型的“魔幻”——彼得·杰克逊的电影世界．保定：河北大学，2015.

③ 麦基．故事——材质、结构、风格和银幕剧作的原理．周铁东，译．北京：中国电影出版社，2001：51.

典设计”情节，即“围绕一个主动主人公而构建的故事。这个主人公为了追求自己的欲望，经过一段连续的时间，在一个连贯而具有因果关系的虚构现实中，与主要来自外界的对抗力量进行抗争，直到以一个绝对而不可逆转的变化而结束的闭合式结局”。“小情节”则是“最小主义”的变更，指“作者从经典设计的成分起步，然后对它们逐渐进行削减——对大情节的突出特性进行提炼、浓缩、削减或删减”。“小情节”并不意味着无情节，其故事也必须像“大情节”一样给予精美的处理。所谓“反情节”，指多个故事并置、无中心、依靠主题或其他方式链接的情节模式，往往以“文艺片”的外在方式呈现。这一套反结构变体并没有削减经典设计，而是反其道而行之，灵活运用。① 从“大情节”到“小情节”再到“反情节”的情节渐变，启发了大量对应作品产生，这些作品呈现出三角关系，麦基称之为“故事三角”。但这三种情节模式不仅存在于银幕故事中，也普遍存在于其他叙事文体之中。

超类型写作的实质是某种文体或类型的基础性设计。正因为它具有基础性特征，所以它的成规具有更广泛的普适性，如电影、小说、传记等叙事类写作一定要讲故事，故事必须具备时间、地点、人物/主人公、事件/行动、戏剧性、冲突/矛盾、世界观（具体故事时空和逻辑）、价值观等不可或缺的要素，而在具体的故事推进中，其行动也往往遵循“困难”——“困境”——“绝境”——“越努力越糟糕”的节奏。这些成规超越了“文艺片”“麻辣故事”“探索小说”等具体文体风格，也超越了“武侠”“侦探”“官场”“战争”“爱情”等具体故事题材类型。因此，写作应从了解相应文体的超类型成规入手，如同类型化写作应从具体类型的成规上路一样。

---

① 麦基．故事——材质、结构、风格和银幕剧作的原理．周铁东，译．北京：中国电影出版社，2001：51－54.

工坊活动

一、成规抽取训练

第一步，选出自己认为最成功、最能代表自己个性与创造性的作品，然后列出一个你认为与你的作品相似的作品清单（最低 10 部/篇）。要求：不论自己是否阅读过，也不论作品的名气大小、成功失败与否。

第二步，反复研读这些作品，将作品内容按照标题、主题、价值取向、语体语貌、人物设置、事件组合、情感态度等进行细分，逐项对照并做记录（最好做成表格）。

第三步，比较、整理记录，归纳、抽取出各项最常见、最稳定的部分，按照它们在结构中的功能组合成一种抽象作品结构。特别要注意观察哪些成分不可或缺，哪些成分改变了外在表现形式但是结构功能没有发生变化。

第四步，对照这种抽象的作品结构，逐项观察自己的作品与其相同之处和不同之处。

第五步，按照这种抽象的作品结构，改写自己的作品，尽量做到与这样的作品“相像”。

第六步，对照这种作品结构和列入清单的作品，在不改变作品类型的前提下，看看自己的作品可以在哪些地方改进或改变，做到尽可能地创新。

二、类型化、反类、兼类写作训练

1. 小组讨论发言，尽可能多地列举故事类型，或者打开小说网站界面，列一个故事类型的名单；

2. 列举这些故事类型的代表作品；

3. 就自己阅读（或网络调研）过的，描述这些故事类型的特征；

4. 尝试对这些类型进行仿造构思；

5. 尝试对这些类型进行反类型构思；

6. 对这些类型进行兼类构思，比如“都市”与“惊悚”、“盗墓”与“成长”、“架空”与“言情”等。

三、故事情节改写训练

检查自己的故事，依据罗伯特·麦基标准，判断这个故事属于“故事三角”中哪一种情节模式，然后构思将“大情节”改为“小情节”，将“小情节”改为“反情节”，将“反情节”改为“大情节”，依此循环，尝试各种可能性。

第八章

故事马甲

故事常有，讲故事的方式不常有。最初的故事，虽然我们不知道是谁先讲出、讲了什么，但我们可以肯定，它是口头创作、口耳相传的，也就是说，最初的故事是用嘴“讲”出来的，是用耳朵“听”到的——这才是我们所说“讲故事”的本义。后来我们所说的“讲故事”活动，已经偏离了这个“讲”的本义，而是“写故事”与“演故事”，与之对应的接受故事的动作是“读故事”与“看故事”（用眼睛看，而非内心语言阅读）。当然，“讲故事”“写故事”与“演故事”三种活动在今天是并存的，并没有因为“纸面文学”或“网络文学”时代的到来[①]，或者“影视是文学的未来”[②] 成真，而逐一淘汰更替；相反，相同的故事在不同的“讲故事”活动中得以传递，而不同的讲故事方式的技巧与智慧被相互学习，在彼此身上留下印迹。但是，我们也要特别指出，如果看不到“讲故事”“写故事”与“演故事”时代讲故事方式的变迁，以及各个时代故事形式的变化，我们很难理解一些现象的发生。比如，一些曾经大受欢迎，甚至得到意识形态鼓励的讲故事的方式突然消失了，虽然我们希望它们存在，如赵树理的“板话小说”，“作为一个类型，就从根本上消失了”[③]；而某些小说“晦涩而乏味”，却获得了“崇高的地位”[④]，如《尤利西斯》；某些小说，纸质出版的时候大行其道，广为流行，一旦改编为电影，故事更柔和，却遭到意识形态的抵制，比如《活着》。我们以前总是喜欢从政治、社会学等角度去解读，却忽视了另一些早已存在却被忽视的因

---

① 葛红兵．口头文学、直面文学、网络文学//葛红兵．文学概论通用教程．上海：上海大学出版社，2003：234－237.

② 赵牧．影视是文学的未来？．文汇报，2008－01－07.

③ 赵树理创作这种小说类型，当初受到解放区乃至国统区许多作家的好评，许多作家把赵树理当作模仿对象。当初，农村小说受众，甚至相当多的城市小说受众，都靠“听”来欣赏小说，但是，随着读者群体的变化，越来越多的人不是“听小说”，而是靠自己识字，从纸面上读小说，这种适合发声的“板话小说类型”就渐渐失去了读者群，这种小说也就消失了。葛红兵．小说类型学基本理论问题．上海：上海大学出版社，2012：38－39.

④ 李建军．小说修辞研究．北京：中国人民大学出版社，2003：81.

素：故事的载体与文体同样决定故事的“讲”与“听”。

从“口头文学”到“纸面文学”再到今天的“电子文学”，讲故事的方式在发生改变，故事的存在形式也在发生改变。这种改变，不仅体现在载体上、文体上，也体现在讲故事的“模式”上。作者一旦“自觉意识到小说是写给读者看的，而不是说给听众听的 …… 就因这‘一念之差’，许多过去不可想象的表现手法，一下子变得很好理解了。梁启超等人推崇的‘一起之突兀’的开局，这在说书场中无法运用的手法，印在纸上一点也不神秘”了。[①] 在今天，不仅故事存在的载体与文体多种多样，“讲故事”的经验与技巧也空前丰富。故事到底有多少种“讲”法？我们最擅长的讲故事方式是什么？我们的故事到底适合怎样讲？在经过系列工坊活动后，我们再做最后一次检查：我们的故事这样写真的好吗？我们是否还有没有发现的潜力？我们的故事是否还可以用别的文体来讲述？

---

① 陈平原．中国小说叙事模式的转变．北京：北京大学出版社，2003：281.

第一节 故事“马甲”

故事的讲述方式，从载体上看，大体经历了用口头语言讲故事、用书面语言讲故事、用形象（演员/图像）表演故事的三个阶段（当然，三个阶段也是平面化存在的，用“演员”演故事也早已存在，比如先秦时期的“尸祭”；与书面语言讲故事几乎是同时，出现了“戏剧”“戏曲”等“演故事”方式，而今天纸面故事的产量超过任何一个历史时期），三个主要阶段分别孵化出了多种讲故事文体或者与故事相关联的文体，比如话本、小说、叙事诗、记叙散文等。需要指出的是，理论上，口头故事浩如烟海，但是能够保存、流传下来的仍旧是书面形式，可作为对象考察的也是书面形式。这些形式中，着意保留口头故事内容和“模仿”讲故事形式本身、影响最大的文体，大约是“史诗”“话本”和“拟话本”。纸媒故事中，“小说”是最主要的文体，但“散文”和“诗歌”也讲述故事，三者一起构成了“写故事”的主体；“剧本”（包括戏剧剧本和影视剧本）是“演故事”的脚本，虽然也可以作为“书面故事”传播与接受，但主要不是为了阅读，而是为了通过“表演”而“观看”。

“讲”与“听”的故事

诗曰：

每说婚姻是宿缘，定经月老把绳牵。

非徒配偶难差错，时日犹然不后先。

话说婚姻事皆系前定，从来说月下老赤绳系足，虽千里之外，到底相合。若不是姻缘，眼面前也强求不得的。就是是姻缘了，时辰来到，要早一日，也不能勾。时辰已到，要迟一日，也不能勾。多是氤氲大使暗中主张，非人力可以安排也。

唐朝时有一个弘农县尹，姓李。生一女，年已及笄，许配卢生。那卢生生得伟貌长髯，风流倜傥，李氏一家尽道是个快婿。一日，选定日子，赘他入宅。当时有一个女巫，专能说未来事体，颇有应验，与他家往来得熟，其日因为他家成婚行礼，也来看看耍子。李夫人平日极是信他的，就问他道："你看我家女婿卢郎，官禄厚薄如何?"女巫道："卢郎不是那个长须后生么?"李母道："正是。"女巫道："若是这个人，不该是夫人的女婿。夫人的女婿，不是这个模样。"李夫人道："吾女婿怎么样的?"女巫道："是一个中形白面，一些髭髯也没有的。"李夫人失惊道："依你这等说起来，我小姐今夜还嫁人不成哩!"女巫道："怎么嫁不成？今夜一定嫁人。"李夫人道："好胡说！既是今夜嫁得成，岂有不是卢郎的事?"女巫道："连我也不晓得缘故。"道言未了，只听得外面鼓乐喧天，卢生来行纳采礼，正在堂前拜跪。李夫人拽着女巫的手，向后堂门缝里指着卢生道："你看这个行礼的，眼见得今夜成亲了，怎么不是我女婿？好笑！好笑!"那些使数养娘们见夫人说罢，大家笑道："这老妈妈惯扯大谎，这番不准了。"女巫只不作声。

须臾之间，诸亲百眷都来看成婚盛礼。元来唐时衣冠人家，婚礼极重。合卺之夕，凡属两姓亲朋，无有不来的。就中有引礼、赞礼之人，叫做"傧相"，都不是以下人做，就是至亲好友中间，有礼度熟闲、仪容出众、声音响亮的，众人就推举他做了，是个尊重的事。其时卢生同了两个傧相，堂上赞拜。礼毕，新人入房。卢生将李小姐灯下揭巾一看，吃了一惊，打一个寒噤，叫声“呵呵！”往外就走。亲友问他，并不开口，直走出门，跨上了马，连加两鞭，飞也似去了。宾友之中，有几个与他相好的，要问缘故。又有与李氏至戚的，怕有别话错了时辰，要成全他的，多来追赶。有的赶不上罢了，那赶着的，问他劝他，只是摇手道：“成不得！成不得！”也不肯说出缘故来，抵死不肯回马。众人计无所出，只得走转来，把卢生光景，说了一遍。那李县令气得目睁口呆，大喊道：“成何事体！成何事体！”自思女儿一貌如花，有何作怪？今且在众亲友面前说明，好教他们看个明白。因请众亲戚都到房门前，叫女儿出来拜见。就指着道：“这个便是许卢郎的小女，岂有惊人丑貌？今卢郎一见就走，若不教他见见众位，到底认做个怪物了！”众人抬头一看，果然丰姿冶丽，绝世无双。这些亲友也有说是卢郎无福的，也有说卢郎无缘的，也有道日子差池犯了凶煞的，议论一个不定。李县令气忿忿的道：“料那厮不能成就，我也不伏气与他了。我女儿已奉见宾客，今夕嘉礼不可虚废。宾客里面有愿聘的，便赴今夕佳期。有众亲在此作证明，都可做大媒。”只见傧相之中，有一人走近前来，不慌不忙道：“小子不才，愿事门馆。”众人定睛看时，那人姓郑，也是拜过官职的了。面如傅粉，唇若涂朱，下颏上真个一根髭须也不曾生，且是标致。众人齐喝一声采道：“如此小姐，正该配此才郎！况且年貌相等，门阀相当。”就中推两位年高的为媒，另择一个年少的代为傧相，请出女儿，交拜成礼，且应佳期。一应未备礼仪，婚后再补。是夜竟与郑生成了亲。郑生容貌果与女巫之言相合，方信女巫神见。

成婚之后，郑生遇着卢生，他两个原相交厚的，问其日前何故如此。卢生道：“小弟揭巾一看，只见新人两眼通红，大如朱盏，牙长数寸，爆出口外两边。那里是个人形？与殿壁所画夜叉无二。胆俱吓破了，怎不惊走?”郑生笑道：“今已归小弟了。”卢生道：“亏兄如何熬得?”郑生道：“且请到弟家，请出来与兄相见则个。”卢生随郑生到家，李小姐梳妆出拜，天然绰约，绝非房中前日所见模样，懊悔无及。后来闻得女巫先曾有言，如此如此，晓得是有个定数，叹往罢了。正合着古话两句道：

有缘千里能相会，无缘对面不相逢。

而今再说一个唐时故事：乃是……

——凌濛初：《初刻拍案惊奇》第五卷
“感神媒张德容遇虎 凑吉日裴越客乘龙”

这是比较典型的模仿“讲故事”文体，我们称之为“拟话本”。

口头讲故事是民间自发的活动，“说话”则是职业讲故事，后来，人们以“话”代指口传的“故事”。“说话”兴起于汉唐，兴盛于宋，逐渐成为城市居民日常生活的一部分。随着说话活动的日益兴盛，在书场中流播的故事越来越多，而以口传故事为蓝本的文字记录本，以及受说话体式影响而衍生的其他故事文本等，也日见其多，后世统称之为“话本”[①]。

拟话本小说是指文人模仿话本形式编写的小说，鲁迅在《中国小说史略》中最早应用这一名称，指的是宋元时代产生的。《大唐三藏法师取经记》和《大宋宣和遗事》等作品，它们的体裁与话本相似，都是首尾有诗，中间以诗词为点缀，词句多俚俗。但与话本又有所不同，“近讲史而非口谈，似小说而无捏合”“故形式仅存，而精采遂逊”(《中国小说史略》)。新中国成立后，一些学术著作应用“拟话本”这一名称，专指明末文人模仿话本形式编写的白话短篇小说，即鲁迅称为“拟宋市人小说”的作品，如“三言”中的部分小说，以及“二拍”、《西湖二集》、《清夜钟》、《石点头》、《醉醒石》、《幻影》等。

---

① 袁行霈．中国文学史．北京：高等教育出版社，1999：244.

我们结合其他文本，来考察“讲故事”文体特征。

体制

第一，故事内容通俗，生活化，贴近听众日常生活，按照普通老百姓可以理解、可以接受的方式进行；第二，讲述语言口语化，化繁为简；第三，讲述具有现场感，保持与听众的互动，调动听众的积极性，达到最佳接受状态；第四，在文本形式上做调整，便于听众对故事的理解，比如先用入场诗点题，再用口语破题，然后讲一个扣题，又与下一个故事密切相关，但是简单得多的故事，以做铺垫，“且先引下一个故事来，权做个得胜头回”，实则这个小故事与将要细述的故事有着某种类比关系。显然，“入话”的设置，乃是说话艺人为安稳入座听众、等候迟到者的一种特意安排，也含有引导听众领会“话意”的动机。接下来是“正话”，即话本的主体，故事展开后，一般情节曲折，细节丰富，人物形象鲜明突出。“正话”之后，往往以一首诗总结故事主题，或以“话本说彻，权作散场”之类套话做结。

“说话人”

“讲故事”与“听故事”活动一体，故事讲述者与接受者均在场，因此话本/拟话本也模仿了二者之间的互动：“（滴珠）算计定了。侵晨未及梳洗，将一个罗帕兜头扎了，一口气跑到渡口来。说话的，若是同时生，并年长，晓得他这去不尴尬，拦腰抱住，擗胸扯回，也不见得后边若干事件来。”（《初刻拍案惊奇》卷二“姚滴珠避羞惹羞 郑月娥将错就错”）。“若是说话的同年生，并肩长，拦腰抱住，把臂拖回，也不见得这般灾悔！却教刘官人死得不如：《五代史》李存孝，《汉书》中彭越。”（《警世恒言》卷三十三“十五贯戏言成巧祸”）。“说话人”出场了，但是从中西比较上来说，“说话人”不同于叙事学中的叙述者。

热拉尔·热奈特认为叙述者有五种功能：作为与叙述接收者相呼应的主体——传达职能；作为小说的讲述者——叙述职能；作为叙述

进程的控制者——指挥职能；作为对叙述中的故事之评论者——评论职能；自己作为一个人物——自我人物化职能。但说话人除了身兼叙述者五职之外，还负责现场调度，君临故事世界之上，同时又自由出入，模仿其中人物的行动。[①] 叙述者是阅读文本的产物，而“说话人”是口耳故事的产物。当然，故事文本一旦固定成为直面存在，“说话人”的活动也就凝固了，功能下降为叙述者。

虽然话本以纸媒的形式传世，在今天已经成为重要的纸媒故事读本，但是它最初是作为口头讲述而出现，并且在题材内容、语言风格、叙事模式等体制的诸方面都打上了“讲故事”的痕迹。“说话”在历史上主要有“四家”，“小说”不过是其中一种，但在今天我们都一并称之为“小说”。作为现代小说的上游，它的“讲故事”痕迹一直保留到“五四”时期以及当代，甚至作为“中国特色”而加以辨识。“话本”为小说积累了素材，也培养了小说讲故事的能力。“小说是从故事里诞生的，最初的小说作者都是‘讲故事’的高手……可以说，故事的‘结构律则’，影响甚至决定着小说的结构方式。”[②]

与之作为对照的是与其同世的文言小说，后者在历史上是作为自觉“书写”和以内心语言“阅读”而存在的。同为讲故事的小说，有学者认为：“大部分文言小说与白话小说甚至在素材上都不相借用，而是各有专司。这两者的差别远非只是语言上的，不可能有一本文言的《水浒传》，也不可能有一本白话的《阅微草堂笔记》或《浮生六记》。它们各有不同的起源、不同的发展过程、不同的常用题材、不同的形式特征、不同的叙述者身份和读者社群。它们应当说是两个相当不同的文类，距离相当远。”因此，“就中国文化传统而言，白话小说很难与文言小说同时作为同一文类加以讨论”[③]。这种发现是敏锐

① 赵毅衡．苦恼的叙述者：中国小说的叙述形式与中国文化．北京：北京十月文艺出版社，1994：26-27.

② 曹布拉．金庸小说技巧．杭州：杭州出版社，2006：57.

③ 同①6.

的，看到了两种故事创作与接受的形式的不同。

“写”与“读”的故事

用于“阅读”的故事，在今天主要是小说、散文和诗歌这三种文体，当然，散文和诗歌不以“讲述”故事为己任。

小说中的故事

小说是一种以塑造人物为中心，通过描述完整的故事情节和具体的生活环境，形象、深刻、多方位地反映社会生活的叙事性文学体裁。传统小说中，人物、情节和环境三要素构成了完整的小说世界。

与诗歌、散文相比，小说的主要目的是“讲故事”。不存在无故事的小说，即使是那些诗化的小说、意识流小说也是如此，“所谓散文化、无故事的小说，多半是用一系列小故事代替通篇的大故事，用没有啥戏剧性的故事代替戏剧性强的故事罢了”①。同样，它具有故事情节，但是“小说的故事情节则是一个宽敞的概念，故事情节构成了小说的基本骨架，它可以强化情节，也可以淡化情节，充盈于故事情节之中的是大量的生动的细节和非情节因素”②。故事离不开人物，但以事件为核心，小说逐渐从故事中独立出来，开始从写事转向写人。“这样一种传统小说的基本格局，虽然也主张人物‘做什么’和‘怎么做’，但对于人物‘想什么’却关注得不够，没有强调表现人物的丰富性与复杂性。直到明、清时期，中国的小说创作才真正从写事转到了写人。而西方的小说，也同样经历了这样一个漫长的时期。例如西方的流浪汉小说，不过是用人物来贯串那复杂而庞大的情节而已，人物是为故事服务的。直到 18 世纪，一大批杰出的小说家才真正把

① 樊俊智．中外小说 35 种创作样式．郑州：海燕出版社，1988：11.
② 陈果安．小说创作的艺术与智慧．长沙：中南大学出版社，2004：40.

小说艺术变成了人的性格的活写真。”[1] 因此，“凡是好的作家身后总是站着一排人物”[2]。虽然存在许多号称“非虚构小说”的作品，但现代小说越来越偏重于虚构，超越事件意义上的真实而追求逻辑意义上的更高的真实。许多作家都号称故事是真实的，就像狄更斯在他的第一部小说《匹克威克外传》中说的那样：“我们只是努力用正直的态度，履行我们作为编辑者的应尽之责……我们只能说，我们的功劳只是把材料做了适当的处理和不偏不倚的叙述而已。”[3]《三国志通俗演义》的作者在自序中说“晋平阳侯陈寿史传，后学罗贯中编次”，但实际上，“当故事走进了小说，它就演变成了情节”[4]，已经不是现实生活意义上的真实，而成为虚构的一部分。

散文中的故事

散文有广义、狭义之分。广义的散文包括报告文学、杂文、回忆录、自传等，狭义的散文指取材广泛、结构灵活、写法自由、篇幅短小并能灵活记叙见闻、自由抒发真实感受与见解的文学体裁。

从题材上说，散文不必以某个人物为中心，也不必叙述完整的故事情节，而往往摄取生活中的一个片段、侧面，写人、写景、叙事、咏物，无所不可。《兰亭集序》《湖心亭看雪》等就是这样：一次聚会（事件/行动）后，抒发一些感受（见解/感情），一篇作品就这样诞生了。在很多散文中，“故事”只是一个引子，引出更多的回忆/故事、情感/见解。如：“接到手书，知道你要到我的故乡去，叫我给你一点什么指导”，下面就引出“我”对故乡乌篷船的介绍，以及“我”对它的感情（《乌篷船》）。“不逢北国之秋，已将近十余年了。在南方每

---

① 傅腾霄．小说技巧．北京：中国青年出版社，1992：29.

② 徐春萍，东西．写我们内心的秘密——关于长篇小说《后悔录》的访谈．文学报，2005-08-04.

③ 狄更斯．匹克威克外传（上）．蒋天佐，译．上海：上海译文出版社，1979：54.

④ 陈果安．小说创作的艺术与智慧．长沙：中南大学出版社，2004：34.

年到了秋天，总要想起陶然亭的芦花，钓鱼台的柳影，西山的虫唱，玉泉的夜月，潭柘寺的钟声。”（《故都的秋》）如果把这篇散文的故事“我回忆北京的秋天”的句法结构分析一下的话，我们会发现它着眼点在于故事的“状语”（地点状语：“北京”；时间状语：“秋天”）。“我曾经使用过一辆纺车，离开延安那年，把它跟一些书籍一起留在蓝家坪了。后来常常想起它。想起它，就像想起旅伴，想起战友，心里充满着深切的怀念。”（《记一辆纺车》）在抒发见解与感受上，散文不用像小说、剧本那样另外塑造主人公、人物形象或“隐含作者”来抒发自己的感情、表达自己的见解，也不必虚构故事、编制情节，在想象的叙事中传达自己的生活态度、人生见解。相反，散文作者一般就是抒情主人公，表达的是作者的真实情感与见解，真实作者、隐含作者、叙述者、主人公在很多时候高度一致。在材料处理上，散文则只需对生活材料做恰当的选择、调度、剪接，而不必用虚构的方式，一定得“另起炉灶”。它选材广泛，也更生活化和日常化。

诗歌中的故事

诗歌中的故事有多种形式。有的故事非常完整，人物形象生动，事件充分情节化，作为诗歌叙事的对象而存在；有的故事高度浓缩，以单元的形式镶嵌在其他内容之中，配合其他内容共同为主题服务；有的则更加稀薄，依稀透露出故事的影子。从存在方式看，诗歌中的故事大约有以下几种形式：

碎片化的故事

去年今日此门中，人面桃花相映红。

人面不知何处去，桃花依旧笑春风。

——崔护：《题都城南庄》

从时间“去年”“今日”，地点“此门中”，以及“去年”“今日”物是人非的事件线索来看，这里似乎隐藏有一则动人的故事。实际上，这里的确有个（或生发出）“绛娘与崔护的桃花缘”的故事。[①] 从写作学角度来说，这则故事却是自己的经历，因而这首诗是因事而写、缘情而发。故事是抒情的缘由、基础，抒情是故事的感悟和升华。从接受角度来说，读者只是从诗里捕捉到故事的碎片、隐隐的线索，然而由于这些碎片的印象连缀构成了一个普遍的人生情境，触及了人类普遍情感，因而触动了自己的情绪，也产生了强烈的共鸣。对于读者来说，无须了解作者完整的故事，就已经与这首诗的情感息息相通了。

隐藏有个人或他人故事的抒情诗，其成功与否的判断标准并不在于抒发的感情真挚与否、交代的故事充分与否，而在于诗歌是否揭示了一个普遍的人生情境，抒发了一种普遍的人生情感，因为这个故事不仅对于诗人有意义，对于每一个读者也有意义。在某种意义上，故事的碎片化或意象化、印象化，反而给读者的理解留下空间，使其在叙事不足处填充自己的生活经验，呼应这种永恒的人生境遇。“记得小苹初见，两重心字罗衣。琵琶弦上说相思……”（晏几道：《临江仙》）字句，告诉了读者具体的记忆细节，然而这个细节却具有普遍与永恒的结构，仿佛在世界的每一个角落、每一个人身上反复发生：记得那个时候，我们第一次相见，他/她穿着那样的衣服，至今历历在目。在那次美丽的邂逅中，他/她向我透露了少年的心思……因而，结尾句“当时明月在，曾照彩云归”才有那样打动人心的力量，将人生意味引向“失乐园”“人生几回伤往事，山形依旧枕寒流”（刘禹锡：《西塞山怀古》）这样普遍“物是人非”的伤感。

赋予新意的故事

将他人故事作为关照对象，借此理性抒情，抒发见解，这也是故事在诗歌中存在的方式。与真正的叙事诗相比，其写作中心并没有放

---

① http：//baike. sogou. com/v152032. htm.

在故事的情节化方面，而是注重在新的时代、文化语境中重新体味故事，理解故事，赋予故事新的认识。

> 在向你挥舞的各色手帕中/是谁的手突然收回/紧紧捂住了自己的眼睛/当人们四散离去，谁/还站在船尾/衣裙漫飞，如翻涌不息的云/江涛/高一声/低一声/美丽的梦留下美丽的忧伤/人间天上，代代相传/但是，心/真能变成石头吗/为眺望远天的杳鹤/错过无数次春江月明/沿着江岸/金光菊和女贞子的洪流/正煽动新的背叛/与其在悬崖上展览千年/不如在爱人肩头痛哭一晚
>
> ——舒婷：《神女峰》

诗人路过神女峰，看到传说中的“神女”依旧“在悬崖上展览”，已达千年，忽然想到自己，“手突然收回/紧紧捂住了自己的眼睛”，开始思考，“心/真能变成石头吗”，“为眺望远天的杳鹤/错过无数次春江月明”，又值得吗？诗歌中的“神女”有三个原型，从诗歌的爱情题材来看，抒情对象结合了实景的传说和宋玉笔下《高唐赋》《神女赋》两则诗歌中的主人公。在文学故事中，巫山神女在爱人去世以后，两度遭遇爱情的诱惑，一是痴心人楚襄王，一是才子宋玉，但最后都理性战胜了情欲，忠于怀王，矢志不改，成为贞洁重于生命的模范。在男人笔下，女性的忠贞行为值得赞扬；在男权文化主导的历史语境，这么去理解和鼓励一个享受虚假爱情的女性，也是不假思索的事情。然而，时代发生了变化，今天，“金光菊和女贞子的洪流/正煽动新的背叛”，个性意识、女权主义开始苏醒了，女性已经有了女性的价值评判标准，有了自己的生活，“神女”这么做的价值在哪里呢？一个新的见解诞生了：“与其在悬崖上展览千年/不如在爱人肩头痛哭一晚”。这既是新时代女权主义的宣言，也是诗人对过往故事的理解。

单元化的故事

有些故事，虚构或实际发生，在流传过程中，因其较高的知名度

和被约定俗成的阐释，逐渐成为公共知识、历史记忆的一部分，并作为某些具体人生情境的象征或情感符号而存在，这样的故事也称为“典故”。因其事件浓缩、意义与情感指向具体并且事件本身高度公共化，因而“典故”被诗歌这种文体广泛征用。在这类诗歌中，故事最小化，作为抒情的单元而存在。在使用过程中，作为“典故”的故事发挥着如下功能：

借意

水流山石间沉淀下你我/而我们成长，在死底子宫里。/在无数的可能里一个变形的生命，/永远不能完成他自己。/我和你谈话，相信你，爱你，/这时候就听见我的主暗笑，/不断地他添来另外的你我，/使我们丰富而且危险。

——穆旦：《诗八首》之二

穆旦的《诗八首》被认为是中国现代主义诗派的经典之作，也被称为最难懂的诗作之一。这种“难懂”或与诗歌中所流露的“存在主义”哲学思想和中国 20 世纪 40 年代接受语境的陌生相关，也跟诗作中使用了许多西方文化典故有关，即诗歌中有我们中国读者不熟悉的背景故事。比如“永远不能完成他自己”，脱离上下文中的典故，我们会把这句诗一厢情愿地理解为“人类成长”“成为自我”之类励志式主题，然而，这恰恰是与“人生荒诞处境”的主题相悖的。“水流山石间沉淀下你我/而我们成长，在死底子宫里。”这里借用了世界许多民族和文化中都存在的“泥土造人”典故，以及“生死循环”和“向死而生”的东西方杂糅哲学思想。但这个“泥土造人”却是人类“自造”，“主”/“神”并未对我们特别地眷顾，我们也并非“天之骄子”，这就为下文描述“神”对“人”的玩弄做了铺垫。

“一个变形的生命，/永远不能完成他自己”来自柏拉图的《会饮篇》。故事说，人原本分三种：男人、女人和阴阳人，但他们都是球形人，四手四脚，脸孔相背，器官数量是现代人的双倍，十分完美。

男人可做双男，女人可做双女，阴阳人即是一男一女。一日，阴阳人要造诸神的反，宙斯想削弱他们但又不想失去献祭来源，因而将他们劈成两半，形成残缺。经过整形手术后的人终于成了现在的样子。然而被劈开的两半十分思念自己的另一半，就开始寻找自己的另一半。自此，人来到世界，除了带有供奉诸神的使命，还要满世界漫游，寻找自己的另一半。找到了另一半，男女一体，人生方算得上圆满完美，“完成他自己”。所谓爱情，就是寻找自己的另一半。

人生就是这样，我们有“主”，信“主”，然而“主”并不为我们做主，反而处处为难我们、嘲笑我们，让我们的命运充满挫折、荒诞，“我和你谈话，相信你，爱你，/这时候就听见我的主暗笑”。在追逐爱情、寻找另一半的过程中，“主”不断给我们增加困难，“不断地他添来另外的你我，/使我们丰富而且危险”，使我们不断地“所爱非人”。这首诗的主题，建立在宙斯对其子民不怀好意的基础之上，这个典故也帮助诗歌实现了其主控思想。

借境

撑着油纸伞，独自/彷徨在悠长、悠长/又寂寥的雨巷，/我希望逢着/一个丁香一样的/结着愁怨的姑娘。

——戴望舒：《雨巷》

“我”为何希望逢着一个“丁香”而不是“牡丹”“茉莉”一样的姑娘？因为“丁香”不仅是一个意象，而且自身蕴藉着丰富的信息，是一个有故事的意象。首先，它关乎女性的阴柔“美”，“丁香体柔弱，乱结枝犹垫”（杜甫：《江头四咏·丁香》）。其次，它与爱情相关，“瑶姬一去一千年，丁香筇竹啼老猿”（李贺：《巫山高》）；“青云自有黑龙子，潘妃莫结丁香花”（温庭筠：《蒋侯神歌》）。通过“丁香”，联结了“瑶姬”“潘妃”这样更多的故事，构成了一个深远的故事链。再次，它关乎情感状态，“青鸟不传云外信，丁香暗结雨中愁”（李璟：《浣溪沙》）；“芭蕉不展丁香结，同向春风各自愁”（李商隐：

《代赠二首》)，等等。众多有关爱情、哀愁的美丽故事浓缩进“丁香”符号里，成为诗歌意境的一部分。

代言

借过往的故事比拟当下，让历史熟悉的情境再现，可以起到警示、映射的作用，一切尽在不言中。“烟笼寒水月笼沙，夜泊秦淮近酒家。商女不知亡国恨，隔江犹唱后庭花。”(杜牧：《泊秦淮》）诗人要说的是时局，说出的却是历史故事。“后庭花”是一首曲名，原名叫“玉树后庭花”，出自一个君恬臣嬉、身死国灭的警世故事。后来，“后庭花”就成为亡国之音、不祥之兆的代名词，而“后庭花”类似时代的历史重现也被认为是陈后主那样的时代即将再现。

“黑云压城城欲摧，甲光向日金鳞开。角声满天秋色里，塞上燕脂凝夜紫。半卷红旗临易水，霜重鼓寒声不起。报君黄金台上意，提携玉龙为君死。”（李贺：《雁门太守行》）这首诗里隐藏着“易水”“黄金台”两个故事，后者包含“知遇之恩”之意，前者包含“慷慨赴难”之意，诗人借这两个故事，表达了将士们决绝的态度和坚强的意愿。

“惜秦皇汉武，略输文采；唐宗宋祖，稍逊风骚。一代天骄，成吉思汗，只识弯弓射大雕。”(毛泽东：《沁园春・雪》）这首诗更是一气呵成，势如破竹，串联了历史上最英雄、最豪迈、最风流的人物与故事，尽显诗人气度。

“早岁那知世事艰，中原北望气如山。楼船夜雪瓜洲渡，铁马秋风大散关。塞上长城空自许，镜中衰鬓已先斑。出师一表真名世，千载谁堪伯仲间。”（陆游：《书愤》）诗人借“塞上长城”与“出师一表”两个故事，抒发了壮志未酬、英雄无用武之地的悲凉。

“演”与“看”的故事

“演”与“看”的故事是戏剧故事和影视故事。戏剧故事和影视故事有具体的差别，但是相对于“写”与“读”的故事，它们之间的共性就凸显出来。我们结合《活着》这个电影故事（其实，《活着》也是非典型电影故事）来描述它们的特征：

其一，至少要有两个人物，一个是主人公，一个是对手。即使是《等待戈多》这样高度抽象的故事，戈多也是一个人物、一个对手，虽然他始终以不在场的方式存在。其二，对手必须是人。像《2012》这样的灾难故事，人物的对立面依旧不是大自然，而是复杂的人类，大自然的灾难只是为他们紧张的关系提供了一个变化的契机、考验的形式。其三，虽然小说故事中的人物与人物之间也存在着尖锐的冲突、紧张的对抗，但是小说作者可以控制、延宕、压抑这种冲突和对抗，甚至有权决定让其隐匿；而影视故事与戏剧故事却要强化冲突，表现对抗的过程与结果。其四，戏剧与影视故事的时间与空间高度压缩，将生活压缩至最基本也是最本质的那一刻。戏剧强调“三一律”并非刻意压制创作者的创意天才，实则是对戏剧故事的保护。其五，相对于小说故事，影视故事、戏剧故事的主题与故事要简单得多，线条也简单得多。其六，戏剧与影视故事由于主要由人物自己去表现自己，作者要尽可能地退出故事，因此故事的生活逻辑要求就严格得多。其中的纰漏，影视故事与戏剧故事作者即编剧无法使用“强叙述”给予处理，而“强叙述”在小说中被广泛使用。

一则案例——小说《活着》VS 电影《活着》

小说《活着》（余华）梗概

“我”在年轻时获得了一个游手好闲的职业——去乡间收集民间歌谣。在夏天刚刚来到的季节，遇到那位名叫福贵的老人，听他讲述了自己坎坷的人生经历：地主少爷福贵嗜赌成性，终于赌光了家业，一贫如洗。穷困之中，福贵因母亲生病前去求医，没想到半路上被国民党部队抓了壮丁。后被解放军所俘虏，回到家乡才知道母亲已经过世。妻子家珍含辛茹苦带大了一双儿女，但女儿不幸变成了聋哑人。家珍因患有软骨病而干不了重活；儿子因与女校长血型相同，为救女校长抽血过多而亡；女儿凤霞与队长介绍的城里的偏头二喜喜结良缘，生下一男婴后，因大出血死在手术台上；而凤霞死后三个月，家珍也去世了；二喜是搬运工，因吊车出了差错，被两排水泥板夹死；外孙苦根便随福贵回到乡下，生活十分艰难，就连豆子都很难吃上，福贵心疼便给苦根煮豆吃，不料苦根却因吃豆子撑死……生命里难得的温情被一次次死亡撕扯得粉碎，只剩得一头老牛伴随着老了的福贵在阳光下回忆往事。

电影《活着》（导演：张艺谋；主演：巩俐、葛优、郭涛；编剧：余华、芦苇）梗概

国共内战时期，福贵（葛优饰）是当地一个显赫有钱人家的长子，他天性懒惰，嗜好赌博。尽管他的妻子家珍（巩俐饰）多次威胁要离开他，福贵还是很快就把他家的财产输给了狡诈的皮影剧团的领班龙二，福贵的父亲气得一病不起，不久就死了。家里突然变穷了，福贵被迫沿街卖线。六个月后，福贵和他原来的长工春生带着龙二给他的那个皮影箱子，在乡下走街串巷靠表演皮影谋生。一日，他们碰上了蒋介石的国军，被强征入伍，悲惨的经历使福贵明白了生活的真意。两年后，在淮海战役的战场上，福贵投降了毛泽东领导的共产党军队，并被释放回家。

福贵回到了现在已经被解放的镇上，被告知他母亲已经死了，凤霞耳朵聋了，龙二被新政府定为恶霸地主枪毙了；福贵和家珍决定重新建设他们的新生活。到了 1958 年，开始“大跃进”，全民大炼钢铁。炼了三天三夜后，福贵正要休息时，有庆的同学找到他，说是区长要见他。尽管家珍反对，福贵还是坚持把疲惫不堪的有庆带到学校。那天晚上，夫妇得知有庆是睡觉时被区长的汽车倒车时撞倒院墙给砸死了。当区长来参加葬礼表示歉意时，福贵吃惊地发现区长竟然是春生——他过去最要好的朋友。

“文化大革命”开始了，福贵的皮影被斥为封建遗物，并被责令不得再进行皮影活动。春生被打成反革命，并遭到了批斗。一天晚上，春生来到福贵家的门外，坚持让他的老朋友收下那200元。当福贵意识到春生想自杀时，试图劝阻他。突然，从未原谅过春生的家珍打开门栓，冲了出去，冲着春生大声喊道：“春生，你必须活下去！别忘了，你还欠我们家一条命！要由你来还！”在此期间，嫁给了二喜（姜武饰）的凤霞要生产了，福贵和家珍连忙把她送往医院。

然而，他们发现医院里唯一的医生只是一个学生——所有有经验的医生都已经被打倒了。二喜设法把一个有经验的医生（老教授）带到医院，但这个医生由于饥饿和遭到虐待，虚弱得连头都快抬不起来了。福贵给这个医生吃东西，但他吃得太多，以致噎得在地上打滚。虽然孩子健康地出生了，但凤霞却由于大出血死去了…… 经历了种种不幸，主人公仍旧相信未来，对明天充满信心，福贵对外孙馒头说：“你是赶上好时候了，将来这日子就越来越好了。”

问题

电影《活着》获法国戛纳第47届国际电影节评委会大奖、最佳男主角奖（葛优）、人道精神奖，被评为全美影评人协会最佳外语片、洛杉矶影评人协会最佳外语片、英国“奥斯卡”最佳外语片。但在中国，却有一段时间没有正式上映。

为什么？其实，这是缘于两种不同的讲故事的载体与文体。正是后者特殊的文体——讲述故事的模式——将电影《活着》推向了风口浪尖。

（1）小说故事的主人公是福贵，对立面是抽象的社会、偶然、命运。电影故事的对立面必定是人：龙二（皮影戏班主、赌徒、赢了福贵家老宅院、替福贵去死）、春生（区长，上任去小学检查小学生“大跃进”，倒车撞倒院墙砸死有庆）、造反学生（将有经验的医生、老教授关押进牛棚）等。

（2）小说故事的主人公可以是被动人物，但电影故事的主人公却必须是主动人物。在小说故事中，福贵经历了父亲（气死）、母亲（病死）、有庆（抽血过多而死）、凤霞（产后大出血而死）、家珍（得软骨病病死）、二喜（被夹死）、苦根（吃豆子撑死）先后死去。亲人死光后，他仍旧处于懵懂状态，没有产生改变（实际上也无从改变）的欲望，只是逆来顺受，乐天知命，努力与看不见的对立面保持协调。但电影主人公与外在世界的关系紧张，时时处于高度“冲突”状态，虽然他也想努力调和这种紧张状态。从福贵被龙二扫地出门的那一刻起，他就被逼上了绝境，开始考虑“过日子”“活下去”这个问题。到了淮海战役战场尸横遍野的时候，他才有了刻骨的“活下去”“活着”的欲望，故事真正开始了：福贵要活着，主动地去活着，他是主动人物，带领一家人活着。一旦主人公有了“活着”的欲望，那么一切阻止他“活着”的因素都将成为对立面。很不幸，福贵与他的时代站在了矛盾的对立面。

（3）小说故事中，主人公福贵离奇的命运一直处于被文艺学研究生“我”的“被讲述”和“滞后讲述”状态，而他自己也被叙述者赋予了一种“花鸟”性格（至少叙述者这么认为），无知无识，因此他命运的悲惨及自己的疼痛感知被忽略了。但电影故事中主人公有了自己的视角、自己的感知，因此故事不得不去正视他的恐惧、屈辱、痛苦以及求生的挣扎，因此故事从前到后得到观众的认同、同情（许多过来人看完《活着》之后痛哭），悲剧就被正面表现了。

同一个故事在不同的载体与文体里，呈现出不同的艺术力量，这说明“读”的故事与“看”的故事有不同的讲述模式。

第二节　适得其所

经典的故事经世流传，被不同载体、文体演绎。口头故事改写为纸面故事（往往是以集体、反复多次的形式），纸面故事改写为戏剧故事、影视故事，也可以反过来，戏剧故事、影视故事改写为纸面故事，比如“影视同期书”。但每种载体、文体都有自己的优越性与局限性，同时对材料也有一定的规定性。鲁迅先生说过，他有整齐完整的故事材料，就去作小说，零碎的东西就去作杂感、随笔，就是说明如此。文体与载体对故事有什么样的具体要求，以及故事进入何种文体方适得其所呢？

故事进小说

小说就是讲故事，但是“小说是用一种特殊的方式讲故事”[①]。艾弗·伊文斯所说的“特殊性”有许多是其他文体可以分享的，只有放在“口头讲故事”“纸媒写故事”与“演员演故事”这个更大的视野下，方可真正捕捉到属于自己的“特殊性”。

小说的主体是故事，但故事讲出多少、怎样讲是作者的权利

小说从故事演进而来，以讲故事为己任，但这并不意味着，小说就一定要把故事事件按照它自然的顺序、本来的样子讲述出来。我们

---

① 伊文斯．英国文学简史．蔡文显，译．北京：人民文学出版社，1984：255.

现在所说的“诗化故事”“心理故事”或“哲理小说”似乎是不需要故事、反故事的，但是我们要明白，其都是有完整故事基础的——对立面、冲突、情节、逻辑等隐藏其中，但是作者要么掩饰它们，要么省略它们，反过来去强调另外一部分，比如氛围、情境、内心生活等。可以参照的是山水画的“留白”：我们知道，露出画面一角的山水，必有来路，必有去路，虽云遮雾盖，但不等于它们不存在。“诗意”“意识流”“哲理”等效果或风格的获得，是向绘画、诗歌、散文等主动学习，将故事碎片化、情绪化、对象化处理的结果。

小说记录、处理事件，相对于口头故事以及戏剧故事，有着自己独有的经验和便利。比如，口头故事与小说可以分享连贯叙事、插入叙事技巧，但交替叙事是口头故事、戏剧故事难以达到的，“这种形式显然和口头文学失去了任何联系，因为口头文学不可能有交替”[①]。当然，影视故事以“蒙太奇”“闪回”的方式弥补了戏剧的缺憾，但即使是影视故事，也难以连续表现大幅度跨时空的事件、情节与细节。

构思从人物与同类或异类关系入手

“小说是由什么构成的?”龙一认为，小说不是由人物、情节、主题、悬念之类的东西组成的，小说的基本结构单位是“遇合”，即人物与同类或者事物（包括物体、异类、天气等非同类）相遇，便构成了小说的最小单位。由遇合向前发展，两个“人”发生了联系，就会变成大一点的构建，叫“交流”；在交流中发生了矛盾，是更大一点的“冲突”；冲突的结果造成了一方生活的细微的转折，便是小情节。从发生冲突并造成细微转折的小情节开始，再加以扩大，注入背景、次要人物和前因，形成“场面”；如果场面中主要人物与“阻碍因素”发生剧烈冲突，并给其中一方的行动或情感造成了较为重大的转折，

---

① 曹布拉．金庸小说技巧．杭州：杭州出版社，2006：15.

便会扩张为小说中至关重要的“戏剧性场面”，这些便是小说的基本构成。[①]

龙一结合自己的创作经验，并借鉴罗伯特·麦基的银幕剧故事结构原理探讨小说结构，是有真知灼见的。小说以刻画人物形象为主要任务（外在生活或内心世界），而故事的事件本身也离不开人物，抓住了人物就抓住了关键。人物不仅决定了故事的事件，还决定了故事的长度。长篇小说为什么“长”，根本原因在于人物多。人物多，关系就多，相应的事件就多起来，

使用小说权利

我们无法领略宋元时期勾栏瓦肆那些说话大师们纵横捭阖、口吐莲花的精彩，但那个时期的人们也无法领略今天发达影视技术的“画面语言”，尤其是3D、4D时代的到来，影视语言更加令人震撼。其实，小说的语言也可以做到它们做不到的：其一，语言的欢乐，阅读的快感：或优美，或明快，或幽默，或雄辩。其二，叙事的便利，可以深入人物内心、潜意识，发掘与表现人物内心的冲突。其三，作者的声音可以出现在作品中，影响读者对故事或人物的判断，提高表现力，引导读者的移情；而在影视中，画外音是拙劣的手段。其四，虚拟的简洁。小说是虚拟的艺术，既有虚拟的权利，又有虚拟的便利，相对于影视、戏剧事物写实展现的“笨拙”，小说几乎可以天马行空。

小说可以继续走故事化的道路，也可以模仿影视故事，借鉴叙事空间化，将内心语言的“阅读”转化为“看”，或“零度写作”；作者退出故事世界，让人物自己行动，但他必须坚持自己特殊的权利，方可确立自己不可取代的地位。“小说作者对于叙述过程的控制性要强于导演对于电影叙述过程的控制。在小说叙述中，读者最终不得不跟着一个叙述者走；而电影观众对于影像的接受很可能完全不受导演意

---

① 龙一．小说技术．天津：百花文艺出版社，2011：89－90.

图的控制。”[①] 作者对故事的控制、“强叙述”在这个意义上，是文体特性而不是明显缺陷，这就是像《尤利西斯》《追忆似水年华》《芬灵根守灵夜》，甚至《信使》《你是少年酒坛子》这样的作品价值所在——它们不是用于“听”，而是用于“阅读”的。

故事进戏剧/影视

戏剧、影视在本质上属于大众艺术、通俗艺术，尤其是当代，影视更是大众工业的一部分。影视故事是给观众而不是给导演、编剧自己看的，我们要警惕“导演经常会说的谎话”：

新浪娱乐：但是姜文导演说《太阳照常升起》是拍给自己看的，而《让子弹飞》是拍给观众看的。

罗伯特·麦基：这是导演经常会说的谎话，他们不会只是为了自己才拍这部电影，他们确实是为了全世界的人才拍的。但是当世界不喜欢的时候，他们会回头说，其实是为了他们自己才拍的这部电影，他们并不在乎别人喜不喜欢，这是个私人的作品。当一部电影被大家喜欢时，比如说《让子弹飞》，他们就说是的，他们是为了观众而拍摄这部电影的。对不起，我听过这个谎话上千次了，这是导演维护自己的一种方式。你会花 50 万、500 万美元，只是为了满足你自己吗？[②]

故事进戏剧、影视，成为影视故事，应做到以下四点：

1. 提炼戏剧性

任何故事都有戏剧性，但是戏剧、影视故事不仅要拥有戏剧性，

---

① 杨世真．重估线性叙事的价值——以小说与影视剧为例．杭州：浙江大学出版社，2007：101.

② 王玉年．麦基批中国电影模仿好莱坞 恐以后没有话语权．http：//ent.sina.com.cn/m/c/2011—12—10/19443504216.shtml.

更要突出戏剧性，故事情节围绕这个“戏剧性”展开。相对于诗歌、小说，影视更接近“大众文化工业”产品。产业属性和载体属性要求它更通俗、更有趣、更有“看点”。

2. 让人物自己表现自己

戏剧影视故事不允许编剧、导演出面，一般不能有叙述人的言语，只能靠人物自身的言语塑造形象，因此人物必须通过自己的行动和语言来表现自己，故事要性格化、动作化和可视化。内心语言也要通过动作和画面来展示。比如，如何表现人物性格？在小说或其他纸面文学故事里，作家可以直接列举这些形容词：“内敛”“孤僻”“害羞”“强势”“偏执”，等等。但在影视故事里，这种描述于事无补，“十个形容词，都抵不上一个准确的人物反应”，它必须通过人物的行动表现，即“他/她此时会怎么做?”。“一个最简单的公式：人物性格＝角色在每一个情境下的反应累加”，即“动作即性格”[①]。

3. 设置戏剧化场景与冲突

集中反映矛盾冲突。戏剧舞台时间、空间的限制要求剧本集中地反映生活中的矛盾冲突，并使之达到剧烈程度。矛盾冲突不集中、不剧烈，剧情的发展必然会缓慢。矛盾冲突的集中展开也为人物展示性格提供了充分条件。戏剧的观众性也要求以激烈的冲突吸引观众的审美注意力。现实生活种种矛盾在戏剧中被集中强化反映：人物与环境之间、人物之间。人物性格内在矛盾如：自身动机与行为；有戏没戏；外在冲突与内在冲突。

4. 独特的故事结构

影视故事在结构方面有独特的表述和要求，其结构单位分别以

---

① 功夫查理．一个新人的编剧笔记：《星际穿越》的野心和代价．http：//mp. weixin. qq. com/s? _ _biz=MjM5NjE5Mzg0Mg==&mid=201945759&idx=2&sn=732648e2215c3afdeec54201e589a379&scene=2&from=timeline&isappinstalled=0#rd.

“事件”——“节拍”——“场景”——“序列”——“幕”——“集”方式存在，而其创作与呈现途径也遵循着“大纲”——“台本”——“剧本”程序，体现现代工业和故事艺术的结合。①

几乎无法改写的20本书②

(1)《百年孤独》(加布里尔·加西亚·马尔克斯著);

(2)《书页之屋》(马克·Z. 丹尼利斯基著);

(3)《葛瑞夫与莎宾娜：寄给我相同的灵魂》(尼克·班托克著);

(4)《尤利西斯》(詹姆斯·乔伊斯著);

(5)《失乐园》(约翰·弥尔顿著);

(6)《黑暗之塔》(斯蒂芬·金著);

(7)《伐木》(托马斯·伯恩哈德著);

(8)《我弥留之际》(威廉·福克纳著);

(9)《到灯塔去》(弗吉尼亚·伍尔夫著);

(10)《夹层楼》(尼科尔森·贝克著);

(11)《八人帮》(丹尼尔·汉德勒著);

(12)《疯狂之山》(H. P. 洛夫克拉夫特著);

(13)《睡魔》系列（尼尔·盖曼著);

(14)《阿特拉斯耸耸肩》(安·兰德著);

(15)《无尽的玩笑》(大卫·福斯特·华莱士著);

(16)《字母表非洲》(沃尔特·阿比希著);

(17)《微暗的火》(弗拉基米尔·纳博科夫著);

(18)《时光之轮》系列（罗伯特·乔丹著);

---

① 麦基. 故事——材质、结构、风格和银幕剧作的原理. 周铁东，译. 北京：中国电影出版社，2001：303-306.

② http：//www.buzzfeed.com/louispeitzman/20—books，转引自 http：//select.yeeyan.org/view/445374/384837。

（19）《鼠族》（阿特·斯皮格曼著）；

（20）《路》（科马克·麦卡锡著）。

为何这些书（主要是小说）难以改编为影视剧？究其原因：

（1）人物：人物众多（《百年孤独》布恩迪亚七代人，名字重复）；叙述者过多（《我弥留之际》多达15个）；人物难以塑造（《失乐园》中的上帝、撒旦、亚当与夏娃，《鼠族》用动物作为人物的替身使小说寓言化，《路》中的角色没有名字）。

（2）情节：过于复杂（《百年孤独》讲述七代人的故事；《疯狂之山》仅情节介绍就让读者迷惑；《时光之轮》系列有14本；《睡魔》漫画系列共75期）；过于简单，动作性不强，故事主要发生在内心（《夹层楼》《到灯塔去》等，《伐木》整部小说都是一个人对另一些人的评价）；干脆是意识流小说，没有外在情节动作（《尤利西斯》）。

（3）概念：人物行动、背景知识需要特别说明（《书页之屋》脚注之下还有脚注；《黑暗之塔》奇幻故事世界完全陌生化；《八人帮》主要讽刺高中英语教材内容；《无尽的玩笑》尾注达388条）。

（4）文体：书信体（《葛瑞夫与莎宾娜：寄给我相同的灵魂》）；诗体（《弥尔顿》的魅力在于诗歌而不在于故事）；演讲体（《阿特拉斯耸耸肩》有长达70页的演讲）；“字母体”[《字母表非洲》每一章都代表着一个新字母（按字母表排序），而所有单词的开头字母必须在前面章节中出现过，这意味着第一章只能用以A开头的词，而第二章只能用以A和B开头的词]。

故事进散文

没有冲突或冲突不强的故事，事件没有结局、冲突没有解决或人物目标没有实现的故事，只想不做的被动主人公的故事，没有主人公的故事或只有眼睛在看的故事——这些构成不了小说和戏剧，但是仍旧可以形成优秀的作品。最简单的散文：一个故事、一个转折加上一个结论，就可构成一篇个人随笔；一个场景加上一次生命体验，即可构成一篇小品文；一条反思主线串起生命中几个点，就是个人回忆录。“小说和随笔，各得其所，相互冒充不得。一篇小说，不单是写情或状物，它是一连串的事件，并且造成了一种非明确不可的情境。要记住，一篇小说的每个侧面都必须是它无所不包的情节的一部分。而随笔，按韦氏词典的解释，是‘一种文学体裁，具有分析或阐释的性质，对主题的处理多少有些局限或带个人观点，风格和手法可以有相当的灵活性’。”① 杰克·哈特也指出：“叙事性散文通常以简短的动作线开头，却很少以解决问题结尾。这类文章的重点应该是作者对生活的反思，总结经验教训，给读者以启迪。”② 小品文同样不需要解决问题。其目标就是简简单单地捕捉生活真情流露的一面，但是，“它必须致力于提供一个拥有深刻主题的生命片段，且要能揭示通向美好生活的重要秘密”③。

因为散文对故事题材的“不挑剔”，反而造成散文故事写作的另外一种难度，因此它对“简单故事”则要处理好观看事件的角度、体悟生命的深度、由此及彼的广度以及时空物我穿越的自由度关系。通常的处理方式是：我们从“小故事”中抽取出“大道理”，从“简单故事”中发掘“深刻道理”，从“平凡故事”中表现“非凡见解”；而对于“超常难题”故事的回答，则要采取“举重若轻”的态度去解决它。而感情的抒发，同样要遵循情感处理的技巧或者逻辑，从反向着手，从冰冷的故事中抽取出温暖的主题，从艰难的故事中抽取出励志的主题，在温暖的笔调中表达冰凉的感情，等等，比如传统技法中的

---

① 厄克特．短篇小说的二十五种常见病．格桑花，2014（2）．

② 哈特．故事技巧——叙事性非虚构文学写作指南．叶青，曾轶峰，译．北京：中国人民大学出版社，2012：10．

③ 同②124．

“以乐写哀”等即是如此。

故事进诗歌

提炼出诗意

无论什么故事，进入诗歌，成为诗歌的一部分，它首先得成为诗，具有诗意。诗意的重要性如同戏剧性之于故事。什么是诗意？所谓“诗意”，就是诗人通过对日常生活与现象世界的敏锐观察和精粹提炼所传达给读者的独特意义与新鲜感受。一个经常性的误解是，“诗意”等同于“真”“善”“美”，以为只要描述了美的事物、善的行为和真的感情，或者使用了“美丽的句子”，诗歌一定有感染力。事实是，“真情实意”是诗意产生的必要条件，但不是充分条件；“真理”也不是诗意的主要要素，因为诗歌不是科学；“善”也是诗意产生的必要条件，却不是充分条件；同理，“美”也不是诗意，描写、歌颂美的东西不一定能产生诗意，相反，丑的东西进入诗歌未必不能产生诗意。诗意来自对生活与事物新的意义和价值的认知，超越日常、尘俗的感受，“永远第一次”“发现”或者“重新发现”这个世界。诗意并非要一味追求新奇，日常生活、熟悉的事物也能产生诗意。玛格丽特·怀兹·布朗在《重要书》中写道：“天/重要的是/它永远在那边/真的”。仅仅因为一个陌生化的角度和儿童思维，我们重新“发现”了天，熟视无睹的“天”突然焕发出光彩。

> 要逃，就干脆逃到蝴蝶的体内去/不必再咬着牙，打翻父母的阴谋和药汁/不必等到血都吐尽了。/要为敌，就干脆与整个人类为敌。/他哗地一下就脱掉了蘸墨的青袍/脱掉了一层皮/脱掉了内心朝飞暮倦的长亭短亭。/脱掉了云和水/这情节确实令人震悚：他如此轻易地/又脱掉了自己的骨头！/我无限眷恋的最后一幕是：他们纵身一跃/在枝头等了亿年的蝴蝶浑身一颤/暗叫道：

来了！/这一夜明月低于屋檐/碧溪潮生两岸 /只有一句尚未忘记/她忍住百感交集的泪水/把左翅朝下压了压，往前一伸/说：梁兄，请了/请了——

——陈先发：《前世》

在中国民间传说中，梁山伯与祝英台化为一对蝴蝶，双双飞离尘世，永不再受人间约束，享受爱情与自由的逍遥。这个故事被无数文艺形式表现过，留下许多脍炙人口的作品，那么，作为题材，这个故事的创新点在哪里？

陈先发的诗歌《前世》追问一个问题，并试图还原一个过程：梁山伯与祝英台如何“化”为蝴蝶的？他们“化蝶”成功之后，作为昆虫，是否还保留着爱情的记忆，遵守彼此的许诺？如果是这样，这个美丽的行动必然伴随着惨烈和决绝，有着被我们忽视了的肉身之痛和精神之苦。在梁祝“化蝶”之前，蝴蝶这个物种早已存在，所以，他们“化蝶”其实就是“进入”蝴蝶。“进入”蝴蝶，要伴随着如下动作：放弃自己的肉身，“脱掉了自己的骨头”；放弃自己的物质生活与精神生活，“脱掉了蘸墨的青袍”，“脱掉了内心朝飞暮倦的长亭短亭”，“脱掉了云和水”。如果这就是“死去”，那么“死去元知万事空”，倒也罢了，但是，他们在双双化为蝴蝶之后，依旧是梁山伯与祝英台，依旧没有忘记“前世”的往事，以及“脱”不尽的优雅。到此，这个爱情故事的悲剧性和刻骨的美丽就真正展露出来了。

《前世》通过陌生化的形式，让梁祝故事抖落掉千百次转述过程中累积的灰尘，重新焕发出人性与诗意的光辉。因此，对于诗歌写作来说，无所谓老套过时的题材，也无所谓陈旧的意义与情感，只有陈旧的眼光，单调乏味、没有想象力、词不达意的诗人。

使用诗歌语言

长者问：“你愿意嫁给玉素甫吗？”

她说："正合我的心愿。"

长者问："你愿意娶吐拉汗吗？"

他说："早就盼望这一天。"

——闻捷：《婚礼》

诗歌与日常语言也是有差别的。《婚礼》中，两个人其实表达的是同一个意思："我愿意"，但是他们一个说"正合我的心愿"，一个说"早就盼望这一天"。这里除了诗体对语言的要求，比如押韵、形式的对等之外，还因为其特别的装饰性，比如"正"对应"早"，"合"对"盼望"，这种个人动机的强化，使诗歌有了一种特别的情调和感觉。

在许多以日常生活事件为题材并用日常语言写就的诗歌中，我们要注意到，诗歌语言的"日常性""口语化"只是一个让步修辞，它一定有一个在意义和语感方面大大的飞跃。这样的语言其实是对当代诗歌前一阶段语言过于精致化、意义化的反驳，它们在追求一种新的审美、愉悦的语感。它们不是做不到精致，而是在刻意回避精致，或者在创造另一种精致。杨典在《前忏悔录》的第一个段落里，从三岁那年"我"杀死了一窝蚂蚁的忏悔开始，罗列到十七岁的种种荒唐；第二段从 1987 年开始，逐一列举二十余年所做过的不堪往事。作为忏悔活动，其深度已经到了"灵魂深处一闪念"之间，不避龌龊与粗俗，甚至带有某种"暴力""自虐"倾向，但是在结尾话锋与意义却发生了翻转："我愧对那些随风而逝的菊花、白发和古书"。

意象/物象结构

我打江南走过/那等在季节里的容颜如莲花的开落/东风不来，三月的柳絮不飞/你的心如小小的寂寞的城/恰若青石的街道向晚/跫音不响，三月的春帷不揭/你的心是小小的窗扉紧掩/我达达的马蹄是美丽的错误/我不是归人，是个过客

——郑愁予：《错误》

诗歌的结构单位是意象/物象，即使是人物形象，也努力将其转化成意象/物象或建立联系，这样故事的讲述成为意象/物象的流动，在虚实间抒情表意。《错误》在故事层面是这样的：一个过客“我”经过江南某个小镇，恰恰有位女子在等待她的心上人，“我”的马蹄让她产生误会，以为是自己的心上人回来，结果发现是一个“错误”，在转瞬间，由欣喜转为失望；作为“肇事者”与“旁观者”，“我”也深表遗憾。这个故事只是一个生活事件，令人产生感触，但未必能产生美感以及其他更丰富的联想。现在，诗歌将这个故事的人物、行动/事件以及感触均意象化了：容颜如“莲花”，从欣喜到失望如“莲花的开落”，心如“寂寞的城”，“春帷不揭”，“窗扉紧掩”，长久的等待如同倾听“青石的街道向晚”，却一直“跫音不响”。这个事件的确是个错误，但是，它是一个“美丽的错误”。

工坊活动

一、个人随笔写作

一千字篇幅的个人散文结构图：

第一部分：叙述（650 字，非常具体）

第二部分：转折（150 字，一般具体）

第三部分：结论（200 字，比较抽象）

—— 摘自杰克·哈特：《故事技巧——叙事性非虚构文学写作指南》

二、戏剧性提炼

一个富商爱上了雇来参加周末聚会的妓女（《风月俏佳人》）

一个土匪要执行社会公平正义（《让子弹飞》）

一群土匪要执行社会公平正义（《水浒传》）

一个贼不惜用生命保护乘客的财产（《天下无贼》）

仙女爱上穷小子（《天仙配》）

人爱上妖（《白蛇传》）

三、将自己的故事改写为诗歌，抒情诗、叙事诗等不限

并检测：

主题是否有趣？有意义？别开生面？耳目一新？（诗意）

核心意象/动作是否清晰？

结构/语句是否完整？是否遗漏信息？

是否有内在韵律？（情绪平衡与意义完整原则）

再做一次减法：

主题能否再小一点？

哪些意象可以删除？

哪些句子、词语可以删掉或合并？

附录 A

简谈创意写作工作坊[①]

“创意写作”（creative writing）兴起于 19 世纪末期美国高校文学教育教学改革，首先作为“一项在全美高校开设的小说、诗歌写作课程的校园计划”，以“一个招募小说家、诗人从事该学科教育教学的国家体系”形式出现。[②] 二战前后它在美国逐渐发展成为一场全国性的社会运动，在应对战后军人战争创伤、黑人教育、移民浪潮、女权运动、多元文化碰撞融合、文学类型化、美国梦形成以及文化创意产业发展等诸多问题方面发挥了巨大作用，与此同时自身也发展为一门成熟的学科，在欧美、澳大利亚及亚洲等国家地区推广开来。招募作家进高校从事教学写作工作，即后来风靡世界的“驻校作家制度”的开始。作家教学写作，改变了传统的写作教育教学模式，工作坊教学逐渐成为主流。

无论是作为写作活动、社会运动，还是作为学科存在，创意写作工作坊都在创意写作中承担着重要使命，并体现出相对于传统写作及写作教育的创新性、优越性。对于创意写作工作坊与创意写作之间的关系，爱德华德·迪兰尼描述为“车轴之于车轮”[③]，其重要性可见一斑。作

① 原名“创意写作工作坊研究”，此部分内容略有删减。许道军．创意写作工作坊研究．中国作家研究，2015（1）.

② MYERS D G. The elephants teach—creative writing since 1880. Chicago：University of Chicago Press，2006：Preface（xi）.

③ DELANEY E J. Where great writers are made. The Atlantic（Fiction Issue），2007（8）.

家在创意写作工作坊里写作或者教学写作，学生在创意写作工作坊里锻炼写作，是创意写作工作坊的存在常态，如迈尔斯所描述的那样，“写作工坊作为一套流程，已经成为这段时期作家们的标准训练和共同体验”①。

近年来，复旦大学、上海大学、中国人民大学、广东外语外贸大学、北京大学、广东财经大学等高校开始系统引进海外创意写作学科，探索驻校作家制度，设置创意写作系或专业，在本科和研究生两个层面创建中国创意写作教育系统。推进创意写作教育教学，实现写作教育的革命性转变，创意写作工作坊是关键一环。然而，何谓创意写作工作坊，何谓工坊式教学，如何教学，以及它本身的局限，关于这些关乎创意写作学科健康发展的基本概念问题、理论问题及方法问题，国内的认识还存在许多盲点与误区。因此，本部分将就何谓创意写作工作坊，创意写作工作坊的组织形式、工作形式、教学形式等内容展开探讨，同时以上海大学创意写作工作坊近年来的创意写作教育教学实践为例，分享与交流创意写作工作坊在写作教育方面的突破与局限，以供方家指正，共同推进中国创意写作学科的创建和深化。

一

创意写作工作坊（creative writing workshop）草创于美国爱荷华大学，也在爱荷华大学修成正果。1896年，爱荷华（大学）作家工作坊（Iowa Writers' Workshop）开始孕育启动，这是一个兼具写作、教学与学习功能的工作组织。1897年春季学期，爱荷华大学开设了诗歌写作课程，这就是爱荷华作家工作坊开设的课程工作坊雏形。1922年，爱荷华研究生院院长卡尔·西肖尔宣布高级学位班接受创意作品作为

① MYERS D G. The elephants teach—creative writing since 1880. Chicago：University of Chicago Press，2006：Preface（xi）：2.

学位论文，学生可以凭借创作而不是学术论文获得学位；文学院也开始提供写作方面的固定课程，由驻校作家和访问作家为创意写作选修课程教学提供写作指导。这是创意写作工作坊迈向系统化、学科化的坚实一步。1936 年，创意写作工作坊诗人和小说家聚集在韦尔伯·施拉姆旗下，开始成为一个实体，创建了创意写作系统（creative writing program），创意写作从此进入“系统时代”（Program Era）。[①] 据“作家与写作项目联盟”(Association of Writers & Writing Programs，AWWP) 2010 年发布的数据，截至当时，全美已经有 822 个创意写作系统，超过 300 个系统在研究生层次，37 个可以授予博士学位。[②] 作为创意写作系统的“发源地”，爱荷华创意写作系统是美国最早的一个，也是最好的一个。[③] 1967 年，爱荷华作家工作坊“升级”为“国际写作计划”（International Writing Program，IWP），使作家间的交流合作走出美国，面向全世界，组成更大规模的工作坊。主持人保罗·安格尔在随后的 20 多年里邀请了 70 多个国家的 100 多位作家来爱荷华进行创作交流，希望作家们明白“这个世界之所以有这么多不同意见的声音，是因为他们只是想真实地告诉别人民族语言的理念和情感”[④]，而这个理念也恰恰是自创意写作工作坊发展而来。

在考察创意写作工作坊历史和创意写作国家重要工作坊的基础上，我们倾向于这样认为：创意写作工作坊是以创意写作实践或创意写作教育、研讨等相关工作为导向，由若干参与者组合而成的活动组

① 麦克格尔．创意写作的兴起：战后美国文学的“系统时代”．葛红兵，郑周明，朱喆，译．桂林：广西师范大学出版社，2012：14.

② https：//www. awpwriter. org/programs _ conferences/guide _ writing _ programs. 另有数据：截至 2011 年，全美已建立起 854 个创意写作工作坊系统、超过 2 000 个本科创意写作课程系统。参见：ALLEN A，Amazon Publishing Leaps Forward. http：//bigthink. com/ideas/39844，2011-08-21。

③ GRIMES T. The workshop：seven decades of the Iowa writers′ workshop. New York：Hyperion，1999：preface.

④ 麦克格尔．理解爱荷华——“创意写作”在美国的诞生和发展．湘潭大学学报，2011 (10).

织。由于它是一个由作家领衔的组织或者是作家自身组建的“群体”（group）[①] 或“团体”（community）[②]，因此这些工作坊的命名，大多与“写作”和“作家”相关，有时候称之为“写作工作坊”，如奥德赛写作工作坊（Odyssey Writing Workshop），更多的时候被称为“作家工作坊”：它们有的被命名为“‘作家们的’工作坊”，如爱荷华作家工作坊（Iowa Writers' Workshop）、哥谭作家工作坊（Gotham Writers' Workshop）等；有的被命名为“‘作家的’工作坊”，如米尔福德作家工作坊（Millford Writer's Workshop）、梧桐山作家工作坊（Sycamore Hill Writer's Workshop）等；有的被命名为“‘作家们’工作坊”，如特基城作家工作坊（Turkey City Writers Workshop）、西克拉里恩作家工作坊（Clarion West Writers Workshop）等；有的被命名为“作家群”，比如法典作家群（Codex Writers Group）等；还有很多没有直接出现“作家”但实际上是作家群组合的工作坊，如瓦伦西亚826号（826 Valencia）、赖声川表演工作坊、上海市华文创意写作中心等。

同活跃于其他领域的工作坊一样，创意写作工作坊首先是一种由任务或目标驱动而聚集的群体、工作组织，它的基本工作方式——“工坊式写作”——在现代影视剧本创作尤其是好莱坞电影工业中，发挥着特别重要的作用。在某些领域，工作模式也会因某个工作坊的特别贡献而命名，比如“米尔福德方法”（Millford Method）。但与此同时，创意写作工作坊既可以是以展开集体写作、交流写作技巧、筹谋写作活动、商讨学术或者从事其他与写作相关的事宜为目标的工作组织，也可以是包含上述工作但又承担培养作家新人、教学写作技巧

---

① SELLERS H. The practice of creative writing—a guide for students. New York: Hope College, Bedford/St. Martin's Boston, 2008: 29.

② EIBOW P, BELANOFF D. A community of writers—Paul Engle and the Iowa writers' workshop. Iowa City: University of Iowa Press, 1999.

责任的教育组织，比如上述的许多工作坊；同时还可以是更“小一级”的教学单位，相当于“班级”“课程”等形式。经常会出现这样的情况：在一个“作家工作坊”之内，又出现了多个更小、更具体的“课程工作坊”。比如爱荷华作家工作坊既孵化出了上一级的创意写作系统，也培育出了多个以“课程”为形式的下一级工作坊，如诗歌工作坊（Poetry Workshop）、小说工作坊（Fiction Workshop）、翻译工作坊（Translation Workshop）等，它们都是爱荷华作家工作坊提供的课程形式。哥谭作家工作坊更是包括了几十个具体课程工作坊，并以课程的丰富而闻名。东英吉利大学创意写作课程（UEA Creative Writing Course）由马措姆·布拉德比瑞和安格斯·威尔森两位先生在 1970 年创设，由于这个学校的创意写作 MFA 被广泛认为是英国最有声望、最成功的学位，其候选位置竞争之惨烈、课程之艰难几近“臭名昭著”，因此课程名声反而超过工作坊名声。

不同作家工作坊（包括驻校作家/教师团队）、课程、班级以及进阶学位，包括入学、选课、培训、提高、认证等各个环节组成的体系，构成了“创意写作系统”。相对于单个创意写作工作坊、社会培训机构或仅仅工作指向的工作坊，它不仅有稳定的创意写作教师团队（作家或驻校作家团队）、常设的创意写作工作坊课程（诗歌、小说、戏剧、散文或者翻译等）、各个层次（本科生和研究生，知识型与技能型，长学期与短学期，等等），还能提供各个级别的学位（学士、硕士或博士），为学生提供更加系统的创意写作训练。如爱荷华创意写作系统，它“提供英语专业艺术硕士头衔，这个头衔已是获准在高校任教创意写作的终端学位”；作为“工作坊”，“它又为那些具有天赋的作家提供与杰出作家一起工作和学习的机会”[①]。

依据所培养的诗人和作家数量与质量以及影响力，爱荷华大学的

---

① http：//writersworkshop. uiowa. edu/about/about-workshop/philosophy.

艺术硕士创意写作系统排在美国第一位。爱荷华创意写作系统之所以赫赫有名，依旧与爱荷华创意写作工作坊密切相关。值得一提的创意写作系统还有休斯敦创意写作系统（University of Houston Creative Writing）、沃伦·威尔逊 MFA 作家培养系统（Warren Wilson College MFA Program for Writers）、石岸创意写作 MFA 系统（Stonecoast MFA Program in Creative Writing）等。它们各有特色，如休斯敦创意写作系统是一个小说与诗歌研究生层次系统，设有文学与创意写作专业哲学博士学位和英语创意写作 MFA 学位；沃伦·威尔逊 MFA 作家培养系统是美国最古老的短期培训写作艺术硕士系统；石岸创意写作 MFA 系统则主攻非虚构创意写作、虚构写作、诗歌写作和通俗小说写作四个文类，它也是美国两个能颁授通俗小说学位的 MFA 系统之一。

福斯特非常赞同罗洛·布朗在《创意精神》中的观点：没有哪门艺术可以仅仅“在工作坊中就能学透”，作家需要更加系统的文学教育。[①] 创意写作系统整合了各种写作与教学资源，促成了学历教育与技能教育的结合，摆脱了创意写作工作坊教育“单打独斗”的局面。由于系统设置的丰富性与体系性，它也解决了创意写作学科发展初期“文学技能教育”与“文学知识教育”不相兼容的难题，文化教育、文学教育与文字教育不再是写作教育的“敌人”，也不必在吵吵嚷嚷、相互攻讦中证明自己的作用与地位；相反，它们现在成了创意写作的基础、后援甚至是深度的标志，也是工作坊成员未来可持续写作的保证。

二

许多创意写作工作坊以鲜明的教学特色、卓越的教育成就而闻

---

① FOERSTER. Language and literature. University of Iowa Studies. Iowa City：University of Iowa，1931：115. 转引自：MYERS D G. The elephants teach—creative writing since 1880. Chicago：University of Chicago Press，2006：Preface（xi）：133。

名。它们有的置身于创意写作系统之中，有的隶属高等院校的教学单位，有的则是社会培训机构，独立开展写作教学。我们不妨以三个不同类型的工作坊为例，以管窥豹。

首先要提到的仍是爱荷华作家工作坊。这是一个集写作活动、教学和学习（自学）三位一体的工作坊，教师、学生均取得了不起的成就。它分为小说工作坊和诗歌工作坊两个大方向，提供工作坊和研讨会两种课程形式，课程分为本科和研究生两个层次，其中以研究生层次的课程最为著名。小说工作坊课程有五个分支，诗歌工作坊课程有四个分支，分别由专门作家和教学人员任教。在住校的四个学期中，学生都要求参加一个研究生层次的小说或诗歌工作坊，每个工作坊包括 10～15 名学生，在其中，他们互相品评彼此的作品。爱荷华作家工作坊每年都邀请作家来访，教授诗歌和小说写作，诗人罗伯特·弗罗斯特和罗伯特·潘·沃伦等曾是这里的驻校作家。据爱荷华大学网页统计，有数十位赫赫有名的作家、诗人在这里访问教学。爱荷华大学发展了“爱荷华国际写作计划”后，这个工作坊更是跨越了国界，引来了更多的作家一起工作、交流、学习。当然，受益的不仅是那些受到邀请的作家本人，更重要的是那些在爱荷华大学学习写作的学生。余光中、梁牧、王文心、白先勇、萧乾、艾青、陈白尘、茹志鹃、王安忆、吴祖光、张贤亮、冯骥才、白桦、盛容、汪曾祺、北岛、阿城、刘索拉、余华、徐子建、叶炜等先后访问爱荷华，有过一段美好的工作经历和生活时光。

哥谭作家工作坊是美国最大的成人写作教育学校，1993 年创建于美国纽约城，现今同时在纽约和网络提供课程。这个工作坊的主任亚历山大·斯蒂尔编辑了《小说写作》《小说走廊》和《电影写作》三本书。相对于爱荷华作家工作坊师生们的创作成就，哥谭作家工作坊似乎逊色得多。

哥谭作家工作坊之所以深受学员欢迎，与它的课程设置有关，正如它的网站介绍中所言，工作坊不仅提供写作的各种技巧指导，更有学员在其他地方无法寻觅的综合课程。归纳起来，哥谭作家工作坊的写作课程有以下几类：第一类是美国传统高校能够提供的创意写作课程，比如虚构或非虚构类；第二类比较倾向创意文化产业的课程，这些课程一般高校不开设；第三类则是倾向于生产类创意活动文本写作，如出版技巧、剧本出售，近似于创意活动策划或文案写作课程；第四类课程则是与商业活动有关的工具类功能文本写作，如商务写作。最有特色的是关于创意写作心理的课程，分别是“创意写作101”（Creative Writing 101）、“突破写作障碍”（Jumpstart Your Writing）两门。在学制上，哥谭作家工作坊分为一日制、六周制和十周制，分别为低级班、高级班和大师班提供不同层次的课程，它们既可相互独立，也在训练上循序渐进，跟一般高校创意写作课程有很大不同。

哥谭作家工作坊最有特色的课程是关于创意写作心理的课程，它们分别是“创意写作101”“突破写作障碍”。在创意写作工作坊里开设创意写作心理研究的课程，把创意写作心理问题突出到专门课程的高度，的确抓住了这个学科的关键。“突破写作障碍”课程针对的问题是喜爱写作但憎恶障碍、为作家障碍所困扰，它要做的工作其实就是明确回答“写作是否可以教授”“作家是否可以培养”这类学科根本问题。“创意写作101”是哥谭作家工作坊最受欢迎的四门课程之一，它像总论，是关于所有课程的课程。它涉及如何写作虚构和非虚构作品的要领和技巧，但着重点放在写作心理的鼓励和引导上面，如“快乐写作”“观察”“想象”和“语言”的重要性，“展示”和“讲述”的差异及技巧，但更重要的是“个性”，即“写你知道的，写你想知道的，找到属于你个人的腔调”。关于如何克服作家障碍，进行创意写作，这门课程也给出了具体的建议和承诺，如提供向多个方向发展的写作练习，为抓寻新idea而提供的集体ideas，集体创作所拥有的支持与宽松环境，养成良好的写作习惯，对自己强势与弱势的自觉，等等。

许多创意写作工作坊里都设有故事工作坊。在所有故事工作坊当中，哥伦比亚学院（芝加哥）的故事工作坊（Story Workshop）名扬四海，然而比故事工作坊更为有名的是“故事工作坊方法”[①]。这个工作坊方法由约翰·舒尔茨教授于1965年研创，有意思的是，它最初为中小学的写作课堂量身定做，最后却被哥伦比亚学院（芝加哥）小说创作系的系列创作课程采用，后来哥伦比亚学院的小说创作系反过来成为著名的故事工作坊方法教学实验基地。

“故事工作坊方法”总结起来大约有以下几点：（1）强调故事写作的创造性。突破传统故事叙述手段，从某个细节或者某个突发奇想中得到灵感后，可以根据自己的理念并结合一定的生活来进行创作。（2）让学生突破创作心理障碍和束缚，能够大胆地想象，能够持续地创作、写作，而不是中途觉得不好就停止。（3）不会有任何的限制，给学生充分的探索空间。（4）不拘泥于一种写作模式和文学写作类型，倡导多方面去尝试创作，不会去有意识地暗示或者要求学生一定要朝哪个方向发展。（5）根据学生写作类型，找来各种相关类型的作家、专家进行对口专业方面的指导，让学生自己去发现自己究竟擅长哪方面创作。（6）同影视相结合，从视觉、视角、流动等方面来理解和实践文学创作。[②]

“故事工作坊方法”之所以行之有效，还在于两个特别的辅助因素：一是工作坊拥有学生制作并出版的三个刊物*Hair Trigger*、*F Magazine*和*Fictionary*。学生为刊物写稿、选稿，创作、编辑、出版、发行一条龙，既是写作，又是工作，从中得到很大的锻炼，这是一般的工作坊没有的条件。二是开设有美国最大的创意写作发展计划之一的“故事周”。在“故事周”里，工作坊邀请优秀的作家、演员、

① http：//www. storyworkshop. com/.

② http：//www. colum. edu/Academics/CreativeWriting.

出版商、编辑、教师等来此分享人生与创作经历，还为工作坊学生“把脉”，考查学生究竟适合向哪个方向努力，进而为之提供量身定做的指导。这又与一般的“故事周”泛泛而谈、开完会走人或者受益的是教师不一样，这样的“故事周”完全是为工作坊、为学生服务的。

三

D. G. 迈尔斯认为，工坊制的起源差不多与“作家俱乐部”的传统有关，它最初并不是高校的教学组织或为这个组织而准备，“创意写作并不是由一群想要见面讨论自己创作的作家以正式的高校课程的形式建立的，它的存在也不能归因于对一个制序机构的笨拙摸索”[①]。这个论断是公允的，并不是所有的创意写作工作坊都以写作教学为己任，有些时候，工作坊只是作为作家们一起商讨、合作与工作的组织，可能看起来更像是“打油诗人俱乐部”或文学小团体。但是，即使在这样的组织中，锻炼新手、提携新人、发现新星也似乎是其工作的天然的一部分。当然，如果它们也存在“教学”行为的话，其形式更像师傅带徒弟。我们不妨以以下几个工作坊为例，考察创意写作工作坊形式的多样性。

梧桐山作家工作坊位于美国佐治亚州迪卡尔布县，是一个仅邀请科学小说、幻想小说和奇幻小说作家参加的工作坊，他们以创作和出版作品为目标，成员每周会面一次，品评故事，讨论艺术，交流写作技巧，也谈谈写作生意，类似于沙龙的松散组合。

特基城作家工作坊位于得克萨斯州，是一个职业科幻小说作家工作坊。它被称作“计算机科幻小说的摇篮”，因为这里是那些有志于从事科幻小说创作者首次相遇的地方。“星云奖”获得者汤姆·李米是那个年代工作坊的最初组建者之一。赫赫有名的科幻小说作家布鲁

① MYERS D G. The elephants teach—creative writing since 1880. Chicago：University of Chicago Press，2006：Preface（xi）：13.

斯·斯特林在1973年加入工作坊时，是这里最年轻的成员。《终结者》编剧（之一）哈兰·艾莉森在特基城“发现”了斯特林，并张罗出版了他的第一个长篇故事。他们编译了《特基城词典》（*The Turkey City Lexicon*），这是一个讨论科幻小说写作时反复用到的术语集合。其他作家工作坊作家谈及科幻小说文类时，这些术语都被使用或采用。罗伯特·绍尔曾经描述的“所有言谈词汇之母”，比如“赛博朋克”就是布鲁斯·斯特林等作家的首创。

“未来作家”（Writers of the Future，WOTF）是罗恩·哈伯德在1980年代初发起的一个科学幻想小说（科学小说与幻想小说）大赛。作为科学幻想小说大师和这个小说类型的受益者，他所设立的这个大赛，带有强烈的“回报”这个写作领域的色彩。大赛没有参赛费，但是对于那些科学与幻想小说菜鸟作家来说，却有最高的回报。之所以说提携新人，是因为大赛明确要求参赛者不得在任何媒体上发表过“一部长篇小说或一部小长篇，或者超过三个短篇”。而参赛作品一旦出版，铁定有高额报酬。而且，所有获奖者与著作出版者都受邀参加长达一周的作家与艺术家工作坊和戛纳电影颁奖仪式，大赛组织方为活动买单。届时，大伙身着晚礼服、长袍（普通与会人员一般也都盛装出席），衣冠楚楚，步入“上流社会”。除了才华横溢的科幻小说家、艺术家到场外，形形色色的好莱坞影星也时时光临现场。

以大赛形式为活动方式的工作坊还有风城科幻小说大赛（Windycon）[①]，然而，即使是以大赛为名，它还是常年招收学员。阿尔文基金会（Arvon Foundation）是一个促进英国创意写作的慈善组织，在德文郡、什普罗镇、约克镇和因佛内斯镇四个地方提供住校创意写作

① Windy是指芝加哥，芝加哥的一个别号就是“风之城”（Windy City），con是指“会议”（convention）。对照Worldcon，即“世界科幻小说大会”（The World Science Fiction Convention）——芝加哥三个科幻大会之一，以及这个工作坊的大赛性质，我们把它译为“风城科幻小说大赛”。

课程，同时也筹集资金，资助那些无力支付全额课程学费的人参加课程。阿尔文基金会也举办有两年一度的“阿尔文国际诗歌大赛”，但影响不大。

以街道位置命名的“瓦伦西亚 826 号”更像一个社区志愿者服务工作坊，它坐落于旧金山米申区，2002 年由作家戴夫·艾格斯和与文学、社区教育都有关联的退伍老兵教师尼尼伍·卡莱加里共同创建。“瓦伦西亚 826 号”由一个写作实验室、一家临街的广受学生喜欢的“海盗用品商店”（该商店部分资助 826 写作系统）和两个中学附近的卫星教室以及 1 400 多名志愿者组成。这些志愿者包括出版过作品的作家、杂志创始人、学术能力评估测试课程指导教师、电影文献纪录片制作人等。他们为社区免费提供这些服务：为旧金山周边地区极缺乏教师的学校支教；帮助学生写调研论文、大学入学考试文章或者口头故事；在工作日夜晚和周末教授类似卡通制作、大学入学申请书等写作技巧；每周花五天时间为那些写作技巧参差不齐、兴趣不一的学生进行免费的一对一辅导。有的时候，完全谈不上“写作指导”，因为这些学生绝大多数来自拉丁美洲人占绝大多数的街区，英语都说不利索。有的小孩做完了家庭作业后，会尝试写作；有的则干脆从书架上取下一本书，安安静静地阅读。除了这些“低端”的写作服务工作外，工作坊每周还提供多达四次的写作工作坊活动，每次活动都安排一个作家与整个工作坊的学生进行圆桌讨论，或者举行以诗歌、新闻或者出版物的约稿写作为主题的研讨会。“瓦伦西亚 826 号”也出版过一大批学生撰写的文学杂志、报纸、书籍以及小册子，每年最大的出版项目是“年轻作家著作项目”。

根据当年的《军人重整法案》要求，大量退伍军人获得了接受高等教育的机会，退伍老兵进高校创意写作系统，在专门为他们设置的工作坊里写作战争回忆录，用以“软化”自己的战争创伤，释放自己的焦虑与对立情绪，最终慢慢融入社会。反过来，工作坊也深入监狱，深入社区，深入郊区学校。提高写作技巧、培养作家或许倒不是主要目标，让移民、黑人及其他族群有自我表达的习惯，让那些少数族裔中的新作者以及女性作者有可以发出“声音”的机会，做到教育“容纳差异性”和文化多元化并存，或许才是工作坊的主要责任。“瓦伦西亚 826 号”的意义应该在此。

四

作为教学单位，创意写作工作坊有别于传统的地方在于，它“既是一个写作又是一个教学写作的综合课程”①，“合作和沟通既是一种学习模式，也是一种互动的工作模式”②。作为教育教学方法，创意写作工作坊也发展出了一种现代教学模式，人们又称之为“工坊式教学模式”。一些创意写作工作坊在写作教学探索中成就斐然。在某些时候，这种教学模式会以该工作坊直接命名，表示向它们所做的特别贡献致敬，比如“克拉里恩方法”和上文谈到的“故事工作坊方法”等。

美国创意写作工作坊专家汤姆·基利指出，创意写作工作坊就是“一个关于学生作品的编辑会议”③。在这里，你既是作者，又是读者；你既与工作坊伙伴一起研讨经典作品，也与大家一起，像研究经典作品一样，研究你自己的作品，指出不足，提出建议，发展优势。通常情况下，每个讲习班工作坊由 10～15 人组成，哥伦比亚学院（芝加哥）故事工作坊只有 7～12 个学生，以保证每个学期每个学生能够有三次展示作品的机会。参加工作坊必须先通过考试，作品经过老师的审阅才有可能获得学习资格，然后成员间对彼此的作品进行讨论。工坊式教学的实践性、合作性、自主性与创造性，极大地提高了学生写

---

① ZIEGLER A. The writing workshop. New York：Teachers&Writers Collaborative，1981：4.

② BLANTON L L，LEE L. Writing workshop：promoting college success. Boston：Heinle&Heinle Pub，1998：7.

③ KEALEY T. The creative writing MFA handbook. New York：Continuum International Publishing Group Ltd，2008：171.

作的积极性与技巧。作为教学方法与教学模式，写作工作坊的神奇之处已有人精彩描述了。《纽约客》的一位撰稿人露易丝·曼南德把创意写作的教学理念概括为："一群从未发表过诗歌的学生，能够教会另一群从未发表过诗歌的学生，如何写出一首可以发表的诗歌。"①

创意写作工作坊如何教学，我们将另行探讨，这里只是想指出，凡事有利有弊，作家工作坊并非魔术箱：菜鸟走进去，作家走出来，它同样存在着自身的问题。这些问题，既具有普遍性——所有的创意写作工作坊在活动中都会面临，也具有具体性——存在于现今中国教育教学体制之中。具体来说，存在如下四组矛盾：

首先是作家个性形成与作家"批量生产"的矛盾。对于一个作家而言，个性相对于技巧而言要重要得多。但在工作坊训练当中，为了保证程序的连贯、合作的顺畅，学生经常被暗示要压抑自己的个性，以适应工作坊的节奏。约翰·奥尔德里奇曾批评爱荷华大学写作工作坊是对现代个体的伤害，是把个体扔进流水线当中，生产某一类作家，甚至是"批量复制作家"，只能写出"小而圆滑的批量复制的文学作品"②。其次是"无限创意"与程序控制的矛盾。工作坊运转原理之一为程序控制法。所谓程序控制法，即是对经常性重复出现的活动按照标准化程序来加以监测、控制，以保证活动结果、质量达到控制目标和要求的一种现代管理方法。工作坊教学发展到今天，已经走向娴熟精致。有人曾这样描述工作坊："整个课堂就像一台演出，教师角色是多面的，扮演着编剧、导演、演员等不同角色。"③ 这不是特意描述创意写作工作坊活动现场，但是这种描述完全适合创意写作工作

① MENAND L. Show or tell：should creative writing be taught? . New Yorker，2009 (6).

② ALDRIDGE J W. Talents and technicians：Literary Chic and the New Assembly-Line Fiction. New York：Scribner's，1992：28.

③ 黄越. 工作坊教学模式下的大学教师角色——以翻译课堂教学为例. 大学教育科学，2010 (6).

坊。虽然有“编”有“演”，工作坊的创意尽在“掌控之中”，但也因此与创意写作所要求的无限创意形成矛盾。再次是写作规律与教学方法的矛盾。写作之所以可以教授，是因为它有自己的原理、普遍形式、原型，写作教学遵循了写作的普遍规律，写作是可以教授的。然而创意写作工作坊并没有统一标准的要求，具体实施因人而异，“多数情况下，工作坊模式的运作取决于课程的层次和写作教师自己的决定”，“一些教师开始工作坊的教学时开有一个冗长的阅读书单”，“也有教师视工作坊为关于技巧的课程”，“许多教师支持自由写作实践”，“另一些教师则研发一些策略比如练习、写作激励”，如此等等[①]，在这种情况下势必会出现“写作有时候可以教，有时候又不可以教”的现象。最后是人文精神的培育与写作产业化的矛盾。在传统的写作中，纵使有些作家深谙作品畅销的精髓，他们也会秘而不宣；整体上，作家们仍旧把写作当作一项十分高级的精神活动，多问耕耘，少问收获。但在现在的创意写作工作坊中，如何投稿、出售、销售作品，如何迎合出版商，如何迎合市场，堂而皇之地作为写作的一部分，甚至被当作课程加以教授。由于作家亲眼见到了作品在文化创意产业中的巨大作用，在维护作家权益、提高作家福利的同时，他们会不会由此高估自己的写作成果，或者重估写作活动，造成人文精神的培育与写作产业化的矛盾呢？让人担忧的是，这不是担忧，已经是事实。

五

上海大学是中国最早引进与创建创意写作学科的高校之一，与复旦大学保持着良性的互动与呼应。作为一家活动组织与教学单位，上海大学创意写作工作坊在著名作家葛红兵的带领下，率先开始中国写作教育的改革，尝试在创意写作工作坊教育中探索出一条新路。经过

---

① DONNELLY O. Establishing creative writing studies as an academic discipline. Bristol：Proquest，Umi Dissertation Publishing，2011：77.

七年的努力，上海大学创意写作工作坊已经成为集写作、教学与学习三位一体的单位，在翻译引进、理论创新、写作实践、教学探索、社区服务等多方面取得了成就，积累了经验。在率先引进和运用创意写作工作坊教学模式的时候，该工作坊也首次遇到了创意写作所面临的中国问题，具体如下：

首先，它要面临工作坊主持人资格，也就是谁可以来教学的问题。创意写作工作坊要求是作家教学、行家教学，对教师的要求非常高。而现在中国高校的实际情况是，写作学教育教学师资几乎是中国高校所有系科中最薄弱的一环；一些高校即使有自己的作家，也被迫转向更具“学术性”的领域，放弃写作教学。与此同时，在世界范围内广为盛行的驻校作家制度在中国高校的实施也面临着许多实际困难。我们即使知道各级作协有庞大的作家闲置，其中有许多作家具备充分的写作教学能力，也无法将他们以适当的“名分”、适当的“待遇”“引进”高校，让他们来创意写作工作坊安安心心、顺顺畅畅地教学。退一步讲，即使作家将来可以“名正言顺”地进工作坊进行写作教学，也或许会面临一个“作家教学培训”的问题，即：作家会写作，未必会教写作——作家将写作课上得一团糟的现象屡见不鲜。届时，谁来教作家教学写作？在上海大学创意写作夏令营的三十多位外聘写作导师中，像王若虚、徐芳、路金波这样会写会教、深受学生欢迎的作家，毕竟是少数。

其次，它要面临参与者资格，也就是谁可以来学习的问题。按照程序要求，参加创意写作工作坊的学生需要提出申请，除了对写作感兴趣之外，还要有相匹配的写作能力，否则工作坊活动的开展将会受到很大影响。在海外，某些高校创意写作工作坊对学生的挑选几乎达到“百里挑一”的程度。[①] 但这种要求在中国高校难以实现，现有的

① 殷颖．美国的“作家班”．作家杂志，2005（10）．

选课系统只能辨别学生对工作坊是否有兴趣，却无法辨别学生的实际能力。同时，我们还要兼顾教育公平，没有理由拒绝那些看起来不适合在工作坊学习的学生。

然而，随着近年来就业压力越来越严峻，新的问题接踵而至。一些天赋很高的学生，理应选择适合他们的工作坊课程，但是出于就业或者升学（考硕士研究生或者读博士研究生）的考虑，他们倾向于选择“更有前途”的专业和课程。在他们看来，目前还没有合适的事业单位或公务员岗位等着创意写作专业，与此同时，虽然“成为作家”的梦想十分美好，但是成为作家之路却遥遥无期——实际上，成为作家是终身的事。这又造成了有天分、本应在工作坊深造的学生流失。

最后，它要面临教材的问题。创意写作工作坊也是写作课程，是课程就需要写作教材。然而，创意写作与传统写作的理念是如此不同，工作坊课程与传统课程的差别是如此之大，一时难以找到与之匹配的教材，尤其是训练方案。退一步，关于写作的教程教材不下千部；进一步，合适的教材几乎没有。

到底什么是创意写作工作坊？工作坊模式如何科学开展？这在全世界范围内都需要进一步探索。如比扎罗所说的那样，作为教学模式，创意写作工作坊已经有百余年历史，然而它“只是作为创意写作教学的被默认的教学法”，是一种“基本上未被修订过的”古老方法，“没有给予它精细而适当的研究”①。尽管有许许多多的工作坊，但到底什么样的工作坊才是理想的、科学的工作坊，仍旧处于摸索之中，正如哈克所说的那样：“那不是工作坊，那仍旧不是工作坊。”② 当然，我们不能因为英语国家也没有解决这个问题而暗自庆幸；相反，我们

① BIZZARO. Research and reflections：the special case of creative writing. College English，66（3）（Jan，2004）：294－309.

② DONNELLY D. Establishing creative writing studies as an academic discipline. Bristol：Proquest Umi Dissertation Publishing，2011：77.

更缺乏实践经验和成功范例，研究因此更缺乏基础。

进一步研究创意写作工作坊活动的规律，更积极地进行创意写作工作坊活动的探索，提高工作坊活动的科学性与效率，深入社区，努力写作，为中国文化大发展大繁荣培养更多的创意写作人才，提供更多适应时代、走向世界的作品，是中国创意写作工作坊的艰巨任务，也是光荣使命。

附录 B

故事工坊活动小贴士

■ 故事设计的问题引导

1. 什么是故事、好故事、创意故事——你的故事值得写下去吗？

2. 故事的开头和结尾——故事开不了头、结不了尾怎么办？

3. 故事的动力设置——故事写不下去怎么办？

4. 故事的引力设置——担心别人看/听不下去怎么办？

5. 讲故事的人——谁来讲这个故事更合适？

6. 故事逻辑——你的故事可信吗？

7. 故事类型——你的故事有创新吗？

8. “故事马甲”（文体）——你的故事适合怎么“讲”？

…………

■ 故事设计检测要点

（一）故事是否成立

1. 故事核是否强壮？

2. 故事要素是否齐全：时间、地点、主人公/人物、事件/行动、见解、戏剧性、世界观？

…………

（二）结构是否合理

1. 是否以主人公的行动为主线？

2. 变化是否完成？

3. 主人公的行动次数与难度是否充足？

4. 是否遵循“困难/解决困难—拐点（1，2，…）—困境/走出困境—绝境/反抗绝境—小高潮/反转—大高潮/结局”一般性的节奏？

5. 开头提出的问题是否在最后的行动中得到解决？

6. 行动线、情感线与思想线是否保持联动？

…………

（三）故事动力是否自足

1. 人物二元对立结构是否形成，即主人公及其他人物是否找到了自己的对立面？

2. 冲突双方是否都有依据，有无“转念一想”即可放弃、“幡然醒悟”的现象？

3. 人物目标是否与故事目标形成错位？

4. 是否是你自己真正想写的故事？

…………

（四）故事的设计与讲述是否有吸引力

1. 核心悬念是否以主人公与其对立者的博弈为主线？

2. 核心悬念、重要悬念与随机悬念是否形成层次呼应？

3. 外部悬念如此设计是否必要？

…………

（五）视点与视角选择是否合适

1. 故事叙述者的是否是最合适的那一个？

2. 视点、视角是否与主题、价值观一致？

3. 视角是否统一？

…………

（六）故事逻辑是否成立

1. 是否建立了自己的完整“世界观”？

2. 人物的行动是否根植于故事的生活逻辑、心理逻辑、文化逻辑或者其他独特设定？

3. 核心行动是否建立在主人公的核心细节上？

…………

（七）故事是否找到了自己的归属与创新点

1. 是否找准了自己的作品类型？

2. 创新是否建立在成规的基础之上？

…………

（八）故事内容是否与文体匹配

1. “讲与听”的故事。

2. “写与读”的故事。

3. “演与看”的故事。

…………

■“好故事”检测点

1. 事件饱满：核心事件强壮；背景事件、起始事件、激励事件、补充事件俱全（声音、文字讲述故事的文体中，背景事件、补充事件可以概述）。

2. 行动有力：人物能够自己证明自己，无须强叙述；冲突强烈、充满戏剧性且有根据（但是可以淡化、掩饰，达成“诗意”“日常化”表象）。

3. 戏剧性强：围绕一个最大“看点”展开，但同时又具有多处、多层的反差，超越日常生活，形成“奇观”（“极好”“极坏”或者“极平庸”/“无意义”）。

4. 有吸引力：主人公的命运、愿望实现与否让人牵肠挂肚；故事讲述时的信息投放与截留恰到好处，悬念维持到最后一刻。

5. 提供了新见解：对生活有新发现，表达了“正确”而令人信服的价值观，即提供了“更好”的生活图景、人性内容等。

6. 感情真挚：富有感染力，真正将故事当成自己的寓言、与世界对话的方式。

7. 人物可信并能产生移情：故事逻辑化，生活化。

8. 与文体、载体匹配。

…………

■ 工坊内容

1. 知识讲解：故事普遍原理——讲清楚为什么要这样写，为工坊活动提供角度、术语，提高故事设计与写作的自觉性、专业性、科学性。

2. 技巧分析：经典故事/案例研读——从作家/写作角度研读经典作品，探究优秀作家怎么设计、怎么写作，积累经验，打开思路，为个人故事设计提供参考。

3. 工坊活动：像作家一样在课堂上写作，像讨论经典作品一样讨论自己和同伴的作品，开展头脑风暴，多向反馈。

■ 工坊纪律

1. 保密/伦理原则：建立亲密共同体，打开自己，但相互保守对方的秘密。

2. 合作原则：工坊主持人主导，但成员身份平等、意见平等。

3. 表扬原则：以保护和激励工坊同伴积极性为主，每次发言建议最少提出三条优点；如果实在困难，找到同伴“特点”，表示“这是我做不到的地方”。

4. 建设性原则：如果有真知灼见，可以提出替代性方案，供对方思考；或者这么表述——“如果是王安忆，会怎么写呢?”“如果我来写，我会这样写……”

5. 不抗辩原则：被讨论者只做最后陈述，中途只需记录。

参考书目

[1] 阿米斯．小说美学．傅志强，译．北京：燕山出版社，1987.

[2] 阿契尔．剧作法．吴钧燮，聂文杞，译．北京：中国戏剧出版社，1964.

[3] 埃格里．编剧的艺术．黄隽华，译．海口：海南出版社，2020.

[4] 艾伯华．中国民间故事类型．上海：商务印书馆，1999.

[5] 艾布拉姆斯．文学术语词典（中英对照）．吴松江，等译．北京：北京大学出版社，2009.

[6] 艾柯．悠悠小说林．俞冰夏，译．北京：生活·读书·新知三联书店，2005.

[7] 爱克曼．歌德谈话录．朱光潜，译．北京：人民文学出版社，1978.

[8] 奥维德．爱的艺术．寒川子，译．呼和浩特：内蒙古大学出版社，2007.

[9] 巴尔．叙述学：叙事理论导论．2 版．谭君强，译．北京：中国社会科学出版社，2003.

[10] 巴赫金．诗学与访谈：白春仁，顾亚铃，等译．石家庄：河北教育出版社，1998.

[11] 贝克．戏剧技巧．余上沅，译．北京：中国戏剧出版社，1985.

[12] 毕飞宇．小说课．北京：人民文学出版社，2017.

[13] 伯罗薇，斯塔基-弗伦奇，斯塔基-弗伦奇．小说写作叙事技巧指南（第

九版). 赵俊海，李成文，译．北京：中国人民大学出版社，2017.

［14］泊贵洋．从零开始做编剧——10位日本金牌导演、编剧谈剧本（修订版). 武汉：华中科技大学出版社，2018.

［15］博尔赫斯．作家们的作家．倪华迪，译．昆明：云南人民出版社，1995.

［16］布兰德．成为作家．刁克利，译注．北京：中国人民大学出版社，2011.

［17］布鲁克斯．故事工程：掌握成功写作的六大核心技能．刘在良，译．北京：中国人民大学出版社，2014.

［18］布斯．小说修辞学．华明，等译．北京：北京大学出版社，1987.

［19］布斯．小说修辞学．华明，等译．北京：北京联合出版有限公司，2017.

［20］蔡骐，孙有中．现代美国大众文化．北京：中国经济出版社，2000.

［21］曹布拉．金庸小说技巧．杭州：杭州出版社，2006.

［22］查特曼．故事与话语——小说和电影的叙事结构．徐强，译．北京：中国人民大学出版社，2013.

［23］陈果安．小说创作的艺术与智慧．长沙：中南大学出版社，2004.

［24］陈宏．中国小说理论史．天津：天津教育出版社，2005.

［25］陈平原．千古文人侠客梦：武侠小说类型研究．北京：新世界出版社，2002.

［26］陈平原．小说史：理论与实践．北京：北京大学出版社，1993.

［27］陈平原，严家炎，钱理群，等．二十世纪中国小说理论资源（一到五卷). 北京：北京大学出版社，1997.

［28］陈平原．中国小说叙事模式的转变．北京：北京大学出版社，2003.

［29］陈秋平．故事对话．北京：光明日报出版社，2016.

［30］狄更斯．匹克威克外传：上．蒋天佐，译．上海：上海译文出版社，1979.

［31］刁克利．作者．北京：外语教学与研究出版社，2019.

［32］段启明，张平仁．历史小说简史．西安：陕西人民出版社，2005.

［33］樊国宾．主体的生成．北京：戏剧出版社，2003.

[34] 樊俊智．中外小说 35 种创作样式．郑州：海燕出版社，1988.

[35] 菲尔德．电影剧本写作基础——悉德·菲尔德经典剧作教程 1. 钟大丰，鲍玉珩，译．北京：中国文联出版公司，1985.

[36] 菲尔德．电影剧作问题攻略——悉德·菲尔德经典剧作教程 3. 钟大丰，鲍玉珩，译．北京：世界图书出版公司，2012.

[37] 费伦．作为修辞的叙事：技巧、读者、伦理、意识形态．陈永国，译．北京：北京大学出版社，2002.

[38] 福勒．语言学与小说．于宁，等译．重庆：重庆出版社，1991.

[39] 福斯特．小说面面观．苏炳文，译．广州：花城出版社，1984.

[40] 傅承洲．李渔话本研究．南京：凤凰出版社，2013.

[41] 傅腾霄．小说技巧．北京：中国青年出版社，1992.

[42] 盖利肖．小说写作技巧二十讲．梁森，译编．北京：北京十月文艺出版社，1987.

[43] 格尔兹．文化的解释．韩莉，译．南京：译林出版社，1999.

[44] 格非．小说叙事研究．北京：清华大学出版社，2002.

[45] 葛红兵．文学概论通用教程．上海：上海大学出版社，2003.

[46] 葛红兵．小说类型学的基本理论问题．上海：上海大学出版社，2012.

[47] 古典文艺理论译丛编辑委员会．古典文艺理论译丛（三）．北京：人民文学出版社，1962.

[48] 顾仲彝．编剧自我修养．武汉：华中科技大学出版社，2016.

[49] 郭洪雷．中国小说修辞模式的嬗变——从宋元话本到五四小说．上海：上海三联书店，2008.

[50] 哈特．故事技巧——叙事性非虚构文学写作指南．叶青，曾轶峰，译．北京：中国人民大学出版社，2012.

[51] 汉森．编剧：步步为营．郝哲，柳青，译．北京：世界图书出版公司，2010.

[52] 郝建．影视类型学．北京：北京大学出版社，2002.

[53] 赫尔曼．新叙事学．马海良，译．北京：北京大学出版社，2002.

[54] 赫弗伦．作家创意手册．雷勇，谢彩，译．北京：中国人民大学出版社，2015.

[55] 黑格尔．美学：第3卷．朱光潜，译．北京：商务印书馆，1981.

[56] 胡怀琛．中国小说研究．北京：中国书籍出版社，2006.

[57] 黄禄善．美国通俗小说史．南京：译林出版社，2003.

[58] 纪德君．中国古代小说文体生成及其他．上海：商务印书馆．2012.

[59] 纪德君．中国历史小说的艺术流变．北京：中国社会科学出版社，2002.

[60] 蹇河沿．编剧的艺术．昆明：云南大学出版社，2010.

[61] 卡尼．故事离真实有多远．王广州，译．桂林：广西师范大学出版社，2007.

[62] 卡彭铁尔．小说是一种需要．陈众议，译．昆明：云南人民出版社，1995.

[63] 柯里．后现代叙事理论．宁一中，译．北京：北京大学出版社，2002.

[64] 克利弗．小说写作教程：虚构文学速成全攻略．王著定，译．北京：中国人民大学出版社，2011.

[65] 克思．编剧的核心技巧（修订版）．廖澹苍，译．北京：北京联合出版公司，2016.

[66] 孔庆东．超越雅俗——抗战时期的小说论．北京：北京大学出版社，1998.

[67] 昆德拉．小说的艺术．孟湄，译．北京：生活·读书·新知三联书店，1992.

[68] 莱维-斯特劳斯．结构人类学．谢维扬，俞宣孟，译．上海：上海译文出版社，1995.

[69] 赖声川．赖声川的创意学．北京：中信出版社，2006.

[70] 兰多．编剧路线图——推动故事发展的21个关键问题（电影篇）．李志坚，译．北京：人民邮电出版社，2016.

[71] 李洱．夜游图书馆．杭州：浙江文艺出版社，2002.

[72] 李广仓．结构主义文学批评方法研究．长沙：湖南大学出版社，2002.

[73] 李建军．小说修辞研究．北京：中国人民大学出版社，2003.

[74] 李剑国．唐前志怪小说史．天津：南开大学出版社，1984.

[75] 李裴．小说结构与审美．贵阳：贵州人民出版社，2003.

［76］李庆西．小说悬念的审美心理机制和若干基本模式——小说家的艺术思考之四．北京，人民文学出版社，1988.

［77］里蒙-凯南．叙事虚构作品．姚锦清，等译．北京：生活·读书·新知三联书店，1989.

［78］龙一．小说技术．天津：百花文艺出版社，2011.

［79］卢伯克，福斯特，缪尔．小说美学经典三种．方土人，罗婉华，译．上海：上海文艺出版社，1990.

［80］卢克曼．情节！情节！——通过人物、悬念与冲突赋予故事生命力．唐奇，李永强，译．北京：中国人民大学出版社，2012.

［81］芦苇，王天兵．电影编剧的秘密．上海：上海交通大学出版社，2019.

［82］鲁迅．中国小说的历史的变迁．北京：人民文学出版社，1982.

［83］鲁迅．中国小说史略，北京：上海古籍出版社，2006.

［84］陆海林，李心峰．类型学资料选编．武汉：华中师范大学出版社，1997.

［85］罗书华．中国叙事之学：结构历史与比较的维度．北京：中国社会科学出版社，2008.

［86］洛奇．小说的艺术．卢丽安，译．上海：上海译文出版社，2010.

［87］马丁．当代叙事学（英文影印版）．北京：北京大学出版社，2006.

［88］马丁．当代叙事学（英文影印版）．北京：北京大学出版社，1990.

［89］马振方．小说艺术论．北京：北京大学出版社，1999.

［90］麦基．故事——材质、结构、风格和银幕剧作的原理．周铁东，译．北京：中国电影出版社，2001.

［91］麦克格尔．创意写作的兴起：战后美国的“系统时代”．葛红兵，郑周明，朱喆，译．桂林：广西师范大学出版社，2012.

［92］毛尖．夜短梦长：毛尖看电影．北京：北京大学出版社，2018.

［93］孟昭连，宁宗一．中国小说艺术史．杭州：浙江古籍出版社，2003.

［94］耐普瑞斯．成为编剧．秦娜，译．北京：中国电影出版社，2017.

［95］欧阳健．古代小说与历史．辽宁：辽宁教育出版社，1992.

［96］欧阳健．历史小说史．杭州：浙江古籍出版社，2003.

［97］潘国森，苏嶝基．金庸茶馆：第3卷．北京：中国友谊出版公

司，1998.

[98] 浦安迪．明代小说四大奇书．北京：生活·读书·新知三联书店，2006.

[99] 浦安迪．中国叙事学．北京：北京大学出版社，2010.

[100] 普罗普．故事形态学．贾放，译．北京：中华书局，2006.

[101] 齐裕焜．中国古代小说演变史．北京：人民文学出版社，2015.

[102] 齐裕焜．中国历史小说通史．南京：江苏教育出版社，2000.

[103] 钱雁秋．神探狄仁杰Ⅱ．北京：中国社会科学版社，2009.

[104] 邱江宁．清初才子佳人小说叙事模式研究．上海：上海三联书店，2005.

[105] 曲春景，耿占春．叙事与价值．上海：学林出版社，2005.

[106] 饶芃子．中西小说比较．合肥：安徽教育出版社，1996：138.

[107] 热奈特．叙事话语 新叙事话语．王文融，译．北京：中国社会科学出版社，1990.

[108] 萨宾．叙事心理学：人类行为的故事性．何吴明，舒跃育，李继波，译．北京：北京师范大学出版社，2020.

[109] 申丹．叙述学与小说文体学研究．北京：北京大学出版社，1998.

[110] 施密特．经典人物原型 45 种：创造独特角色的神话模型．吴振寅，译．北京：中国人民大学出版社，2014.

[111] 什克洛夫斯基．散文理论．刘宗次，译．南昌：百花洲文艺出版社，1997.

[112] 宋若云．逡巡于雅俗之间：明末清初拟话本研究．北京：中国社会科学出版社，2006.

[113] 苏晓芳．网络小说论．北京：中国文史出版社，2008.

[114] 苏兴，等．才子佳人小说述林．沈阳：春风文艺出版社，1985.

[115] 孙绍振．文学创作论．福州：海峡文艺出版社，2009.

[116] 谭邦和．明清小说史．上海：上海古籍出版社，2006.

[117] 托宾．好剧本如何讲故事．李子，译．北京：中国人民大学出版社，2015.

[118] 汪曾祺．汪曾祺全集：第 3 卷．北京：北京师范大学出版社，1998.

［119］王爱松．政治书写与历史叙事．北京：中国广播电视出版社，2007.

［120］王安忆．小说课堂．北京：人民文学出版社，2018.

［121］王定天．中国小说的形式系统．上海：学林出版社，1988.

［122］王晶．西方通俗小说：类型与价值．昆明：云南人民出版社，2002.

［123］王泰来，等．叙事美学．重庆：重庆出版社，1987.

［124］王先霈，王友平．文学理论批评术语汇释．北京：高等教育出版社，2006.

［125］王先霈．小说技巧探赏．成都：四川文艺出版社，1986.

［126］王心语．希区柯克与悬念．北京：中国广播电视出版社，1999.

［127］王烨．二十年代革命小说的叙事形式．昆明：云南人民出版社，2005.

［128］韦勒克，沃伦．文学理论（修订版）．刘象愚，等译．南京：江苏教育出版社，2005.

［129］沃尔特．剧本：影视写作的艺术、技巧和商业运作．杨劲桦，译．天津：天津人民出版社，2017.

［130］沃伦．文学理论．刘象愚，等译．南京：江苏教育出版社，2005.

［131］吴功正．小说美学．南京：江苏人民出版社，1985.

［132］吴功正．小说情节谈．北京：文化艺术出版社，1985.

［133］吴光正．中国古代小说的原型与母题．北京：社会科学文献出版社，2004.

［134］吴培显．当代小说叙事话语范式初探．长沙：湖南师范大学出版社，2003.

［135］吴士余．中国小说美学论稿．上海：复旦大学出版社，2006.

［136］吴士余．中国小说思维的文化机制．上海：华东师范大学出版社，1990.

［137］吴秀明．中国历史文学的世纪之旅——中国现当代历史题材创作国际研讨会论文集．沈阳：春风文艺出版社，2004.

［138］伍蠡甫，胡经之．西方文艺理论名著选编（上）．北京：北京大学出版社，1985.

［139］西蒙斯．讲故事．仇朝兵，等译．海口：海南出版社，2006.

［140］席勒．论悲剧艺术．张玉书，译．北京：人民文学出版社，1963.

［141］现代汉语词典，6 版．北京：商务印书馆，2012.

［142］谢彩．“视”说新语——影视作品里的中国形象．上海：上海社会科学出版社，2019.

［143］休斯．文学结构主义．刘豫，译．北京：生活·读书·新知三联书店，1988.

［144］徐岱．小说叙事学．北京：中国社会科学出版社，1992.

［145］许道军，葛红兵．创意写作：基础理论与训练．桂林：广西师范大学出版社，2012.

［146］许道军．经典电影如何讲故事．北京：中国人民大学出版社，2021.

［147］亚里士多德．诗学．陈中梅，译注．北京：商务印书馆，1996.

［148］亚马多．我是写人民的小说家．孙成敖，译．昆明：云南人民出版社，1997.

［149］杨世真．重估线性叙事的价值——以小说与影视剧为例．杭州：浙江大学出版社，2007.

［150］杨星映．中西小说文体形态．北京：中国社会科学出版社，2005.

［151］杨义．中国古典小说史论．北京：人民出版社，1998.

［152］杨义．中国现代小说史（上中下）．北京：人民出版社，1998.

［153］杨义．中国新文学图志（上下）．北京：人民出版社，1998.

［154］杨义．中国叙事学．北京：人民出版社，1997.

［155］杨照．故事效应——创意与创价．沈阳：辽宁教育出版社，2011.

［156］叶舒宪．神话——原型批评．西安：陕西师范大学出版社，1987.

［157］伊文斯．英国文学简史．蔡文显，译．北京：人民文学出版社，1984.

［158］袁昌文．微型小说写作技巧．北京：学苑出版社，1988.

［159］袁行霈．中国文学史．北京：高等教育出版社，1999.

［160］张寅德．叙述学研究．北京：中国社会科学出版社，1989.

［161］赵宪章．西方形式美学：关于形式的美学研究．上海：上海人民出版社，1996.

［162］赵毅衡．符号学文学论文集．天津：百花文艺出版社，2004.

［163］赵毅衡．苦恼的叙述者：中国小说的叙述形式与中国文化．北京：北京十月文艺出版社，1994.

[164] 周振甫．小说例话．南京：江苏教育出版社，2006.

[165] 竹林．女巫．桂林：漓江出版社，2006.

[166] 竹内敏雄．艺术理论．卞崇道，等译．北京：中国人民大学出版社，1990.

[167] ALDRIDGE J W. Talents and technicians: Literary Chic and the New Assembly-Line Fiction. New York: Scribner's., 1992.

[168] AMBERG J, LARSON M. The creative writing handbook. Tucson: Good Years Books, 1992.

[169] BLANTON L L, LEE L. Writing workshop: promoting college success. Boston: Heinle&Heinle Pub, 1998.

[170] BREAULT M. Narrative design: the craft of writing for games. Boca Raton: CRC Press, 2020.

[171] DONNELLY D. Does the writing workshop still work? . Bristol: Multilingual Matters Ltd, 2010.

[172] DONNELLY D. Establishing creative writing studies as an academic discipline. Bristol: Proquest, Umi Dissertation Publishing, 2011.

[173] EARNSHAWS. The creative writing handbook. Edinburgh: Edinburgh University Press, 1992.

[174] EIBOW P, BELANOFF D. A community of writers—Paul Engle and the Iowa Writers' Workshop. Iowa City: University of Iowa Press, 1999.

[175] GABRIEL R P. Writers' workshops&the work of making things. New York: New York Addison Wesley Longman, 2002.

[176] BOOKS H. Articles on creative writing programs, including: writers of the future, Clarion Workshop, Iowa Writers' Workshop, Windycon, Uea Creative Writing Cour. Nashville: Hephaestus Books, 2011.

[177] MOXLEY J M. Creative writing in America: theory and pedagogy. Urbana: The National Council of Teachers of English, 1989.

[178] GRENVILLE K. writing from start to finish: a six-step guide. Crows Nest NSW: Allen&Unwin, 2001.

[179] KEALEY T. The creative writing MFA handbook. New York: Continu-

um Intl Pub Group，2008.

[180] MORRISON M. Key concepts in creative writing. Hamp-shire：Palgrave Macmillan，2010.

[181] MYERS D G. The elephants teach—creative writing since 1880. Chicago：University of Chicago Press，2006.

[182] PRINCE G A. Dictionary of narratology. Nebraska：University of Nebraska Press，1987：3.

[183] SCHULTA J. Writing from start to finish：the "story workshop" basic forms rhetoric-reader. Chicago：Columbia College Boynton/Cook Publishers，INC，1990.

[184] SELLERS H. The practice of creative writing—a guide for students. New York：Hope College，Bedford/St. Martin's Boston，2008.

[185] STERNBERG R. The psychology of creative writing. Cambridge：Cambridge University Press，2009.

[186] Novel：a forum on fiction. vol 3. Providence：Brown University，1969.

[187] ZIEGLER A. The writing workshop（vol. 1）. New York：Teachers&Writers Collaborative，1981.

[188] ZIEGLER A. The writing workshop（vol. 2）. New York：Teachers&Writers Collaborative，1984.

创意写作书系

这是一套广受读者喜爱的写作丛书，系统引进国外创意写作成果，推动本土化发展。它为读者提供了一把通往作家之路的钥匙，帮助读者克服写作障碍，学习写作技巧，规划写作生涯。从开始写，到写得更好，都可以使用这套书。

综合写作		
书名	作者	出版日期
成为作家	多萝西娅・布兰德	2011 年 1 月
一年通往作家路——提高写作技巧的 12 堂课	苏珊・M. 蒂贝尔吉安	2013 年 5 月
创意写作大师课	于尔根・沃尔夫	2013 年 6 月
作家创意手册	杰克・赫弗伦	2015 年 1 月
与逝者协商——布克奖得主玛格丽特・阿特伍德谈写作	玛格丽特・阿特伍德	2019 年 10 月
心灵旷野——活出作家人生	纳塔莉・戈德堡	2018 年 2 月
诗性的寻找——文学作品的创作与欣赏	刁克利	2013 年 10 月
写好前五页——出版人眼中的好作品	诺亚・卢克曼	2013 年 1 月
写好前五十页	杰夫・格尔克	2015 年 1 月
从创意到畅销书——修改与自我编辑	詹姆斯・斯科特・贝尔	2016 年 1 月
来稿恕难录用——为什么你总是被退稿	杰西卡・佩奇・莫雷尔	2018 年 1 月
虚构写作		
小说写作教程——虚构文学速成全攻略	杰里・克里弗	2011 年 1 月
开始写吧！——虚构文学创作	雪莉・艾利斯	2011 年 1 月
冲突与悬念——小说创作的要素	詹姆斯・斯科特・贝尔	2014 年 6 月
情节与人物——找到伟大小说的平衡点	杰夫・格尔克	2014 年 6 月
人物与视角——小说创作的要素	奥森・斯科特・卡德	2019 年 3 月
经典人物原型 45 种——创造独特角色的神话模型（第三版）	维多利亚・林恩・施密特	2014 年 6 月
经典情节 20 种（第二版）	罗纳德・B. 托比亚斯	2015 年 4 月
情节！情节！——通过人物、悬念与冲突赋予故事生命力	诺亚・卢克曼	2012 年 7 月
如何创作炫人耳目的对话	詹姆斯・斯科特・贝尔	2016 年 11 月
超级结构——解锁故事能量的钥匙	詹姆斯・斯科特・贝尔	2019 年 6 月
故事工程——掌握成功写作的六大核心技能	拉里・布鲁克斯	2014 年 6 月
故事力学——掌握故事创作的内在动力	拉里・布鲁克斯	2016 年 3 月
畅销书写作技巧	德怀特・V. 斯温	2013 年 1 月
30 天写小说	克里斯・巴蒂	2013 年 5 月
从生活到小说（第二版）	罗宾・赫姆利	2018 年 1 月
小说创作谈	大卫・姚斯	2016 年 11 月

虚构写作		
写小说的艺术	安德鲁・考恩	2015年10月
成为小说家	约翰・加德纳	2016年11月
小说的艺术	约翰・加德纳	2021年7月
非虚构写作		
开始写吧!——非虚构文学创作	雪莉・艾利斯	2011年1月
写作法宝——非虚构写作指南	威廉・津瑟	2013年9月
故事技巧——叙事性非虚构文学写作指南	杰克・哈特	2012年7月
光与热——新一代媒体人不可不知的新闻法则	迈克・华莱士	2017年3月
自我与面具——回忆录写作的艺术	玛丽・卡尔	2017年10月
写出心灵深处的故事——非虚构创作指南	李华	2014年1月
写我人生诗	塞琪・科恩	2014年10月
类型及影视写作		
开始写吧!——影视剧本创作	雪莉・艾利斯	2012年7月
开始写吧!——科幻、奇幻、惊悚小说创作	劳丽・拉姆森	2016年1月
开始写吧!——推理小说创作	劳丽・拉姆森	2016年7月
好剧本如何讲故事	罗伯・托宾	2015年3月
经典电影如何讲故事	许道军	2021年5月
童书写作指南	玛丽・科尔	2018年7月
网络文学创作原理	王祥	2015年4月
写作教学		
小说写作——叙事技巧指南(第十版)	珍妮特・伯罗薇	2021年6月
你的写作教练(第二版)	于尔根・沃尔夫	2014年1月
创意写作教学——实用方法50例	伊莱恩・沃尔克	2014年3月
故事工坊(修订版)	许道军	2022年1月
大学创意写作・文学写作篇	葛红兵 许道军	2017年4月
大学创意写作・应用写作篇	葛红兵 许道军	2017年10月
小说创作技能拓展	陈鸣	2016年4月
青少年写作		
会写作的大脑1——梵高和面包车(修订版)	邦妮・纽鲍尔	2018年7月
会写作的大脑2——怪物大碰撞(修订版)	邦妮・纽鲍尔	2018年7月
会写作的大脑3——33个我(修订版)	邦妮・纽鲍尔	2018年7月
会写作的大脑4——亲爱的日记(修订版)	邦妮・纽鲍尔	2018年7月
奇妙的创意写作——让你的故事和诗飞起来	卡伦・本基	2019年3月
成为小作家	李君	2020年12月
写作魔法书——让故事飞起来	加尔・卡尔森・莱文	2014年6月
写作魔法书——28个创意写作练习,让你玩转写作(修订版)	白铅笔	2019年6月
写作大冒险——惊喜不断的创作之旅	凯伦・本克	2018年10月
小作家手册——故事在身边	维多利亚・汉利	2019年2月
北大附中创意写作课	李韧	2020年1月
北大附中说理写作课	李亦辰	2019年12月

创意写作课程平台

从入门到进阶多种选择，写作路上助你一臂之力

【品牌课程】叶伟民故事写作营

故事，从这里开始。

如果你有一个故事创意，想要把它写出来；

如果你有一个故事半成品，想要把它改得更好；

如果你在写作中遇到瓶颈，苦于无法向前一步；

如果你想找一群爱写作的小伙伴，写作路上报团取暖——

加入“叶伟民故事写作营”，让写作导师为你一路保驾护航。

资深写作导师、媒体人、非虚构写作者叶伟民，帮助你实现从零到一的跨越，将一个故事想法写成一个完整的故事，继而迈出从一到无限可能的重要一步。

【写作练习】“开始写吧！——21 天疯狂写作营”

开始写吧！——21 天疯狂写作营，每年招新，专治各种“写不出来”。

你有没有遇到过这样的情况：

拿起笔来，或是把手放到键盘上，这时大脑变得一片空白，一个字也写不出来？

或者，写着写着，突然就没有灵感了？

或者，你喜欢写作和阅读，但就是无法坚持每天写？

再或者，你感觉写作路上形单影只，找不到志同道合的小伙伴？

“开始写吧！——21 天疯狂写作营”为你提供一个可以每天打卡疯狂写作的地方。

依托“创意写作书系”里的海量资源，班主任每天发布一个写作练习，让你锻炼强大的写作肌。

★ ★ ★

写作营每年招新，课程滚动更新，可扫描右侧二维码了解最新写作营及课程信息，或关注“创意写作坊”公众号（见本书后折口），随时获取课程信息。

创意写作课程平台

精品写作课

作家的诞生——12 位殿堂级作家的写作课

中国人民大学刁克利教授 10 余年研究成果倾力呈现，横跨 2800 年人类文学史，走近 12 位殿堂级写作大师，向经典作家学写作，人人都能成为作家。

荷马： 作家第一课，如何处理作品里的时间？
但丁： 游历于地域、炼狱和天堂，如何构建文学的空间？
莎士比亚： 如何从小镇少年成长为伟大的作家？
华兹华斯和弗罗斯特： 自然与作家如何相互成就？
勃朗特姐妹： 怎样利用有限的素材写作？
马克·吐温： 作家如何守望故乡，如何珍藏童年，如何书写一个民族的性格和成长？
亨利·詹姆斯： 写作与生活的距离，作家要在多大程度上妥协甚至牺牲个人生活？
菲兹杰拉德： 作家与时代、与笔下人物之间的关系？
劳伦斯： 享有身后名，又不断被诋毁、误解和利用，个人如何表达时代的伤痛？
毛姆： 出版商的宠儿，却得不到批评家的肯定。选择经典还是畅销？

作家的诞生
——12位殿堂级作家的写作课

一个故事的诞生——22 堂创意思维写作课

郝景芳和创意写作大师们的写作课，国内外知名作家、写作导师多年创意写作授课经验提炼而成，汇集各路写作大师的写作法宝。它将告诉你，如何从一个种子想法开始，完成一个真正的故事，并让读者沉浸其中，无法自拔。

郝景芳： 故事是我们更好地去生活、去理解生活的必需。
故事诞生第一步： 激发故事创意的头脑风暴练习。
故事诞生第二步： 让你的故事立起来。
故事诞生第三步： 用九个句子描述你的故事。
故事诞生第四步： 屡试不爽的故事写作法宝。